La sirena

Kiera Cass

Traducción de Jorge Rizzo

Rocaeditorial

Título original: *The Siren*

Primera edición: noviembre de 2016
Primera reimpresión: marzo de 2017

Av. Marquès de l'Argentera 17, pral.
08003 Barcelona
actualidad@rocaeditorial.com
www.rocalibros.com

Impreso por LIBERDÚPLEX, s.l.u.
Crta. BV-2249, km 7,4, Pol. Ind. Torrentfondo
Sant Llorenç d'Hortons (Barcelona)

ISBN: 978-84-16498-23-9
Depósito legal: B-20.036-2016
Código IBIC: YFB

RE98239

Para Liz, porque es el tipo de chica
sobre la que tendrían que escribirse canciones,
de quien deberían componerse poemas
y a quien habría que dedicar libros.

1

Es curioso con lo que se queda uno, las cosas que recuerdas cuando acaba todo. Yo aún veo los paneles de las paredes de nuestro camarote y recuerdo con precisión lo lujosa que era la alfombra. Recuerdo el olor a agua salada que permeaba el aire y se me pegaba a la piel, así como el sonido de la risa de mis hermanos en la otra habitación, como si la tormenta fuera una emocionante aventura en lugar de una pesadilla.

Más que cualquier sensación de miedo o de preocupación, en la estancia flotaba cierta irritación. La tormenta estaba estropeando nuestros planes para la noche; no habría baile en la cubierta superior, adiós a la ocasión de pasearme luciendo mi vestido nuevo. Aquellas eran las cosas que me preocupaban entonces, tan insignificantes que casi me avergüenzo de confesarlo. Pero eso era antes, cuando la realidad me parecía casi como un cuento, porque era estupenda.

—Si el barco no deja de balancearse, no voy a tener tiempo de arreglarme el pelo antes de la cena —se quejó mamá.

Yo la miré desde mi posición, tendida en el suelo, haciendo esfuerzos por no vomitar. El reflejo de mi madre me recordó el póster de una película: sus rizos estaban perfectos. Pero ella nunca se sentía satisfecha.

—Deberías levantarte del suelo —me dijo mirándome—. ¿Y si entra el servicio?

Obedecí, como siempre, y me dirigí trastabillando hasta uno de los divanes, aunque no pensaba que aquella posición fuera necesariamente la más digna de una señorita. Cerré los ojos, rezando para que el agua se calmara. No quería ponerme mala. Hasta aquel último día, nuestro viaje había sido de lo más normal, un simple viaje de familia del punto A al punto B. Ahora no me acuerdo de adónde nos dirigíamos. Lo que sí recuerdo es que viajábamos con estilo, como siempre. Éramos una de las pocas familias afortunadas que habían sobrevivido a la Gran Depresión con nuestra fortuna intacta. Y a mamá le gustaba asegurarse de que la gente lo supiera. Así que estábamos instalados en una bonita *suite* con grandes ventanas y personal a nuestro servicio. Me planteé llamar a uno de los sirvientes y pedirle un cubo.

Fue entonces, entre la confusión del mareo, cuando oí algo, casi como una lejana canción de cuna. Aquello despertó mi curiosidad y, por algún motivo, me dio sed. Levanté la cabeza, desconcertada, y vi que mamá también se giraba hacia la ventana, intentando localizar el sonido. Nuestras miradas se cruzaron por un momento; las dos parecíamos querer confirmar que lo que estábamos oyendo era real. Cuando tuvimos claro que no estábamos solas, volvimos a mirar hacia la ventana y escuchamos. La música era de una belleza embriagadora, como un himno sacro para un devoto.

Papá asomó por la puerta del baño, luciendo un nuevo apósito en el punto donde se había cortado al intentar afeitarse durante la tormenta.

—¿Eso es la banda? —preguntó. Su voz tenía un tono tranquilo, pero sus ojos reflejaban una desesperación inquietante.

—Puede ser. Parece que viene del exterior, ¿no? —De pronto, mamá parecía intrigada, emocionada. Se llevó una mano a la garganta al tiempo que tragaba saliva—. Vamos a ver.

Se levantó de un salto y cogió su suéter. Yo no daba crédito a lo que oía. Mamá odiaba la lluvia.

—Pero, mamá… ¡Tu maquillaje! Acabas de decir…

—Oh, eso —dijo, quitándole importancia con un gesto de la mano y enfundándose el cárdigan color marfil—. Solo será un momento. Tendré tiempo de arreglarlo cuando volvamos.

—Yo creo que me quedo aquí —respondí.

Aquella música ejercía en mí la misma atracción que en ellos, pero el sudor frío de mi rostro me recordó lo cerca que estaba de las arcadas. Salir del camarote no podía ser una buena idea en mi estado. Me encogí aún más, resistiéndome a la tentación de ponerme en pie y seguirlos.

Mamá se giró y me miró a los ojos:

—Me sentiría mejor teniéndote a mi lado —dijo con una sonrisa.

Aquellas fueron las últimas palabras que me dirigió. En el mismo momento en que abría la boca para protestar, me encontré cruzando el camarote para seguirla. Ya no se trataba de obedecer. Tenía que subir a cubierta. Tenía que acercarme a la canción. Si me quedaba en el camarote, probablemente quedaría atrapada en el barco y me hundiría con él. Entonces podría unirme a mi familia. En el cielo o en el infierno. O en ningún sitio, si todo aquello era mentira. Pero no.

Subimos las escaleras. Por el camino se nos unieron muchísimos otros pasajeros. Fue entonces cuando me di cuenta de que algo iba mal. Algunos de ellos corrían, abriéndose paso entre la multitud, mientras que otros parecían sonámbulos.

Salí al exterior, sintiendo la lluvia que caía con fuerza. Nada más cruzar el umbral, me paré a observar la escena. Con las manos apretadas contra las orejas para aislarme de los fragorosos truenos y de la música hipnótica, intenté asimilar todo aquello. Dos hombres pasaron corriendo a mi lado y se lanzaron por la borda sin detenerse un momento. La tormenta no era tan grave que tuviéramos que abandonar el barco, ¿no?

Miré a mi hermano menor y lo vi saltando hacia la lluvia, como un gato salvaje que diera zarpazos a un filete. Cuando alguien a su lado se puso a hacer lo mismo, empezaron a darse golpes y acabaron peleándose por las gotas de agua. Di un paso atrás y busqué con la mirada a mi hermano mediano. No lo encontré. Estaba perdido entre la multitud que se lanzaba hacia la barandilla, desapareció antes de que pudiera entender lo que estaba presenciando.

Luego vi a mis padres, cogidos de la mano, con la espalda contra la borda, dejándose caer hacia atrás como si nada. Sonreían. Solté un chillido.

¿Qué estaba pasando? ¿Es que el mundo se había vuelto loco?

Una nota penetró en mi oído. Bajé las manos. Mis miedos y preocupaciones se desvanecieron a medida que la canción iba asentándose. Tenía la impresión de que estaría mejor en el agua, arrullada por las olas, en lugar de estar sufriendo el embate de la lluvia. Era algo delicioso. Necesitaba bebérmelo, llenar el estómago, el corazón, los pulmones con ello.

Con aquel deseo atravesándome y latiendo en mi interior, me acerqué a la barandilla. Habría sido un placer llenarme de aquella música, para saciar hasta el último rincón de mi cuerpo. Apenas me di cuenta de que trepaba a la borda. No fui consciente de nada hasta que el impacto del agua en el rostro me devolvió la conciencia.

Iba a morir.

«¡No! —pensé mientras me debatía para volver a la superficie— ¡No estoy preparada! ¡Quiero vivir!»

Diecinueve años no eran suficientes. Aún me quedaban muchas comidas que probar, muchos lugares que visitar. Esperaba que un marido y una familia. Todo ello perdido en una fracción de segundo.

¿De verdad?

No tenía tiempo de dudar de si realmente había oído aquella voz.

La sirena

¡Sí!

¿Qué darías por vivir?

¡Lo que fuera!

En un instante, algo me arrastró fuera de aquel estrépito. Era como si un brazo me hubiera rodeado la cintura y hubiera tirado de mí con precisión, pasando entre cuerpos y más cuerpos hasta dejarlos atrás. Enseguida me encontré tendida boca arriba, mirando a tres chicas de una belleza inhumana.

Por un momento, todo el horror y la confusión desaparecieron. No había tormenta, ni familia, ni miedo. Lo único que había o que habría alguna vez eran aquellos rostros perfectos. Fruncí el ceño, escrutándolos. Saqué la única conclusión que me parecía posible.

—¿Sois ángeles? —pregunté—. ¿Estoy muerta?

La joven que estaba más cerca y que tenía los ojos del verde esmeralda de los pendientes de mamá, así como un cabello rojo intenso que le caía a los lados del rostro, se agachó.

—Estás bien viva —me aseguró, con un perfecto acento británico.

Me la quedé mirando, pasmada. Si seguía viva, ¿no debería sentir la sal rascándome en la garganta y los ojos irritados por el agua? ¿No tendría que sentir la irritación en la piel del rostro por el impacto contra el agua? Sin embargo, me sentía perfectamente, completa. O estaba soñando, o estaba muerta. No había otra opción.

A lo lejos oía gritos. Levanté la cabeza. Por encima de las olas entreví la popa de nuestro barco que cabeceaba de un modo surrealista.

Respiré hondo varias veces, demasiado confundida para entender cómo podía seguir respirando, mientras oía que todos los demás se ahogaban a mi alrededor.

—¿Qué recuerdas? —me preguntó.

—La alfombra —dije meneando la cabeza. Rebusqué entre mis recuerdos, que ya empezaban a parecerme distantes y confusos—. Y el cabello de mi madre. —La voz se me quebró—. Luego me encontré en el agua.

—¿Pediste vivir?

—Sí —balbucí, preguntándome si podría leerme la mente o si aquello lo habría pensado todo el mundo—. ¿Quién eres tú?

—Yo soy Marilyn —respondió ella con una voz dulce—. Esta es Aisling —añadió, señalando a una chica rubia que me dedicó una sonrisa cálida—. Y esa es Nombeko.

Nombeko era oscura como el cielo de la noche y parecía no tener ni un pelo.

—Somos cantoras. Sirenas. Sirvientas de Oceania —explicó Marilyn—. Nosotras la ayudamos. La... alimentamos.

Arrugué la nariz.

—¿Y qué es lo que come el océano?

Marilyn miró hacia el barco y yo seguí su mirada. Se estaba hundiendo. Ya casi no se oía ni una voz.

Oh.

—Es nuestro deber. Y muy pronto podría ser también el tuyo. Si le dedicas tu tiempo a ella, ella te dará vida. A partir de este día, durante los próximos cien años, no sufrirás heridas ni enfermedades, ni envejecerás ni un día. Cuando se acabe tu tiempo, recuperarás tu voz, tu libertad. Vivirás.

—Lo siento —balbucí—. No lo entiendo.

Las otras, detrás de ella, sonrieron, pero sus ojos tenían una mirada triste.

—No. Sería imposible que ahora lo entendieras —dijo Marilyn, que me pasó la mano sobre el cabello empapado, tratándome ya como si fuera una de ellas—. Te aseguro que ninguna de nosotras lo entendió en su momento. Pero lo entenderás.

Poco a poco me levanté hasta quedar completamente erguida, sorprendiéndome al ver que estaba de pie sobre el agua. Todavía había unas cuantas personas flotando a lo lejos, luchando contra la corriente, como si pensaran que aún podían salvarse.

—Mi madre está allí —supliqué.

Nombeko suspiró, con ojos melancólicos.

Marilyn me rodeó con un brazo, mirando hacia los restos del naufragio.

—Tienes dos opciones: puedes quedarte con nosotras, o puedes ir con tu madre —me susurró al oído—. Irte con ella. No salvarla.

Me quedé en silencio, pensando. ¿Me estaba diciendo la verdad? ¿Podía elegir morir?

—Has dicho que darías lo que fuera por vivir —me recordó—. Espero que fuera en serio.

Vi en sus ojos la esperanza. No quería que me fuera. Quizá ya había visto suficiente muerte por un día. Asentí. Me quedaría. Tiró de mí y me susurró al oído:

—Bienvenida a la hermandad de las sirenas —dijo, y de pronto me sentí arrastrada hacia el fondo.

Una sensación fría me inundó las venas. Aunque me asustó, apenas me dolió.

2

Ochenta años después

—¿Por qué? —preguntó, con el rostro hinchado típico en los ahogados.

Levanté las manos, advirtiéndole que no se acercara, intentando dejarle claro sin palabras que era letal. Pero estaba claro que ella no tenía miedo. Buscaba venganza. Y se la cobraría como pudiera.

—¿Por qué? —volvió a preguntar.

Tenía unas algas enredadas en la pierna; chapoteaban al arrastrarlas por el suelo.

Las palabras me salieron de la boca antes de que pudiera contenerlas:

—Tuve que hacerlo.

Al oírme, ni se inmutó: siguió avanzando sin más. Ahí estaba. Por fin tendría que pagar por lo que había hecho.

—Tenía tres hijos.

Retrocedí, buscando una escapatoria.

—¡Yo no lo sabía! ¡Lo juro, no sabía nada!

Por fin se detuvo, a apenas unos centímetros de mí. Esperé a que me pegara o me estrangulara, a que encontrara un modo de vengar la vida que le habían arrancado prematuramente.

Pero se limitó a quedarse allí, con la cabeza ladeada, contemplándome con aquellos ojos hinchados y la piel teñida de azul.

Entonces se lanzó sobre mí. Me desperté jadeando, agitando el brazo al aire frente a mí, hasta que lo entendí. Un sueño. No era más que un sueño. Me puse una mano sobre el pecho, esperando que así se me calmara el corazón. Sin embargo, en lugar de tocar piel, mis dedos dieron con el dorso de mi álbum de recortes. Lo recogí y observé mi completa colección de artículos de prensa. Me estaba bien empleado, por ponerme a trabajar en él antes de irme a dormir.

Acababa de completar mi página sobre Kerry Straus justo antes de quedarme dormida. Era una de las últimas personas que tenía que investigar del pasaje de nuestro último naufragio. Dos más y tendría información sobre todas y cada una de las víctimas. El *Arcatia* sería mi primer barco completo.

Eché un vistazo a la página de Kerry y observé el brillo luminoso de sus ojos en la foto del sitio web hecho en su recuerdo, un efecto chapucero obra sin duda de su viudo en un rato libre, cuando no estaba intentando cocinar algo más creativo que un simple plato de espaguetis para sus tres hijos huérfanos de madre o lidiando con la rutina de su trabajo. Kerry tenía un aspecto optimista, un aire expectante que la rodeaba como una aureola.

Yo se lo había arrebatado. Se lo había robado y se lo había entregado al océano.

—Al menos tú tenías familia —le dije a su foto—. Al menos hay alguien que llorará tu ausencia.

Ojalá pudiera explicarle que una vida cortada de cuajo era mejor que una vida vacía que se prolongaba sin más. Cerré el álbum y lo puse en mi arcón con los demás, uno por cada naufragio. Solo había unas cuantas personas que pudieran entender cómo me sentía. En realidad, ni siquiera estaba segura de ello.

Con un gran suspiro me dirigí al salón, donde resonaban

las voces de Elizabeth y de Miaka a un volumen superior al que me resultaba cómodo.

—¡Kahlen! —me saludó Elizabeth.

Intenté no hacer ruido, mientras comprobaba que todas las ventanas estuvieran cerradas. Ellas sabían lo importante que era que nadie pudiera oírnos, pero nunca se mostraban lo precavidas que me habría gustado.

—A Miaka se le acaba de ocurrir otra idea para su futuro.

Miré a Miaka, diminuta y oscura de la cabeza a los pies, pero no de espíritu: me había conquistado a los pocos minutos de conocerla.

—Cuenta —respondí, mientras me instalaba en la butaca de la esquina.

Miaka me mostró una gran sonrisa.

—Estaba pensando en comprarme una galería.

—¿De verdad? —dije, levantando las cejas, sorprendida—. Así que prefieres ser propietaria a creadora, ¿eh?

—De hecho, no creo que pudieras dejar de pintar —reflexionó Elizabeth.

Asentí.

—Tienes demasiado talento.

Miaka llevaba años vendiendo sus obras de arte por Internet. Incluso ahora, mientras charlábamos, estaba escribiendo algo en su teléfono. Imaginé que sería otra de sus ventas. El hecho de que alguna de nosotras tuviera un teléfono era casi ridículo (como si tuviéramos a alguien a quien llamar), pero a ella le gustaba estar conectada con el mundo.

—Me parece divertido estar a cargo de algo, ¿sabes?

—Ya —dije—. Ser propietaria me parece algo increíblemente atractivo.

—¡Exacto! —Miaka hablaba y escribía al mismo tiempo—. Responsabilidad, individualidad… Todo eso ahora no lo tengo, así quizá pueda compensarlo más adelante.

Estaba a punto de decirle que teníamos un montón de responsabilidades, pero Elizabeth se me adelantó:

—Yo también tengo una nueva idea —dijo, tan contenta.

—Cuéntanos —respondió Miaka, dejando el teléfono y echándosele encima, como si fueran dos cachorrillos.

—He decidido que cantar me gusta de verdad. Creo que me gustaría usarlo de un modo diferente.

—Lo harías fantásticamente como cantante en un grupo.

Elizabeth irguió la espalda, casi tirando a Miaka al suelo.

—¡Eso es exactamente lo que pensaba!

Me las quedé mirando, maravillada al pensar que tres personas tan diferentes, con lugares de nacimiento y costumbres diferentes, pudieran equilibrarse tan bien. Incluso Aisling, cuando decidió abandonar su aislamiento autoimpuesto y quedarse una temporada con nosotras, encajó como la pieza de un puzle.

—¿Y tú, Kahlen?

—¿Eh?

Miaka levantó la cabeza, animada.

—¿Algún sueño que cumplir?

Ya habíamos jugado a aquel juego centenares de veces a lo largo de los años. Nos servía para mantener el buen humor. Yo me había planteado ser médico, para compensar así todas las vidas que me había llevado. O bailarina, para aprender a controlar mi cuerpo a la perfección. O escritora, para encontrar el modo de usar la voz, fuera o no hablando. O astronauta, por si necesitaba poner más espacio entre Oceania y yo... Prácticamente había agotado hasta la última posibilidad.

Pero en el fondo sabía que solo había una cosa que deseara realmente, algo que aún me resultaba demasiado doloroso.

Eché un vistazo al gran libro de historia apoyado sobre mi sillón favorito, el libro que había querido llevarme a mi habitación la noche anterior..., asegurándome de que la revista de novias de su interior seguía bien escondida.

—Lo mismo de siempre —dije sonriendo y encogiéndome de hombros—. Lo de siempre.

En el momento en que puse el pie en el campus, tragué saliva. Por mucho que deseara una vida tan típica y agradable como la de cualquier otra persona, no conseguía sentirme cómoda. Los humanos (y su necesidad constante de mantener silencio para sentirse protegidos) me ponían nerviosa. Pero incluso en aquel momento oía la voz de Elizabeth en mi interior: «No hace falta que estemos en casa todo el rato. Yo no voy a vivir así», había asegurado a las dos semanas de estar con nosotras. Y había mantenido su palabra: no solo había salido ella, sino que se había asegurado de que todas nosotras también tuviéramos una vida lo más normal posible. La calmaba aventurarse al exterior. Para mí era como un permiso.

Nuestra casa estaba cerca de una universidad, lo cual era perfecto. Implicaba montones de gente paseando por campos de hierba y mezclándose unos con otros junto a las mesas para el pícnic. Yo no sentía la necesidad de ir a conciertos, a clubes o a fiestas, como Elizabeth o Miaka. Me contentaba con solo estar entre los humanos, verlos. Sí, quizá mi idea de estilo fuera algo diferente, ya que seguían atrayéndome los cortes y las líneas de las faldas y los vestidos de los años cincuenta, pero, si me sentaba bajo un árbol con un libro en las manos, podía hacerme pasar por uno más de ellos durante horas. Veía a la gente pasar, contenta de que tuviéramos un vecindario tan simpático, en el que había quien me saludaba sin más. Si pudiera decirles «hola» (una sola palabra, minúscula e inofensiva), la ilusión habría sido perfecta.

—... si no quiere. Quiero decir... ¿Por qué no dice algo? —preguntaba una chica al grupo de amigas que la rodeaba.

Pensé que era como una abeja reina. Y que las otras eran sus desventurados zánganos.

—Tienes toda la razón. Tenía que haberte dicho que no quería ir, en lugar de contárselo a todo el mundo menos a ti.

La reina se echó el cabello atrás.

—Bueno, pues yo ya he acabado con ella. No estoy para esos jueguecitos.

Me la quedé mirando y entrecerré los ojos, convencida de que ella tendría su propio juego.

—Tío, te digo que podríamos diseñarlo —le decía un chico de cabello corto a su amigo, agitando las manos con entusiasmo.

—No lo sé —respondió este, algo más gordito, rascándose la nuca y sin dejar de caminar a toda prisa.

Quizás intentara dejar atrás a su amigo, pero este se movía con tanta agilidad, estaba tan motivado, que habría podido mantenerle el ritmo a un cohete.

—Es una inversión mínima, colega. Podríamos ser la gran sensación. ¡Dentro de diez años, la gente estaría hablando de aquellos dos cerebritos de Florida que les cambiaron la vida!

Contuve una sonrisa.

Cuando la multitud se dispersó, por la tarde, fui a la biblioteca. Desde el día en que nos habíamos instalado en Miami, había ido una o dos veces por semana. No me gustaba investigar para mi álbum de recortes en casa. Ya había cometido aquel error anteriormente. Elizabeth se había mofado de mí y de mi interés morboso.

—¿Y por qué no sales a buscar los cadáveres? —me dijo—. O pregúntale a Oceania cuáles fueron sus últimos pensamientos. ¿Eso también quieres saberlo?

Entendía su rechazo. Veía mis álbumes de recortes como una obsesión morbosa por las personas que habíamos matado. Me hubiera gustado que entendiera que me perseguía el recuerdo de aquella gente, cuyos gritos resonaban en mi mente mucho después de que se hubiera hundido su barco. Saber que Melinda Bernard tenía una gran colección de muñecas y que Jordan Cammers estaba en primero de Medicina aliviaba mi dolor. Como si, de algún modo, el saber de sus vidas, más allá de su muerte, mejorara en algo las cosas.

Ese día mi objetivo era Warner Thomas, la penúltima persona de la lista de pasajeros del *Arcatia*. Warner resultó ser un sujeto relativamente fácil. Había montones de personas con el mismo nombre, pero cuando cribé todos los perfiles de redes sociales con posts que se interrumpían de golpe seis meses antes, lo reconocí. Warner era un hombre alto y flaco, con aspecto de ser demasiado tímido como para atreverse a hablar a la gente en persona. En todas partes aparecía como soltero. Me sentí mal al pensar que tenía lógica.

La última entrada en su blog era desgarradora.

> Lo siento, no puedo escribir más, pero es que estoy actualizando desde el teléfono. ¡Mirad qué puesta de sol!

Justo debajo de esa línea, el sol se fundía en la nada tras el océano.

> ¡Cuánta belleza hay en el mundo! ¡Seguro que se avecinan cosas buenas!

Casi me dieron ganas de reír. La expresión que tenía en todas las fotos me hizo pensar que en toda su vida no había dicho nada exclamándolo de aquella manera. Pero no pude evitar preguntarme si habría ocurrido algo antes de aquel funesto viaje. ¿Tenía algún motivo para pensar que su vida iba a tomar un nuevo rumbo? ¿O era una de esas mentiras que nos contamos desde la seguridad de nuestra habitación, cuando nadie más puede ver lo falsas que son?

Imprimí la mejor foto que encontré de él, una broma que había posteado y algo de información sobre sus hermanos. No me gustaba llevar conmigo los álbumes de recortes, así que metí los papeles con todo cuidado en la bolsa, dispuesta a volver a casa.

«Lo siento, Warner. Te juro que tu muerte no fue culpa mía.»

Una vez hecho aquello, ya podía dedicarme a algo más divertido. Con el paso de los años había aprendido a compensar cada entrada devastadora de mi álbum con algo alegre. La noche anterior estuve mirando vestidos antes de pegar la última de las fotos de Kerry. Esta vez fueron pasteles. Encontré la sección de gastronomía y me llevé un montón de libros a un espacio vacío en la tercera planta. Estuve repasando diferentes recetas, elaboración de *fondants*, construcción de tartas. Hice tartas de boda imaginarias, una tras otra, regodeándome en una ensoñación muy real. La primera, la clásica de vainilla y crema de mantequilla, con un escarchado azul pálido y pequeñas amapolas blancas. Tres pisos. Preciosa. La siguiente fue de cinco pisos, cuadrada, con una cinta negra y complementos de pedrería alineados en vertical por la parte de delante. Más apropiada para una boda de tarde.

Quizás aquel pudiera ser mi próximo gran sueño. Tal vez pudiera hacerme pastelera y contribuir al día especial de otras personas, por si yo nunca tenía el mío.

—¿Vas a celebrar una fiesta?

Levanté la mirada y me encontré a un chico rubio de aspecto desastrado empujando un carrito lleno de libros. Llevaba en el pecho una vieja chapa con un nombre que no pude leer y el típico uniforme universitario: unos pantalones chinos y una camisa abotonada hasta arriba y arremangada por los codos. Ya nadie vestía así.

Contuve un suspiro. Era inevitable, parte del juego. Nuestra misión era atraer a la gente. Y los hombres eran especialmente vulnerables.

Bajé la mirada sin responder, esperando que captara la indirecta. No había decidido sentarme en las últimas mesas de la última planta porque quisiera socializar.

—Pareces estresada. Desde luego no te iría nada mal una fiesta.

No pude contener una sonrisa burlona. Aquel chico no tenía ni idea. Desgraciadamente, se tomó mi sonrisa como una invitación a seguir insistiendo.

Se pasó la mano por el cabello, en el equivalente moderno al saludo que antes se hacía tocándose el ala del sombrero. Señaló los libros.

—Mi madre dice que el secreto para hornear buenos pasteles es usar un cuenco caliente. Yo no tengo ni idea, la verdad. Apenas sabría prepararme unos cereales sin quemarlos.

Su mueca sugería que aquello era cierto. Verlo ligeramente avergonzado, metiéndose las manos en los bolsillos, despertó mi simpatía.

En realidad, era una pena. Sabía que no tenía mala intención, y yo no quería herir sus sentimientos. Pero cuando estaba a punto de recurrir al movimiento más maleducado que podía, levantándome y marchándome sin más, sacó la mano del bolsillo y me la tendió.

—Me llamo Akinli, por cierto —dijo, esperando que yo respondiera. Me lo quedé mirando, extrañada. No estaba acostumbrada a que la gente no se diera por aludida con mi silencio—. Sé que es raro —añadió, malinterpretando mi confusión—. Es un apellido. Más o menos. Fue el último nombre de familia por parte de mi madre.

Seguía con la mano tendida, esperando. Mi respuesta habitual habría sido salir corriendo. Pero Elizabeth y Miaka conseguían interaccionar con otras personas. ¡Elizabeth incluso conseguía pasar de un amante a otro sin decir siquiera una palabra! Y había algo en aquel chico que parecía... diferente. Quizá fuera el modo en que sus labios se levantaban, esbozando una sonrisa sin pretenderlo siquiera, o el tono de su cálida voz, que flotaba como una capa de nubes, pero estaba segura de que si le giraba la cara me dolería más a mí que a él mismo. Y que lo lamentaría.

Con precaución, como si aquello pudiera rompernos en pedazos a los dos, le cogí la mano, esperando que no se diera cuenta de lo fría que tenía la piel.

—¿Y tú eres…?

Suspiré, segura de que aquello pondría fin a la conversación, a pesar de mis mejores intenciones. Le escribí mi nombre. Sus ojos se abrieron como platos.

—Oh, vaya. ¿Así que me has estado leyendo los labios todo este rato?

Negué con la cabeza.

—¿Oyes?

Asentí.

—Pero no puedes hablar… Hum… Vale.

Se puso a tantearse los bolsillos mientras yo intentaba combatir la sensación de miedo que me recorría la columna. No teníamos muchas reglas, pero las que teníamos eran inflexibles. Guardar silencio en presencia de otros, hasta que llegara la hora de cantar. Cuando llegara la hora de cantar, hacerlo sin vacilar. Y cuando no estuviéramos cantando, no debíamos hacer nada que pudiera dejar nuestro secreto al descubierto. Pasear por la calle era una cosa, igual que sentarse bajo un árbol, pero ¿aquello? ¿Un intento de entablar conversación? Me estaba introduciendo en un terreno muy peligroso.

—Veamos, pues —anunció sacando un bolígrafo—. No tengo papel, así que tendrás que escribir en la palma de mi mano.

Me quedé mirándole la piel, debatiéndome. ¿Qué nombre debía usar? ¿El del carné de conducir que Miaka me había comprado por Internet? ¿El que había utilizado para alquilar nuestra casa de la playa? ¿El que había empleado en el último lugar donde habíamos vivido? Tenía un centenar de nombres entre los que escoger.

Estúpidamente, quizá, decidí usar el de verdad.

—¿Kahlen? —preguntó leyéndose la piel.

Asentí, sorprendida de lo liberador que resultaba que al menos un ser humano en todo el planeta me conociera por mi nombre de pila.

—Es bonito. Encantado de conocerte.

Le sonreí tímidamente, aún incómoda. No sabía cómo se hacía para tener una conversación.

—Es genial que puedas asistir a una universidad tradicional, aunque uses el lenguaje de signos. Yo que pensaba que ya había hecho una gran cosa con pasar las pruebas de ingreso... —Se rio de su propia broma. Aun con lo incómoda que me sentía, admiraba el esfuerzo que hacía por mantener la conversación. Era más de lo que habría hecho mucha gente en su situación. Volvió a señalar los libros—. Bueno, esto... Si alguna vez celebras esa fiesta y necesitas ayuda con el pastel, te prometo que me controlaré lo suficiente como para no arruinártelo.

Levanté una ceja.

—¡Lo digo en serio! —añadió, y se rio como si le hubiera contado un chiste—. Bueno, en cualquier caso, buena suerte con eso. Nos vemos.

Me saludó, comedido, y siguió por el pasillo empujando su carrito. Me quedé mirándolo. Sabía que recordaría su cabello rebelde, que parecía agitarse al viento aunque no hiciera aire, así como la bondad de sus ojos. Y que me odiaría a mí misma por guardar en la mente aquellos detalles si llegaba a cruzarse en mi camino uno de esos días negros, como los días en que Kerry o Warner se habían cruzado conmigo.

Aun así, estaba contenta. No recordaba la última vez que me había sentido tan humana.

3

—¿Qué queréis hacer esta noche? —preguntó Elizabeth, que se dejó caer en el sofá. Al otro lado de la ventana, a sus espaldas, el cielo iba pasando de azul a rosa y a anaranjado. Yo iba tachando mentalmente un día más de los miles que me quedaban—. Hoy no me apetece ir a ningún club.

—¡Guau! —exclamé levantando los brazos—. ¿Es que te encuentras mal?

—Muy graciosa —respondió—. Me apetece algo diferente.

Miaka levantó la vista del ordenador portátil que compartíamos.

—¿Dónde es de día ahora? Podríamos ir a un museo.

—Nunca entenderé por qué te gustan tanto unos edificios tan silenciosos —respondió Elizabeth negando con la cabeza—. Como si no pasáramos suficiente tiempo en silencio.

—¡Chis! —dije yo, mirándola con ironía—. ¿Tú, en silencio?

Elizabeth me sacó la lengua y se colocó junto a Miaka de un salto.

—¿Qué estás mirando?

—Saltos en paracaídas.

—¡Vaya! ¡Eso ya me gusta más!

—No te equivoques. De momento solo estoy investigando. Me preguntaba cómo afectaría a nuestros niveles de adrenalina el hacer algo así —dijo Miaka sin dejar de tomar notas en un cuaderno—. No sé, quizá nos diera un subidón por encima de la media.

Chasqueé la lengua.

—Miaka, ¿hablamos de una aventura o de un experimento científico?

—Un poco de cada. He leído que los picos de adrenalina pueden alterar la percepción, provocando visión borrosa o que se congele la imagen de un momento. Creo que sería interesante hacer algo así, ver lo que veo y luego intentar plasmarlo en una obra de arte.

—Lo admito —dije sonriendo—. Es creativo. Pero tiene que haber un modo mejor de provocar ese subidón que saltar de un avión.

—Aunque las cosas fueran mal, sobreviviríamos, ¿no? —planteó Miaka.

Ambas se giraron hacia mí como si yo fuera una autoridad en la materia.

—Supongo. En cualquier caso, conmigo no contéis para esa aventura en particular.

—¿Te da miedo? —preguntó Elizabeth agitando los dedos con aire misterioso.

—No —repliqué—. Simplemente no me interesa.

—Tiene miedo de meterse en problemas —sugirió Miaka—. De que a Oceania no le guste.

—Como si pudiera enfadarse contigo —dijo Elizabeth con un punto de amargura en la voz—. Te adora.

—Se preocupa por todas nosotras —respondí, al tiempo que recogía las manos en el regazo.

—Entonces no le importará que te lances en paracaídas.

—¿Y si te entra el pánico y te pones a gritar? —sugerí.

—¿Qué pasaría? —replicó Elizabeth, ya dispuesta a rebatir mis argumentos.

—Bueno, ahí llevas razón…

—A mí me quedan veinte años —dije en voz baja—. Si me meto en líos ahora, los últimos ochenta años habrían sido en balde. Conocéis igual que yo casos de sirenas que acabaron mal. Miaka, tú viste lo que le pasó a Ifama.

Miaka se estremeció. Oceania había salvado a Ifama durante un naufragio frente a la costa de Sudáfrica en los años cincuenta, y ella había accedido a servirla a cambio de la posibilidad de seguir viviendo. Durante el breve tiempo que había permanecido con nosotras, había mantenido las distancias, aislándose en su habitación, como si estuviera rezando la mayor parte del tiempo. Más tarde nos preguntamos si su frialdad formaba parte de un plan para no vincularse con nosotras. Cuando le llegó la hora de cantar por primera vez, se quedó allí en pie, en el agua, con la barbilla levantada, y se negó. Oceania tiró de ella hacia el fondo tan rápido que fue como si nunca hubiera estado allí.

Fue una advertencia para todas nosotras. Teníamos que cantar y mantener el secreto. La lista de mandamientos no era muy larga.

—¿Y qué me decís de Catarina? —proseguí—. ¿Y de Beth? ¿O de Molly? ¿Qué hay del montón de chicas en nuestra situación que fallaron?

Las historias de aquellas chicas eran señales de advertencia que se transmitían de una sirena a la siguiente. Beth había usado su voz para hacer que tres chicas que se habían metido con ella saltaran a un pozo. Eso había sido a finales del siglo XVII, cuando la idea de que existieran brujas no parecía una locura. Había provocado la reacción de todo un pueblo. Y Oceania la había silenciado para mantener nuestro secreto a buen recaudo. Catarina era otra de las que se había negado a cantar… y había desaparecido. Lo extraño, en su caso, es que, cuando ocurrió, ella ya llevaba treinta años de sirena. Yo no podía entender qué le habría hecho tirar la toalla y renunciar a la promesa de la libertad después de tanto tiempo.

La historia de Molly era diferente. Y más inquietante. De algún modo, la vida de sirena la había desquiciado. A los cuatro años, una noche había matado a toda una familia, incluido un bebé, en un ataque de locura del que ni ella misma fue consciente hasta que se encontró de pie sobre una anciana que estaba boca abajo en una bañera. Por lo que oí, Oceania había intentado calmarla, pero, cuando unos meses más tarde tuvo otro episodio similar, le quitó la vida.

Molly era la demostración de que Oceania se mostraba compasiva si veía buena intención, pero también que esa compasión tenía un límite.

Aquellas eran las historias que nos acompañaban, los guardarraíles que nos mantenían por el buen camino. Traicionar las reglas podía significar renunciar a la vida.

Si alguien descubría nuestro secreto, nos encerrarían, quizás incluso experimentaran con nosotras. Al ver que no podían

destruirnos, si no lográbamos escapar, eso significaría una eternidad de encierro en silencio, literalmente. Y si alguien adivinaba que Oceania se alimentaba de algunos de los seres a los que daba sustento, los humanos no tardarían mucho en idear un modo de conseguir agua sin tocarla siquiera. Y si nadie se metía en el agua..., ¿cómo viviríamos todas nosotras?

No quedaba otra que obedecer.

—Vosotras dos me preocupáis un poco —confesé, cruzando la habitación para darles un abrazo—. La verdad, a veces me da envidia lo bien que os habéis... integrado. Pero me pregunto cuánto tiempo podréis seguir así sin cometer ningún error.

—No tienes que preocuparte —me aseguró Miaka—. Esto es lo que han hecho las sirenas durante toda la historia. Y a nosotras se nos da como a ninguna. Hasta Aisling vive a las afueras de la ciudad. El contacto con los humanos nos ayuda a mantenernos cuerdas. No tienes que recluirte para conseguir aguantar esta vida.

Asentí. Lo sabía. Pero no quería forzar la situación con

Oceania. Elizabeth seguía callada, pero estaba claro lo que pensaba al respecto.

—¿Por qué no vamos a ver a Aisling? —propuso Miaka—. En realidad, nunca le hemos preguntado cómo lo lleva.

—Porque nunca viene por aquí —replicó Elizabeth, evidentemente molesta.

No habíamos visto a nuestra cuarta hermana desde la última vez que habíamos tenido que cantar. Y hacía más de dos años que no vivía con nosotras.

—Eso estaría bien. Una visita corta —añadí, sobre todo por Elizabeth, que nunca le había tenido una especial simpatía a Aisling. Era demasiado solitaria para su gusto.

—Vale —dijo ella asintiendo—. Total, tampoco tenemos nada mejor que hacer.

Salimos por la puerta trasera. Y de ahí bajamos por una pequeña escalera de madera que llevaba a un embarcadero flotante. Muchas de las otras casas tenían esquís acuáticos o botes de remos atados a sus embarcaderos, pero el nuestro estaba vacío. El sol estaba lo suficientemente bajo como para que nadie nos viera meternos en el agua.

El agua nos recibió agitándose a modo de saludo. Sentí una especie de cosquilleo por todo el cuerpo al sumergirnos. Me relajé en el calor del abrazo de Oceania, ya más tranquila.

¿Puedes decirle a Aisling que vamos para allá?, le dije.

Por supuesto.

¡Wheee!, exclamó Elizabeth, mientras nos sumergíamos en las profundidades y emprendíamos nuestro viaje.

La velocidad le arrancó sus finas ropas. Extendió los brazos, con el cabello agitándose en una danza tras ella, a la espera de recibir su vestido de sirena. Cuando nos movíamos así, nos desprendíamos de todo lo terrenal que había en nosotras. Oceania abría sus venas, liberando millones de partículas de sal que se pegaban a nuestros cuerpos para crear unas largas túnicas, delicadas y livianas. Eran espléndidas y adoptaban todos los tonos del mar: el púrpura de un arrecife de coral que el ojo humano nunca había visto, el verde del kelp creciendo hacia la luz, el dorado de la sal a la luz del amanecer... Y nunca eran exactamente iguales. Casi daba pena ver cómo se descomponían, grano a grano, pocos días después de que nos alejáramos de ella.

Pareces triste.

Sus palabras solo sonaron en mis oídos.

Últimamente he vuelto a tener pesadillas, reconocí.

No necesitas dormir. Estás igual de bien aunque no duermas, ya lo sabes.

Sonreí.

Lo sé. Pero me gusta dormir. Es relajante. Solo es que me gustaría poder dormir sin sueños, eso es todo.

No podía evitar que soñara, pero siempre me consolaba lo mejor que podía. A veces me llevaba a alguna isla o me mostraba las partes más bellas de sí misma, tan lejos del alcance de los humanos. A veces sabía que preocuparse de mí suponía dejarme que me apartara de ella. Pero yo tampoco quería pasar mucho tiempo lejos de ella. Era la única madre que tenía.

En parte madre, en parte guardiana, en parte jefa... Era una relación difícil de explicar.

Aisling salió nadando a recibirnos, con las hebras de su vestido aún incompleto flotando a su alrededor.

¡Qué sorpresa! —nos dijo, cogiendo a Miaka de la mano—. *Seguidme.*

Nadamos tras ella, rodeando la placa continental, que emergía del agua formando la tierra firme. Nuestras nociones de geografía eran algo especializadas; sabíamos que algunos lugares estaban rodeados de roca, otros de arena y otros de arrecifes verticales. Había otras cosas que también sabíamos de memoria, como los lugares donde nos habíamos encontrado unas con otras o la ubicación de los barcos que habíamos hundido. Todo ello creaba un peculiar mapa mental de ciudades fantasma en el fondo del mar.

Seguimos a Aisling, que recorrió un tramo de costa bastante irregular hasta ponerse de pie en un punto en que ya no la cubría.

—No os preocupéis —dijo, viéndonos nerviosas al salir a tierra firme sin pensárselo dos veces—. Aquí estamos solas.

—Pensaba que vivías cerca de un pueblo —dijo Elizabeth, saltando por entre las rocas redondeadas para alcanzar la orilla.

—La distancia es relativa —respondió Aisling, que nos condujo hacia una vieja casa situada tras una hilera de árboles.

Era pintoresca, a la sombra de unas ramas pesadas como brazos que la refrescarían en verano y la protegerían de la nieve en invierno. Enfrente había un pequeño jardín lleno de flores y de bayas. Aquella explosión de vida me hizo pensar que, mientras que el resto de nosotras estábamos conectadas únicamente al agua, Aisling extraía energía de todos los elementos.

—¡Qué lugar más pequeño! —dijo Miaka al entrar.

Era una sola estancia, apenas del tamaño del salón de nuestra casa de la playa. No había muchos muebles, solo una camita y una mesa con un banco a un lado.

—Yo creo que es acogedor —señaló Aisling, colocando un cazo sobre el fogón de una vieja cocina—. Me alegro de que hayáis venido a verme. Hoy he recogido unas bayas frescas. Iba a hacer una tarta. Dadme tres cuartos de hora y tendremos un postre estupendo.

—¿Esperabas compañía? —preguntó Elizabeth—. ¿O simplemente es que te aburrías mortalmente?

No teníamos muchos motivos para cocinar. No necesitábamos comer. Elizabeth en particular podía pasar meses sin sentir capricho por ningún gusto en particular.

Aisling sonrió mientras acababa de forrar el fondo del molde.

—Sí, el rey debe de estar a punto de llegar.

—Ah, ¿y al rey le gusta la tarta? —respondió Miaka, siguiéndole la broma.

—¡A todo el mundo le gusta la tarta! —dijo Aisling. Luego suspiró—. A decir verdad, hoy estaba algo aburrida. Así que estoy contenta de que hayáis venido.

—Sabes que puedes venir a vivir con nosotras —dije yo, situándome a su lado mientras vertía el relleno.

—Ya, pero es que me gusta la tranquilidad.

—Acabas de decir que estabas aburrida —señaló Miaka, explorando la habitación con sus ojos de artista.

—Un día de cada cien —respondió Aisling, sin hacer mucho caso—. Pero sé que en estos días debería pasar más tiempo con vosotras. Lo intentaré.

—¿Estás bien? —le pregunté—. Pareces tensa.

Aisling me mostró una gran sonrisa.

—Estoy genial. Contenta de veros, nada más. ¿A qué se debe la visita?

—¿Podrías decirle a Kahlen que se calmara? —preguntó Elizabeth, sentándose en la cama solitaria como si fuera la dueña de todo aquello—. Está otra vez de bajón. Garabateando en los cuadernos, sufriendo porque todo su mundo pueda venirse abajo solo con que la sombra de un humano se le cruce por delante.

Aisling y yo intercambiamos una mirada. Ella sonrió, divertida.

—¿Qué es lo que pasa realmente?

—Nada —le aseguré—. Simplemente estamos comparando estrategias para manejar los problemas de la vida cotidiana. Yo me siento más segura cuanto más anónimas somos. Cuanta menos sea la gente con la que interactuamos, mejor.

—Y aun así insistes en vivir en grandes ciudades —refunfuñó Elizabeth.

—Para pasar más desapercibidas —respondí poniendo los ojos en blanco.

Miaka se acercó. Apoyó suavemente una mano en el hombro de Aisling.

—Creo que lo que quiere decir Elizabeth es que, como tú eres la mayor, también tendrás más conocimientos que compartir con nosotras.

Aisling se quitó el delantal y nos sentamos todas juntas, ocupando todo el banco y la cama.

—Bueno, seamos sinceras. Oceania no nos necesita a más de una a la vez. Podría hacer su trabajo con una sola sirena. Pero se asegura de que haya al menos dos en todo momento, para que no estemos solas.

—Y siempre la tenemos a ella —añadí.

—Lo cual es raro. Porque es difícil entenderla —puntualizó Elizabeth, jugueteando con los brillos de sal de su vestido.

—No es una persona —señalé—. Claro que es difícil entenderla.

—Volvamos a lo que hablábamos, Aisling: ¿tú crees que es posible interactuar con los humanos sin que haya consecuencias? —insistió Elizabeth.

Aisling sonrió, con la mirada puesta en un punto perdido.

—Desde luego. De hecho, yo creo que ver vidas que registran cambios y viven épocas diferentes le ha dado más valor a mi vida, aunque no pueda cambiar en nada. Supongo que me ayuda a conocer mis límites. —Volvió a mirar a Elizabeth—. Parece que Kahlen conoce los suyos, así que quizá debiéramos respetarlos.

—Bueno, a mí me parece que lo pasa mal y que sería mucho más feliz si saliera al mundo real de vez en cuando —dijo Elizabeth con una sonrisa, una sonrisa breve que no pretendía buscar enfrentamientos, sino dejarnos claro que seguía pensando que tenía razón.

—Siguiendo con eso… —dijo Miaka irguiendo la espalda—. Paracaidismo. ¿Lo harías, Aisling?

Ella soltó una risita nerviosa.

—No me gustan las alturas, así que probablemente no.

Miaka asintió.

—Admito que la caída sería una sensación extraña. Pero yo quiero ver el mundo desde arriba.

—Has visto guerras, has asistido a la desaparición y a la transformación de países enteros. Has experimentado más cambios de moda de los que pueda recordar la mayoría. Hemos caminado por la Gran Muralla, has montado en elefante... ¡Pero si hasta Elizabeth nos llevó a ver a los Beatles! —le recordé—. ¿De verdad necesitas algo más?

—Quiero verlo todo —replicó Miaka, ilusionada.

Pasamos el resto de la visita hablando de los cuadros que había pintado Miaka, de los libros que había leído yo, de las películas que había visto Elizabeth. Aisling tenía razón cuando decía que disfrutaba observando la vida de los que la rodeaban, y nos contó que la mejor panadera del pueblo por fin iba a cerrar la panadería, o que últimamente se había multiplicado la gente que trabajaba paseando los perros de los demás. Todo aquello no significaba nada para mí, pero para los extraños que lo vivían era fundamental.

—Ojalá tuviera un talento como el tuyo, Miaka —se lamentó Aisling, después de oír sus teorías sobre la adrenalina y el arte—. Me siento como si no tuviera nada que decir. Ahora mismo en mi vida no pasa nada.

—Recuerda que, si quieres venir a vivir con nosotras, eres bienvenida —insistí.

Se inclinó hacia mí, hasta tocar mi cabeza con la suya.

—Ya. No es eso. Es que hoy en día da la impresión de que la vida transcurre muy rápido. Esta tranquilidad no me durará mucho. Creo que la echaré de menos.

—¿Rápido? —reaccioné—. ¿Qué es lo que haces para que los años te pasen tan rápido? A mí me parece que van lentísimos.

—Yo estoy de acuerdo con Aisling. La verdad es que todo va muy rápido —señaló Elizabeth—. No tengo tiempo de hacer todo lo que quiero. ¡Pero me encanta!

Pasadas unas horas, Elizabeth parecía inquieta, así que educadamente señalé que era hora de volver a casa. Aisling me abrazó mientras Miaka y Elizabeth se dirigían hacia el agua.

—No puedo decirte qué hacer, pero sé lo mucho que te atormenta nuestro trabajo. Si el modo en que has vivido durante ochenta años no te hace sentir mejor, quizá sea hora de probar algo diferente.

—Pero ¿y si meto la pata?

Me apretó la mano.

—Eres demasiado buena como para meter la pata. Y si lo hicieras, serías la que más fácil lo tendría para que te perdonaran. Te adora. Y lo sabes.

Asentí.

—Gracias.

—No hay de qué. Vendré a veros pronto.

Volvió a la casa con una carrerita. Y yo me quedé pensando en su consejo, mientras la veía a través de la ventana, iniciando los preparativos para hacer otra tarta. Sonreí. Aisling no tenía nada que perder ni que ganar diciéndome que cambiara de hábitos, y eso hacía que confiara en ella. Así que decidí guardarme los sentimientos y las preocupaciones en el corazón y plantearme si habría algún modo para hacer algo más fácil el último tramo de aquella vida.

4

La tarde siguiente pasé un buen rato dejando que Miaka me rizara el cabello. No entendía el modo en que vivían la vida mis hermanas. No estaba segura de que fuera muy sensato, pero nunca había intentado seguir su ejemplo en nada. Esa noche lo

haría.

—¿Qué te parece este? —Elizabeth me mostró otro vestido.

Básicamente, todo lo que me enseñaba tenía el aspecto de un tubo de tela corto, solo que cada vez de diferente color.

—No sé. No es mucho mi estilo.

Ella ladeó la cabeza.

—De eso se trata. No puedes ir a una discoteca vestida como un ama de casa de los años cincuenta.

Arrugué la nariz.

—Pero… deja bastante al descubierto, ¿no te parece?

Miaka chasqueó la lengua, divertida, mientras Elizabeth ponía los ojos en blanco, desesperada.

—Sí. Mucho. Tú póntelo, ¿vale? —dijo tirándome el vestido, que me cayó sobre las piernas hecho un lío—. Yo voy a vestirme —añadió, saliendo de la habitación.

Contuve un suspiro. A fin de cuentas, estaba intentando ponerle ilusión. Quizás aquella noche marcara un nuevo inicio en mi vida.

—Tendríamos que peinarte así más a menudo —dijo Miaka, haciéndome girar hacia el espejo. Contuve el aliento.

—¡Qué volumen!

—Con unas cuantas horas de baile lo irá perdiendo.

Me acerqué y me escruté el rostro. Me había acostumbrado a la belleza natural que proporcionaba el ser una sirena. Los artísticos trazos de Miaka con el contorno de ojos y el pintalabios la habían multiplicado por diez. Ahora entendía por qué los chicos prácticamente hacían cola para captar la atención de Elizabeth.

—Gracias. Lo has hecho perfecto.

Ella se encogió de hombros.

—Ya sabes. Cuando quieras —dijo, y se acercó al espejo para maquillarse ella.

—¿Y qué hacemos cuando lleguemos? —pregunté—. Yo no sé cómo actuar en un sitio lleno de gente.

—No existe un libro de instrucciones sobre cómo salir a divertirse, Kahlen. Probablemente beberemos algo y echaremos un vistazo a la gente. Elizabeth seguro que buscará a alguien, pero tú y yo podemos limitarnos a bailar.

—Ya dejé de intentar entender cómo baila la gente joven hace unos treinta años. El *electric slide* fue la gota que colmó el vaso.

—¡Pero bailar es tan divertido!

—No —respondí yo, negando con la cabeza. El *jitterbug* era divertido. Pero tener ritmo y cogerle la mano a tu pareja ya no se lleva.

Miaka se apartó el rímel de la cara y tuvo que hacer un esfuerzo para evitar meterse el cepillito en el ojo de la risa.

—Te aseguro que, si esta noche intentas bailar el *jitterbug*, Elizabeth te mata.

—Bueno, pues que tenga suerte —mascullé—. En cualquier caso, lo único que digo es que quizá no pase demasiado tiempo en la pista de baile.

La mirada de Miaka se encontró con la mía en el espejo.

—Me alegro de que por fin vayas a algún sitio que no sea una biblioteca o un parque, pero no estoy muy segura de que realmente valga de mucho que te quedes sentada en un rincón.

—¡Tachán! —exclamó Elizabeth, entrando en la habitación, enfundada en un vestido corto negro y con sus «zapatos de *stripper*», como solía llamarlos—. ¿Qué tal?

Sonreí.

—Podrías parar el tráfico.

Ella se ahuecó el cabello con una mano, encantada.

—He encontrado esto —me dijo ofreciéndome algo.

Era otro vestido corto, pero tenía una fina franja de tul desde la cintura hacia abajo. Y sí, estaba cubierto de lentejuelas, pero se acercaba más a mi estilo que todo lo que me había enseñado antes.

Sonreí.

—Gracias. Este es el mío.

Elizabeth me rodeó con los brazos.

—¡Estoy tan contenta de que vengas! ¡Lo único mejor que ser las dos chicas más guapas del local es ser las tres más guapas!

El gorila de la puerta cayó prendado del hechizo de Elizabeth desde el momento en que la vio llegar. Tuve la sensación de que, aunque en nuestros carnés falsos no hubiera puesto que éramos mayores de edad, habríamos entrado igualmente sin problemas.

Nada más entrar me encogí al oír aquellos estruendosos bajos. Por un momento me planteé si había hecho bien. Miaka debió de notarlo, porque me rodeó con un brazo y me llevó a la barra. Pidió las copas tecleando los nombres en su teléfono móvil y nos abrimos paso por entre la gente con nuestras bebidas en la mano.

«Se supone que esto debe ser divertido —me dije—. Tú pon de tu parte. Esto les hace más fácil la vida a tus hermanas. Quizá podría facilitártela a ti también.»

—¿Cómo puedes pensar siquiera..., en un lugar así? —le dije a Elizabeth, hablándole al oído.

Ella acercó los labios a mi oreja y respondió:

—Se trata de no pensar.

—Relájate —me dijo Miaka, con lenguaje de signos—. Esto es como caminar por una calle llena de gente.

Lo intenté. De verdad que lo hice. Me tomé dos copas, esperando que calmaran mis nervios. Bailé con Miaka, lo cual resultó divertido hasta que atrajimos a tantos admiradores decididos a apretarse contra nosotras que la cosa perdió todo su atractivo. Incluso intenté concentrarme en la música, algo que debería resultar natural a una sirena, pero con el volumen al que la ponían, se convertía prácticamente en ruido.

Observé el modo extraño en que algunas personas se acercaban a Elizabeth, como si fuera un imán en medio de la pista de baile. No era de extrañar que pudiera ligar con quien quisiera sin decir una palabra. Lo cierto es que éramos las más guapas de todo el local. Y cuando Elizabeth se fijaba en un chico, este quedaba a su merced. Primero escogió a uno, pero sus amigos querían ir a otro bar y se lo llevaron. Incluso sin cantar, el influjo de Elizabeth hizo que el chico opusiera algo de resistencia, pero al final consiguieron sacarlo de allí. Su segunda opción había bebido más de lo que parecía a primera vista: se le quedó dormido en la mesa.

Sin embargo, tras dos horas lastimosas, volvió a acercársenos cogida del brazo de un tipo de cabello castaño. Estaba borracho, sin duda.

—No me esperéis —nos dijo, siempre con signos, y desapareció con él por la puerta.

Me giré, con ojos suplicantes. Ella sonrió y asintió. Nos dispusimos a volver a casa.

—Lo has intentado —me dijo mientras caminábamos por la acera—. Pensaba que te perderíamos antes de entrar siquiera.

—A punto estuvisteis —confesé—. Ahora lo tengo claro: el mundo de la marcha nocturna no es para mí.

—¿Te apetecería ir a alguna fiesta en una casa o algo así? Si pasamos por el campus a la hora adecuada, nos hacen montones de invitaciones.

—Poco a poco —respondí trazando los signos con las manos, dubitativamente.

El repiqueteo de nuestros tacones al pasar por delante de todos aquellos locales nocturnos de la calle provocó silbidos y cumplidos varios. Yo, inconscientemente, me llevé la mano al escote, aunque eso no sirvió de mucho. Miaka sonrió, irguiéndose aún un poco más. Me pregunté si lo que les gustaba de aquel estilo de vida a mis hermanas no sería simplemente el dejarse ver. La mayoría de los días estábamos recluidas. Cuando cantábamos, la escena que representábamos no era más que una mentira. Al menos, así, alguien nos veía vivas. Aunque, en mi caso, más que sentir que me veían sentía que me observaban.

Cuando llegué a casa, no me molesté siquiera en quitarme el vestido de Elizabeth: corrí a la puerta trasera y me tiré al agua.

¡Kahlen!, dijo Oceania, recibiéndome con un cálido remolino de aguas cálidas.

No te creerás la noche que he pasado.

Cuéntamelo todo.

Me la imaginé apoyando la barbilla en la mano, pendiente de cada palabra que salía de mi boca.

A Miaka y a Elizabeth les gusta ir a locales nocturnos, esos lugares donde la gente bebe y baila. Siempre me dicen que tengo que salir más, así que al final decidí acompañarlas.

No te imagino haciendo algo así.

Yo tampoco me lo imaginaba. Por eso me he sentido tan incómoda. Estoy tan contenta de estar aquí otra vez… Aquí se está a gusto. Y en silencio.

El agua se agitó en algo parecido a una risa.

Si quieres, no hace falta siquiera que hablemos. Con solo tenerte aquí me basta.

Me dejé caer hasta tenderme en la arena del fondo del mar, con las piernas cruzadas y los brazos bajo la nuca, observando las estelas de los barcos que pasaban por la superficie, que se iban cruzando unas con otras hasta desaparecer. Había bancos de peces nadando tranquilamente, sin asustarse por la presencia de una chica en el fondo.

Así pues, ¿unos seis meses?, dije, con el estómago encogido.

Sí, a menos que se produzca algún desastre natural o algún hundimiento provocado. No puedo predecir esas cosas.

Lo sé.

No empieces ya a preocuparte. Me doy cuenta de que aún te duele lo de la última vez, dijo, envolviéndome para consolarme.

Levanté los brazos como si pudiera acariciarla, aunque por supuesto mi minúsculo cuerpo era incapaz de abrazar el suyo.

Siempre tengo la impresión de que nunca pasa suficiente tiempo entre un canto y otro. Me provocan pesadillas, y las semanas antes de cada canto estoy de los nervios. El corazón se me encoge en el pecho. Y siempre tengo miedo de recordar después lo que se siente.

Eso no pasará. En todos mis años, ninguna sirena liberada ha vuelto a mí pidiéndole que le corrija los recuerdos.

¿Alguna vez tienes noticias de ellas?

No intencionadamente. Siento a las personas cuando las tengo dentro. Así es como encuentro a nuevas chicas. Así es como sé si hay alguien que pueda sospechar la verdadera naturaleza de mis necesidades. Alguna vez una antigua sirena sale a darse un baño o se moja los pies desde un embarcadero, y así puedo echar un vistazo a sus vidas, y hasta ahora nadie me ha recordado nunca.

Yo te recordaré, le prometí.

Sentí su abrazo.

Nunca te olvidaré, en toda la eternidad. Te quiero.

Y yo también te quiero.

Puedes descansar aquí esta noche, si quieres. Me aseguraré de que nadie te encuentre.

¿Y no puedo quedarme aquí para siempre? No quiero estar preocupada por herir los sentimientos de la gente sin querer. O por si decepciono a mis hermanas. Aisling tiene su propia casa, así que quizá yo pudiera hacerme una casita propia con madera arrastrada por la corriente.

Oceania me acarició la espalda suavemente con una corriente de agua.

Duerme. Por la mañana te sentirás mejor. Tus hermanas estarían perdidas sin ti. Confía en mí, lo piensan constantemente.

¿De verdad?

De verdad.

Gracias.

Descansa. Aquí estás segura.

5

Me acerqué la niña al cuerpo, intentando que dejara de llorar.

—Chis… —le dije, esperando que mi voz calmara de alguna manera a aquel bebé, en lugar de causarle más daño—. No pasa nada —le susurré mientras la pequeña se agitaba entre mis brazos.

Sus lágrimas fueron volviéndose cada vez más densas y abundantes, hasta convertirse en un reguero de agua. Y sus llantos se convirtieron en gárgaras, al ir saliendo agua también de su boca.

Horrorizada, contemplé cómo iba ahogándose de dentro afuera.

Me desperté con una sacudida, sin recordar que estaba bajo el agua, con la impresión de que yo también me estaba ahogando. Solté un chillido sin darme cuenta.

¡Estás a salvo, Kahlen! ¡Estás a salvo!

Me llevé las manos a la garganta y al pecho, aterrada, hasta que comprendí quién me hablaba y que tenía razón.

Lo siento. He tenido una pesadilla.

Lo sé.

Suspiré. Claro que lo sabía.

Ve con tus hermanas. Me encanta tenerte conmigo, pero necesitas estar en tierra firme. Necesitas la luz del sol.

Asentí.

Tienes razón. Volveré a verte pronto.

Me impulsé hasta la superficie, intentando ocultar lo mucho que necesitaba liberarme de su abrazo líquido en aquel momento. Era algo que no encajaba muy bien con lo desesperadamente que había necesitado ocultarme en su seno solo unas horas antes.

Trepé al embarcadero flotante justo a tiempo de ver asomar el sol por entre las nubes. Me quedé allí de pie, intentando poner en orden mis sentimientos. Miedo, esperanza, preocupación, compasión... Tenía tantas cosas en el corazón que estaba como paralizada. Aisling quería sacarme de la rutina. Elizabeth y Miaka querían sacarme de mi zona de confort. Tenía la sensación de que no conseguirían ni una cosa ni la otra hasta que pudiera aclarar el lío que sentía en mi interior.

Subí las escaleras y volví a casa. Elizabeth estaba allí, aún con su mínimo vestido negro puesto; había dejado los zapatos tirados junto a la puerta. Estaba charlando animadamente con Miaka, bebiéndose un café que se había comprado de camino a casa mientras hablaban de la noche anterior.

Ambas se giraron al verme entrar por la puerta. Elizabeth enseguida me puso una cara larga:

—¡Por favor, no me digas que te has metido en el agua con este vestido!

Bajé la vista y vi el charquito que iban formando las gotas en el suelo.

—Hum... Pues sí.

—¡Solo admite lavado en seco!

—Lo siento. Te compraré otro.

—¿Qué es lo que te pasa? —preguntó Miaka, que se dio cuenta de lo triste que me sentía.

—Nada. Otra pesadilla —confesé quitándome el vestido. Necesitaba algo más suave, más cálido—. Estoy bien. Creo que voy a sentarme a leer en la cama.

—Si necesitas hablar, cuenta con nosotras —se ofreció.

—Gracias, estoy bien.

Volví a mi habitación. No tenía ganas de oír a Elizabeth relatando su última conquista. Aunque tampoco me apetecía para nada volver al agua, era como si necesitara quitarme el olor a sal de la piel. Al menos en la medida de lo posible.

—¿Por qué se molesta siquiera en dormir? —oí que preguntaba Elizabeth en voz baja—. Yo pensaba que habría dejado de intentarlo. No lo necesitamos.

Esperé un momento para oír la respuesta de Miaka:

—Debe de tener algún sueño maravilloso de vez en cuando que compense las pesadillas.

Cerré la puerta del todo, colgué el vestido de Elizabeth de la ventana y dejé que el agua de la ducha se llevara todo lo demás.

Hojeé mis álbumes de recortes, buscando. Por fin, en una página sobre un hundimiento de unos doce años antes, encontré el rostro del bebé de mi sueño. Oceania me había asegurado que no recordaría nada de todo aquello. ¿Por qué entonces se me quedaban esas caras en la mente? Elizabeth diría que era por mi insistencia en documentarlo todo, pero yo sabía que no era eso. Al menos, no exclusivamente.

Me había impuesto la norma de no mirar a la gente a la cara durante los naufragios, pero en más ocasiones de las que querría admitir no lo conseguía. Era difícil hacer oídos sordos a la gente que gritaba pidiendo que los salvaran. A veces veía a alguien y luego no encontraba ningún dato de esa persona. Ni obituarios, ni blogs, ni nada. Conocía esos rostros tan bien como los que estaban en mis álbumes.

A veces me preguntaba si aquello habría acabado conmigo. Y era algo que me preocupaba tanto como cualquiera de nuestros cantos. Si recordaba las decenas de miles de personas que había matado, ¿cómo podría vivir después, cuando dejara de ser sirena?

Bajé la vista y miré a aquel bebé, una niña llamada Norah. Y lloré por la vida que no había llegado a vivir.

Aunque sabía que aún quedaban seis meses para el próximo canto, lo temía como si fuera a llegar al día siguiente. Cada vez que sucedía era como si se me rasgara el alma. Habían pasado ochenta largos años. Quedaban otros veinte. Y cada día parecía interminable.

El lunes por la mañana salí de la casa todo lo rápido que pude. Cogí uno de los muchos álbumes de láminas de Miaka y me lo metí en la bolsa junto con unos lápices. Había hecho mis pinitos en dibujo y pintura desde el día en que Miaka se había presentado en casa con su primer lienzo, y aunque nunca llegaría a ser una artista como ella, me apetecía tener las manos ocupadas por un tiempo.

Llegué al campus siguiendo las calles más tranquilas que encontré y crucé hasta la explanada principal, cerca de la fuente y la biblioteca, justo en el momento en que los estudiantes iban entrando a clase. En parte me sentía mal por haber sido tan dura con Elizabeth y Miaka. Ellas se encontraban a gusto en los bares y clubes. Yo me sentía a gusto en la biblioteca. Quizá la forma que tenían de llevar las cosas no me fuera bien a mí, pero eso no quería decir que no fuera válida.

Me situé bajo un árbol y saqué el álbum de láminas, pensando en dibujar alguno de los atuendos que llevaba la gente. Me encantaba ver cómo cambiaba la moda con el tiempo, y aunque prefería un estilo más clásico, resultaba divertido cómo una cinta para la cabeza, o la altura del tacón de un zapato, o un tipo de escote podía recordarme algo con lo que me había encontrado veinte años atrás.

Aunque también había visto mucha gente para quien eso era un problema. A muchos que se habían quedado atascados en los años ochenta, haciéndose cosas impensables en el pelo, o poniéndose pantalones de campana cuando nadie más lo hacía. Quizá mantener un estilo les sirviera como red de seguridad, como algo a lo que agarrarse cuando todo lo demás cambiaba. Me alisé la falda y pensé que seguramente sería verdad.

Entonces, inesperadamente, alguien se situó a mi lado, a la sombra del árbol.

—Vale, yo pensaba que estudiarías Cocina, pero ahora empiezo a pensar que quizá sea Bellas Artes.

Era el chico de la biblioteca, Akinli.

—La verdad es que no lo tengo claro. Tú no te has planteado lo que yo hago, ¿verdad?

Sonreí y meneé la cabeza. Me gustaba que se hubiera puesto a hablar así, como si ya estuviéramos en medio de una conversación.

—Bien. He estado considerando varias posibilidades. Económicas me parecería una solución inteligente, pero el dinero se me da tan mal como la cocina.

Sonreí y le garabateé algo en la esquina de una página.

«Pero ¿no es ese el motivo por el que estudia la gente? ¿Para mejorar?»

—Es un buen argumento, pero yo creo que sobrestimas mis cualidades.

Me sonrió y recordé lo normal que me había hecho sentir la primera vez que nos habíamos visto. Y ahora, una vez más, mi silencio no parecía molestarle lo más mínimo. De pronto me di cuenta de lo que me hacía sentir tan incómoda respecto a los ligues de Elizabeth. La gente que iba con ella se sentía atraída por lo que todos: nuestra piel brillante, nuestros ojos tiernos y nuestro aspecto misterioso. Pero este chico parecía ver más allá. No parecía considerarme solo una belleza misteriosa, sino una chica que le gustaría conocer.

No me observaba. Me hablaba.

—Así pues, ¿has hecho ese pastel tan imponente este fin de semana o no?

Negué con la cabeza.

«He ido a mi primera discoteca», escribí, aliviada de lo normal que me parecía de pronto hacer aquella confesión.

—¿Y?

«No es lo mío.»

—Ya. A mí me tocó conducir el viernes, y no bebí nada. Sinceramente, no soporto la peste de los bares. Es como si el olor al tabaco de años atrás se hubiera quedado pegado a las paredes, aunque ahora ya no se pueda fumar. —Akinli arrugó la nariz en señal de asco—. Además, aunque me caen bien los tíos de mi residencia, no me caen tan bien como para tener que limpiarles el vómito. Creo que mis días como chófer han acabado.

Hice una mueca y asentí. Conocía muy bien esa sensación

de convertirse en el cuidador de otra persona.

—¿Hoy te queda alguna clase?

«¡No!»

—Jo, pues qué envidia. Yo pensaba que apuntándome a las clases de tarde podría dormir más. Y un plan brillante, porque tengo una relación muy íntima con el sueño.

«Yo también.»

—Bueno, pensaba que nuestra relación sufriría un poco, pero que no importaba si así podía aprovechar más las tardes. Pero ahora que te veo a ti, que puedes sentarte aquí, como una presencia misteriosa, y ponerte a dibujar a gente que ni siquiera conoces, me parece estupendo.

Sonreí con aire de falsa suficiencia. Así me había visto yo muchas veces, como una presencia misteriosa. Pero era la primera vez que me sonaba bien.

«¡Es la ropa!», me defendí, señalando las láminas.

—Ajá. Bueno, lo que tú digas. Pero no me hagas mucho caso. Es pura envidia. Yo no sé dibujar. Lo único que sé hacer es una rana. Aprendí a hacerlas en primero de la escuela elemental. Nunca lo olvidé. La clave está en empezar dibujando una pelota de rugby —dijo, con el tono de un experto en la materia—. Si eso lo haces mal, ya no lo salvas.

«No sabes cocinar. No sabes dibujar. ¿Qué sabes hacer?»

—Excelente pregunta. Hum... Sé pescar. Es algo familiar, como ese terrible apellido. Y sé escribir mensajes de texto sin abreviaturas. Sí, sí, eso es una habilidad. —Sonrió, orgulloso de sus logros—. Y gracias a que mi madre era una bailarina de competición cuando era adolescente, sé bailar el *lindy hop* y el *jitterbug*.

Erguí la espalda y levanté la cabeza de pronto. Akinli puso los ojos en blanco.

—Te lo juro, si me dices que sabes bailar el *jitterbug*, voy a... No sé... Prendo fuego a algo. Eso no lo sabe bailar nadie.

Fruncí los labios e hice como si me sacara polvo del hombro, gesto que había visto hacer a Elizabeth cuando se daba importancia.

Como si aceptara un desafío, dejó caer la mochila y se puso en pie, tendiéndome una mano. Yo se la cogí y me situé delante de él, que meneó la cabeza, con una sonrisa socarrona.

—Vale, vamos a ir despacio. Cinco, seis, siete, ocho.

Al mismo tiempo, empezamos una sucesión de giros y triples pasos, siguiendo el ritmo que teníamos en la cabeza. Un minuto más tarde, se animó y me hizo girar, situándome en posición para dar esas patadas al aire que tanto me gustaban.

La gente pasaba junto a nosotros, nos señalaba y se reía, pero era de esas veces en que estaba segura de que no se burlaban: les dábamos envidia.

Nos pisamos los pies más de una vez. Cuando se dio con la nariz en mi hombro sin querer, levantó las manos en señal de rendición.

—Increíble —dijo, casi como si se quejara—. No veo la

hora de contárselo a mi madre. No me va a creer. Todos esos años bailando en la cocina, pensando que era especial, y de pronto me encuentro con una maestra.

Volvimos a sentarnos bajo el árbol. Me puse a recoger mis cosas. Había sido un pequeño momento encantador: casi me daba miedo que un minuto más a su lado lo estropeara.

—¿Así que aún no has hecho ese pastel?

Negué con la cabeza.

—Bueno, dado que tú no quieres ir a más clubes y que yo no quiero seguir llevando a borrachos en el coche, y que en realidad no hay un local donde podamos demostrar nuestras habilidades como bailarines en la ciudad, ¿por qué no hacemos el pastel este fin de semana?

Levanté una ceja.

—Sí, ya sé lo que he dicho de que no sé cocinar, pero creo que podrías ayudarme a que no estropeara demasiado la cena.

«¿Ahora quién es el que sobrevalora al otro?»

Se rio.

—No, en serio. Sería divertido. Y, por si todo lo demás falla, tengo algún sobre de macarrones instantáneos en casa, así que al menos tendremos algo que comer.

Me encogí de hombros, escéptica pero tentada. Elizabeth solía ir a casas de extraños, tenía toda la intimidad que se podía tener con ellos. Y nunca le pasaba nada. ¿Por qué no iba a poder yo preparar algo en la cocina de una residencia sin que nadie saliera herido?

—Pareces nerviosa. ¿Tienes novio?

Dijo aquello último como si acabara de darse cuenta de una evidencia.

Escribí un NO enorme en el papel.

Chasqueó la lengua.

—Vale —dijo. Me cogió el bolígrafo de la mano y garabateó algo en una nota adhesiva—. Este es mi número. Si decides venir, mándame un mensaje.

Asentí y cogí su número. Al hacerlo se le iluminó el rostro. Miró el teléfono.

—Bueno, llego tarde. —Se puso en pie—. Ya hablaremos, Kahlen —se despidió señalándome con el dedo—. ¿Lo ves? Me he acordado.

Contuve una sonrisa. No quería que supiera lo mucho que me había gustado aquel pequeño gesto. Le saludé con la mano mientras se alejaba. Me sentí flotar. Y justo antes de perderse tras un edificio, se giró a mirarme por encima del hombro.

Sentía en el pecho un chisporroteo cálido, extraño. Hacía mucho tiempo que tenía diecinueve años, lo suficiente como para saber bien cómo son los chicos a esa edad. Sabía que las historias románticas eran frecuentes y fugaces, y que aquel interés no podía durar. Aun así, era una sensación mágica. Estaba contenta con la reacción de aquel chico que apenas conocía.

De pronto tenía la sensación de que entendía a Elizabeth mejor. Necesitaba una conexión física y se la buscaba lo mejor que podía. Miaka se pasaba horas escribiéndose con gente en el ordenador o en el teléfono, para conectar intelectualmente. Eso era lo que las mantenía vivas. ¿Yo? Yo me había dejado la piel por Oceania, con la esperanza de que, una vez pasara todo, en mi vida futura, pudiera encontrar una conexión romántica.

Lo cierto era que no había modo de estar segura de que fuera a conseguirlo. Pero ahí sentada, bajo el árbol, vi algo claro de repente. No estaba preocupada. No estaba triste. Ni siquiera pensaba en un futuro lejano, porque lo único en lo que podía pensar era en cada minuto que había pasado con Akinli. Quizá la clave para seguir adelante no fuera eliminar todo lo que estaba sintiendo; quizá lo único que necesitara fuera centrarme en la sensación que hacía que todas las demás parecieran menores.

Saqué mi teléfono. Me entró la risa al pensar en lo inútil que era aquel trasto para mí. Lo usaba sobre todo para mis investigaciones o para distraerme. En mi agenda de contactos había tres números. Y el de Aisling no estaba entre ellos.

Introduje el nuevo número, con dedos vacilantes.

«¿Akinli? Soy Kahlen. Si aún te apetece, me encantaría hacer ese pastel este fin de semana.»

Respiré hondo y apreté *Enviar*. Recogí mis cosas, disponiéndome a volver a casa. Me sacudí la hierba de detrás de la falda.

Antes de que pudiera llegar al extremo del campus, el teléfono vibró.

«¡Tengo moldes!»

6

Durante cuatro días viví en un mundo secreto de absoluta felicidad. No dormí nada porque, por primera vez en mucho tiempo, estar despierta era mucho mejor. Me pasé horas repasando recetas, intentando encontrar una que estuviera algo por encima de lo que haría una novata, pero que no fuera demasiado complicada para la cocina de una residencia de estudiantes.

Sentía el peso de las miradas de mis hermanas, tarareando cancioncillas para mis adentros. Ellas no cuestionaron mi repentino cambio de humor, quizá porque sabían que no abriría la boca. Pero cuando pasaron unos días y vi que aquel embelesamiento no disminuía empecé a preguntarme cómo era posible que un chico me produjera aquel efecto.

Me dije que era completamente normal tener pensamientos bonitos sobre alguien de quien no sabía ni el apellido. La gente se prenda de actores, músicos y famosos a los que no tienen absolutamente ninguna posibilidad de conocer en la vida real. Por lo menos yo había dirigido mi afecto a alguien a quien había conocido en persona.

No dejaba de pensar en el momento en que nos veríamos, intentando no darle demasiada importancia. Le escribí: «¿Tú pones el horno y los utensilios, y yo traigo todos los ingredientes?».

Él respondió: «También pongo el estómago. Porque pastel > comida de verdad. ¡Trato hecho!».

«¿Qué te parece una cobertura de crema de queso?», le pregunté.

«Genial. Un glaseado al que nunca se le dará la importancia que merece.»

Los días previos a nuestra cita pastelera estuvieron llenos de notas como aquellas. Cada frase me dejaba una hora con la cabeza en las nubes. Lo mejor de todo es que no siempre tenía que iniciar una conversación. Cuando el miércoles llegó, las preguntas de Akinli empezaron a ser más profundas. Y me llegaban por sorpresa.

«Así pues, ¿cuánto tiempo hace que cocinas?»

«Prácticamente desde siempre.»

«¿Te enseñó tu madre?»

«En realidad, es algo que he aprendido sola.»

Caritas sonrientes. Mandó varias. Si hubieran venido de cualquier otra persona, me habrían parecido ridículas. Pero estaba bastante segura de que, si él ponía una carita sonriente, es que estaría sonriendo de verdad.

El jueves pasamos la mayor parte del día sin hablar, pero no me importó. Me decía una y otra vez que estaba dándole demasiada importancia a aquello. Lo más probable sería que nos viéramos una vez y que se cansara tanto de hacer esfuerzos para comunicarse que no querría verme más. Y era lo mejor que podía pasar. Al fin y al cabo, ¿qué futuro podíamos esperar?

Eso era lo que me estaba diciendo cuando, hacia las diez de la noche, me envió una foto de su cara, con gesto confundido, con las palabras: «¿Por qué mates, por qué?». Me eché en la cama, riendo incontroladamente. En primer lugar, ¡qué mono era! Y en segundo, ¡me había enviado una foto! Tenía la foto de un chico, una foto que se había hecho solo para mí. Y me pareció lo más grande que había experimentado en el último siglo.

Oí un repiqueteo en la puerta, pero Elizabeth y Miaka la abrieron antes de que pudiera responder.

—¿Estás bien? —preguntó Elizabeth, apoyando una mano en la cadera.

Respiré hondo y contuve la risa.

—Sí, estoy bien.

Paseó la mirada por la habitación. La tele estaba apagada y no tenía ningún libro en las manos.

—¿Qué es tan divertido?

—Algo que acabo de ver —dije recogiendo el teléfono.

—¿Podemos verlo? —preguntó Elizabeth, extendiendo la mano.

Sabía que, si se enteraban de que había conocido a alguien, probablemente se alegrarían. Pero no podía evitarlo: quería guardármelo para mí un poquito más de tiempo.

—No sé si lo entenderéis —mentí.

Se miraron la una a la otra y luego me lanzaron una mirada de sospecha.

—Vale…, pues entonces nos vamos —dijo Miaka, que se quedó mirándome un segundo más de lo necesario antes de cerrar la puerta a sus espaldas.

Apreté los labios, intentando evitar que se me escapara la risa de la pura alegría que me proporcionaba un secreto. Luego volví a mirar la foto de Akinli, sonriendo al ver sus cejas levantadas en un gesto cómico.

Busqué en el teléfono algo que enviarle como respuesta, quizá una foto mía con uno de aquellos vestidos que tanto me gustaban. Pero entonces descubrí que no había usado nunca la cámara para hacerme fotos a mí misma. Tenía fotografías del cielo, de un pájaro, de mis hermanas…, pero no mías.

Me dejé caer sobre la almohada y me eché el pelo atrás. El edredón me cubría parte de la cara, pero al hacer la foto me pareció una representación sincera de la situación. Me quedé mirando a la chica de la foto, el brillo de sus ojos, la sonrisa que se adivinaba en las mejillas, y pensé: «Sí, así es como me siento en este momento».

Se la envié con el mensaje: «Es hora de que lo dejes y te vayas a la cama. Dentro de seis años nadie se acordará de tus notas de mates. Te lo prometo».

Quería explicarle las numerosas desgracias que había visto y que habían desaparecido sin dejar rastro al cabo de minutos.

«¿Te resultaría raro que te diga que eres guapa? Eres guapa.»

Pensé en el aspecto del agua del mar cuando soplaba con la boca y hacía burbujas. Sospechaba que esa sería la pinta que tendría mi cuerpo por dentro en aquel momento. Ligero, lleno de aire y a punto de explotar de felicidad.

«¿Es raro también que te diga que me gusta charlar contigo, aunque no hables? Me gusta charlar contigo.»

—¿Adónde vas? —me preguntó Miaka la noche siguiente, justo en el momento en que mi mano tocó el pomo de la puerta.

Lo cierto es que pensaba que iba a poder escabullirme sin que se dieran cuenta. La música de Elizabeth sonaba a todo volumen en su habitación y llevaban veinte minutos enfrascadas en una conversación sobre vestidos.

—A dar un paseo. Puede que pase por la tienda. ¿Queréis algo?

Me miró de arriba abajo, estudiando mi indumentaria. Para estar en casa solía ponerme un mono o una sudadera, y si aquella hubiera sido una salida improvisada, probablemente aún llevaría puesto algo así. La falda —que ya sabía que quizá fuera algo excesiva para la ocasión, pero que me hacía sentir igual de bien por fuera que por dentro— me delataba un poco.

—No. Últimamente no he oído hablar de nada que me apetezca comer.

—Es cierto. Quizá tendríamos que cambiar a otro estado. O a otro país. A veces el olor de un lugar diferente hace que me vengan ganas de comer, ¿sabes?

—Tienes razón. Habría que pensar adónde queremos ir. Para mi gusto, a veces nos mudamos demasiado precipitadamente.

—Sí —dije cambiándome la bolsa de mano—. Estaría bien pensárselo.

Miaka sonrió y volvió a fijarse en mi ropa.

—Bueno, quizá cuando vuelvas podemos hablar de muchas cosas.

No dije nada, pero estaba segura de que mi sonrisa me acusaba tanto como mi falda. Bueno, al cuerno con los secretos.

Compré los ingredientes y los llevé hasta la residencia de Akinli, aunque no fui directamente a la puerta, porque no podía entrar sola. La universidad exigía identificación para entrar en las residencias pasadas las seis. Y como yo no era estudiante, tuve que esperar a que apareciera alguien y pasara su carné por el lector para poder colarme detrás.

—¿Necesitas ayuda? —preguntó el chico en cuestión, fijando la vista en mi boca.

Negué con la cabeza.

—Venga, vamos. Eso pesa demasiado para ti.

Se acercó. Una vez más maldije nuestro encanto natural. No es que estuviera en peligro, y lo sabía, pero eso no hacía que aquellos encuentros resultaran menos incómodos. Volví a negar con la cabeza.

—No, de verdad, ¿a qué planta vas? Puedo…

—¡Eh, Kahlen! —Levanté la vista y vi a Akinli acercándose por el pasillo. Llevaba la camisa abierta y una camiseta gris por debajo, pero me gustó el hecho de que al menos se hubiera puesto una—. Estaba empezando a preocuparme. Hola, Sam.

—Hola —respondió el chico, que miró a Akinli y se dirigió hacia la escalera, evidentemente decepcionado con la llegada de su compañero.

Mientras tanto, me sentí de mucho mejor humor. Era oficialmente mi primera cita.

—Dame una —dijo Akinli, cogiéndome una de las bolsas de las manos y conduciéndome hasta el ascensor—. La cocina está ahí arriba. Esta mañana he practicado un poco —añadió con orgullo. Levanté las cejas—. Sí. He hecho huevos fritos. Me han salido fatal.

Contuve una risa. En aquel momento, una campanilla anunció la llegada del ascensor, que frenó un momento antes de que pudiéramos abrir las puertas y salir al primer piso.

—Creo que el problema ha sido la falta de supervisión, así que probablemente ahora lo haga mucho mejor.

Nos metimos en la pequeña cocina. Vi que había hecho algunos preparativos. Ya había sacado un cuenco y un batidor de mano, así como dos moldes redondos de diferente tamaño. Dejó la bolsa en el suelo y sacó otra cosa.

—Esto lo he cogido de la puerta de mi habitación. Mi compañero me ha dado mucho la lata, pero así, si necesitas cualquier cosa, solo tienes que escribirlo aquí —dijo, pasándome una pizarrita blanca que ya había sufrido algún accidente durante sus primeros meses de universidad. Fue un gesto tan detallista que casi me vinieron ganas de llorar.

Le observé mientras sacaba cuidadosamente los huevos, el azúcar y la harina, y los iba colocando en la parte trasera de la encimera para dejar espacio para trabajar.

—¿Esto es extracto de almendra? Qué guay. Te recuerdo

que la comida de hoy me ha salido de pena, así que vas a tener que enseñarme todos los pasos.

Sin abrir la boca, saqué la receta impresa y la dejé junto al cuenco.

—Ahí vamos —dijo él, recogiéndola para estudiarla. Repasó los múltiples pasos, con una expresión de preocupación cada vez mayor a medida que se acercaba al final. Se recompuso, decidido, y me miró tímidamente por encima del papel—. Muy bien, Kahlen. ¡Enséñame a cocinar!

7

—¿Has vivido siempre en Florida?

Negué con la cabeza y casqué otro huevo. No era algo que pudiera explicar fácilmente sin hablar. Agité la mano en un círculo y puse cara de exasperación.

—¿Por todas partes?

Asentí.

—¿Tus padres son militares o algo así? Tuve un buen amigo en el instituto que solo pasó un año allí, porque a su padre lo destinaron a otro sitio. He oído que eso es algo que deciden de pronto.

Lo observé, escuchándolo atentamente, ni confirmando ni negando ningún dato sobre mis padres, con la esperanza de que no insistiera más.

—Yo crecí en Port Clyde, un pueblecito de Maine. ¿Has oído hablar de él?

Negué con la cabeza. Me pasó el azúcar que había medido en una taza. La cogí y pasé el dedo por encima, eliminando el exceso, que cayó en el fregadero.

—Oh, ¿eso es malo? —preguntó.

«Hacer pasteles es una ciencia», garabateé en la pizarrita.

—Ah, vale. Registraré esa lección. Y sí, Port Clyde. Es un sitio muy pequeño, conocido sobre todo por sus langostas.

También hay una residencia de artistas, así que a menudo se llena de tipos creativos. Por eso pensé que quizás habrías oído hablar del lugar. El otro día te vi dibujando. No sé si te dedicas a eso o no.

Hice un gesto de «más o menos» con la mano. Incluso con la pizarrita, me habría costado explicarle que en realidad me gustaba dibujar por mi medio hermana y que esperaba llegar a ser la mitad de buena de lo que era ella interpretando el mundo con el pincel.

—Mis padres siguen ahí. Y se mueren por verme volver a casa. Soy hijo único, así que sin mí se sienten un poco solos. Mi madre me llama cada día, literalmente. Ya le he dicho que debería comprarse un perrito, pero ella dice que prefiere tenerme a mí. Supongo que eso es bueno. ¿Estoy hablando demasiado?

Hizo una pausa y se me quedó mirando fijamente a los ojos, con la preocupación reflejada en el rostro.

Negué con la cabeza.

Pensé: «No. Me encantaría escucharte hablar prácticamente de cualquier cosa. Podrías hacer que una llamada telefónica sonara como una aventura».

—Bueno. También le preocupa que aún no he decidido a qué me quiero dedicar. Yo no creo que eso sea tan grave. ¿Tú qué dices?

Junté el pulgar, el índice y el dedo medio, y los separé rápidamente, haciendo el signo de «no» en el lenguaje de sordos. Al darme cuenta de que quizá no me entendiera, también negué con la cabeza.

«Genial. ¿Tú qué estudias? ¿Arte?»

No tenía otra respuesta, así que asentí.

—Tienes aire de artista —señaló, convencido.

Me miré, y luego miré a Akinli, cuestionándolo con la mirada.

—No, de verdad. No sé muy bien qué es, pero tienes el aspecto de alguien que ha hecho muchas cosas, las ha roto en mil pedazos y las ha vuelto a hacer. Lo cual no tiene sentido, estoy seguro. Pero créeme: es lo que veo.

Me puse a batir la masa. Afortunadamente, él no sabía cuántas cosas había roto en pedazos realmente: barcos que costaban millones de dólares, vidas a las que nadie podía poner precio..., pero me gustaba la idea de que quizás, en algún rincón de mi interior, también fuera capaz de reparar cosas.

Le pasé el cuenco, esperando que quisiera participar.

—Oh, Dios. Bueno —dijo, cogiendo el batidor—. Me ha tocado. Vale...

Y se puso a batir.

Mientras lo hacía, añadí unas gotas del extracto de almendras. Al momento levantó la vista y la fijó en mí. Yo ladeé la cabeza, como preguntando: «¿Qué?».

Él tardó un segundo en reaccionar y apartar la vista.

—Ah, sí. Lo siento. Buen trabajo de equipo —dijo, y luego hizo una mueca, como si hubiera dicho una tontería—. Y hablando de equipo... —añadió, bajando un poco la voz—. Quizá podrías ayudarme con algo.

Levanté una ceja.

—Mira, si no hablas, quiere decir que te pasas prácticamente todo el tiempo escuchando, asimilando cosas, ¿no?

Asentí. Era lo único que hacía.

—Me da la impresión de que, justo por eso, probablemente seas muy perceptiva. Así que, como experimento, me gustaría saber qué crees que debería estudiar.

Me lo quedé mirando, atónita.

«¿Quieres que yo decida lo que has de estudiar?»

—Exactamente. Le he preguntado la opinión a unos cuantos amigos, pero creo que se lo toman a broma. Uno me sugirió musicoterapia..., y lo más que he tocado en mi vida es un soplador de esos con membrana.

Su gesto de exasperación me hizo sonreír.

—Venga, va. Necesito darle una dirección a mi vida. Prueba.

Me quedé mirando a aquel chico que —tenía que admitirlo— apenas conocía. Y, sin embargo, tenía la sensación de saber tanto de él que, si alguien me preguntaba, podría describir su personalidad con detalle. Era una persona cariñosa, abierta, llena de alegría. ¿Qué había hecho para llamar su atención, para que se interesara no solo en mi aspecto, sino también en mis pensamientos?

Estaba claro que de verdad le interesaba oír mi opinión, así que pensé bien en su pregunta. Me lo podía imaginar como abogado defensor de un niño maltratado o como enfermero al cargo de alguien con una enfermedad mental, en ambos casos la única persona a la que agarrarse. Volví a escribir en la pizarrita.

—¿Trabajo social? —preguntó.

Aplaudí.

Se rio. Y su risa fue como una música, más melódica que cualquiera que pudiera hacer yo.

—Estoy intrigado. Muy bien, Kahlen. Investigaré ese campo y ya te diré —dijo. Echó un vistazo a la masa del pastel, levantó el batidor y me lo mostró, aún goteando—. ¿Esto tiene buen aspecto?

Toqué el batidor y me chupé el dedo, probando la masa. Los cálidos ojos azules de Akinli se quedaron clavados en los míos mientras sentía la dulzura de la masa en la boca. Estaba perfecta.

Asentí con entusiasmo. Él metió el dedo, para probarla también.

—Eh, no está mal para ser mi primer pastel, ¿no?

Sonreí. No, no estaba nada mal.

Engrasé los moldes. Me gustaba la idea de que los hubiera de dos tamaños diferentes: al final íbamos a hacer algo parecido a un minúsculo pastel de bodas.

—No quiero que suene intenso, ni nada de eso, pero es genial cómo haces todo lo que haces.

Torcí la nariz, confusa.

—Quiero decir que usas el lenguaje de signos. Y así es difícil comunicarse. Pero, aun así, te dedicas al arte, eres buena cocinera y..., caray, hasta sabes bailar el *jitterbug*. Por cierto, se lo he contado a mi madre: quiere un vídeo. No me cree del todo. Pero sí, creo que está muy bien que no permitas que un pequeño obstáculo te frene. Eso lo admiro.

Sonreí. Durante un minuto, yo también me admiré. Él no sabía hasta dónde llegaban mis problemas, pero aun así tenía razón. Enfrentarse a la vida, intentar descubrir lo que te importa realmente, no era ninguna tontería. Incluso aquel momento fugaz, con aquel chico maravilloso a mi lado, era un pequeño milagro. Y tenía que reconocer que yo tenía algo que ver en ello.

Quise escribir «gracias», pero el rotulador no parecía tener mucha tinta.

—Ah, ya pensaba que se acabaría. ¿Quieres venir a mi habitación un momento a buscar otro?

No había problema.

Asentí con la máxima tranquilidad que pude.

—Estupendo. Es por aquí —dijo señalando con la mano, y yo le seguí por un pasillo—. Creo que mi compañero ha salido un rato, así que al menos ese mal trago te lo ahorras. Te lo juro, es como si estudiara para ser capullo.

Sonreí. Llegamos a una puerta con un espacio vacío que debía ocupar normalmente la pizarrita blanca. Cada una de las puertas del pasillo tenía dos etiquetas colocadas por el supervisor de la residencia. En las de su habitación había dos nombres: Neil Baskha y Akinli Schaefer.

Schaefer. Tuve ganas de decirlo en voz alta. La palabra adquiría una forma tan agradable en mi cabeza que no veía el momento de pronunciarla respirándola. Pero para eso tendría que esperar a estar sola... y lejos del desastre que era aquella habitación.

Para ser justos, solo era medio desastre. Daba la impresión de que la religión de Neil no le permitía usar papeleras o cubos de la basura. Probablemente para poder construir aquel altar informe de latas de Mountain Dew junto a la ventana. Las cosas de Akinli recordaban más una casa normal. En lugar de un edredón de supermercado, tenía una colcha. En lugar de pósteres, tenía cuadros. En lugar de latas de cerveza, había tres botellas de zarzaparrilla Port Clyde Quencher que parecía estar guardando para alguna ocasión especial.

No había mencionado que tuviera hermanos, pero había un chico algo mayor que él en algunas de las fotografías, con sus mismos ojos y su barbilla. Vi a sus padres y una foto suya de niño sosteniendo una langosta en cada mano con una sonrisa tan grande que apenas se le veían los ojos.

—Aquí está —dijo, sacando un rotulador nuevo del cajón de su escritorio. Yo volví a mi examen silencioso del lugar—. Siento el lío —dijo, avergonzado, al ver cómo recorría la habitación con la mirada—. Neil..., bueno, es todo un personaje.

Sonreí, intentando hacerle ver que eso me importaba mucho menos que todos los retazos de su vida que tenía la ocasión de ver, aunque solo fuera por un segundo.

Ya de vuelta en la cocina comunitaria, jugamos al ahorcado en la pizarrita entre ratos de batir, de hacer la cobertura o mientras esperábamos a que el pastel acabara de hornearse.

Todo era tan sencillo, tan fácil, que agradecía cada momento. Cuando conseguimos colocar ambas capas del pastel (aunque la de arriba no nos quedó muy centrada) y aplicar la cobertura, Akinli se puso frente a nuestra creación, posando con gran dignidad:

—El momento de la verdad. ¿Han quedado atrás por fin mis días como peor cocinero de América? Kahlen, el tenedor, por favor.

Se lo pasé. Yo cogí otro para poder probarlo. No quería ponerme medallas, pero estaba segura de que Aisling se habría quedado impresionada.

—¡Esto… es… impresionante! —gritó Akinli, hincando el tenedor dos veces más antes de detenerse a respirar—. No podemos disfrutar de algo tan estupendo a solas. Ven.

Cogió la bandeja y se dirigió al pasillo.

—¿Quién quiere pastel? —gritó.

Una chica con dos trenzas asomó por una puerta entreabierta a mitad del pasillo.

—¡Yo!

A nuestro lado se abrió otra puerta.

—¿Qué estás gritando, tío?

—¡Hemos hecho un pastel!

El rostro del tipo pasó de la irritación a la alegría.

—¡Guay!

A los pocos minutos, la mitad de la gente de la planta estaba allí, usando cualquier cosa, desde espátulas a vasos de papel para comer pastel.

—Desde luego, he hecho un trabajo increíble —oí que decía Akinli—, pero ha sido obra sobre todo de Kahlen.

Unos cuantos me dieron unas palmaditas en el brazo y me agradecieron que hubiera hecho el pastel y que lo compartiera con ellos. Una chica me dijo que le gustaba mi falda. Quería estallar de alegría. ¿Así era la vida normal de una chica de diecinueve años? ¿Vivir en una residencia, dejar que la vida de los demás se mezcle con la tuya, aunque solo sea por una temporada? ¿Centrarte en el estudio de una sola cosa mientras decenas de cosas cambian a tu alrededor y aprender también de ellas? ¿Ver que un chico se fija en ti, te responde de un modo que te hace sentir que nadie ha experimentado eso antes, consciente de que te unes a la larga fila de personas que han pasado por aquello para encontrar a la persona con la que han acabado pasando toda su vida?

Era algo atemporal y fugaz, importante y a la vez intrascendente. Y yo había pasado a formar parte de ello. ¡Quería vivir así toda la vida!

Entonces me frené de pronto. ¿Toda la vida? ¿Y cómo iba a hacerlo? Con el trabajo que me había costado llegar a una cita, ¿cómo iba a tener diez... o incluso dos?

Observé a Akinli, con su sonrisa que iluminaba a la multitud, su carisma natural flotando a su alrededor. Aquello había sido especial, hasta bonito. Pero no podía durar. Al final, algo despertaría sus sospechas. ¿Por qué no me hacía nunca daño? ¿Por qué no cambiaba nunca de peso? ¿Por qué, de pronto, a veces desaparecía? Me sentí como una tonta. En el mejor de los casos, él envejecería y yo no. Y, luego, cuando mis días de sirena acabaran, me olvidaría de él.

Quizá fuera menos doloroso si aquel chico se olvidara de mí, simplemente.

Me retiré lentamente, desapareciendo entre la multitud. Se me daba tan bien el sigilo que nadie se dio cuenta.

8

Las chicas no estaban en casa cuando llegué, lo cual ya me iba bien. Que disfrutaran de una última noche de marcha en su animada ciudad universitaria. Me fui a mi habitación y, examinándola, observé que no había demasiadas cosas que pudiera considerar mías. Nunca las había.

Metí los álbumes de recortes en mi baúl, recordando que aún me quedaba una persona para tener la lista completa de pasajeros del *Arcatia*. Antes nunca se me había olvidado nadie a media búsqueda. En ocasiones las abandonaba cuando quedaba claro que no había nada más que pudiera encontrar, pero aquello no me había sucedido jamás. Akinli me había hecho olvidar mi propia esencia por un momento, me había tocado la piel como si fuera humana, me había hablado como si fuera una persona normal.

Y ser una chica normal era algo mágico.

Había unas cuantas prendas de ropa que me gustaban y un cepillo de madera muy bonito que había encontrado en un mercadillo. Tenía un clip cubierto de óxido que llevaba en el pelo el día de mi transformación: lo había conservado porque suponía que era del mismo tipo de los que usaba mi madre. Era lo único que me quedaba que me unía a ella. Había unas cuantas cosas más, pero al arrastrar el baúl hasta la puerta de entrada comprobé que no pesaba mucho.

Las chicas lo verían al llegar. Sabrían lo que pasaba.

Salí por la puerta de atrás y me senté en el amarre flotante. Me quedé contemplando el mar, a Oceania, pero no dije nada. Aun así, la oía, lamiendo la orilla y rodeando los postes de madera. La quería muchísimo. Era mi hogar, el lugar donde podía ocultarme cuando estallaban guerras o cuando alguien nos miraba con desconfianza. Era nuestra vida, nuestra proveedora, la de todo el mundo. Pero en aquel momento no podía evitar sentir cierto resentimiento hacia ella. También era la causa de toda mi culpa, de todos mis sueños incumplidos.

Tenía tantas preguntas para ella... Pero no esa noche.

Oí el familiar crujido de la puerta principal y volví al interior. Elizabeth y Miaka estaban de pie, en silencio, mirando mi baúl. Miaka parecía estar al borde de las lágrimas. Y Elizabeth tenía los zapatos de tacón colgados de los dedos.

—¿Por qué? —preguntó Miaka mientras yo cerraba la puerta corredera.

—Tengo que irme —dije, con un tono casi de disculpa, avergonzada por mi debilidad.

Elizabeth dejó caer los zapatos.

—Bueno, yo no. Y Miaka tampoco. Nosotras no queremos irnos.

—Lo entiendo —respondí evitando su mirada—. Pero yo no puedo quedarme aquí más tiempo.

—¡Tú siempre quieres vivir en algún lugar grande, en algún lugar donde podamos ser anónimas! Y luego ni siquiera te molestas en intentar integrarte. ¡Aquí somos felices!

Cuando levanté la vista y miré a Elizabeth, el gesto decidido de su mandíbula corroboró lo que ya suponía.

Tomé aire, temblorosa, y luego hice un esfuerzo por hablar con serenidad:

—No me importa irme sola. Puede que a vosotras os vaya mejor sin mí. A Aisling le va bien completamente aislada. Es posible que a mí también. También puede ser que me hunda en la miseria sin vosotras. —Me encogí de hombros—. La verdad es que no lo sé. Pero, si queréis quedaros, lo entiendo. Voy a llevarme el baúl al coche y esperaré media hora. Si venís, me alegraré mucho de teneros a mi lado. Si no, ya nos veremos cuando cantemos.

Agarré mis cosas, saqué las llaves del bolso y pasé por delante de ellas. Una vez en el asiento del conductor del coche, saqué el teléfono para mirar la hora y darles los treinta minutos que les había prometido. Tenía dos mensajes de texto.

Ambos eran de Akinli. El primero era obvio.

«Eh, ¿dónde te has ido? ¿Estás bien?»

Y luego:

«Verás, tengo un problema. Solo he ganado un kilo de los siete y medio que me corresponden en primero de facultad. Espero que puedas ayudarme a ganar el resto. ¿Probamos con unos *brownies* la próxima vez? ☺»

No mencionaba que lo había dejado tirado. Incluso había añadido una carita sonriente. ¿Cómo se puede escapar de la persona más agradable del planeta? No existía gente así. Era un personaje tan mítico como yo.

—Schaefer —murmuré, en el silencio de la noche—. Akinli Schaefer.

Pronunciar su nombre resultaba tan reconfortante como me esperaba.

Volví a mirar el teléfono. Mis dedos se acercaron a la pantalla inconscientemente. Quería responder, disculparme o quizá explicarle que, de pronto, tenía que mudarme a otro lugar. Pero sabía que, si enviaba un mensaje, seguiría enviándolos.

Apagué el teléfono e introduje la llave en el contacto para encender el relojito del salpicadero.

Miré el reloj. A los veintinueve minutos, el corazón se me encogió en el pecho. No tenía ni idea de adónde ir. Prácticamente era obligatorio que fuera en la costa, ya que nunca sabíamos cuándo podía haber una emergencia. Y era más fácil, al menos para mí, si podía hablar con ella de vez en cuando. Pero había que tomar una decisión.

Tragué saliva y giré la llave.

En cuanto el motor cobró vida, el rostro sonriente de Miaka apareció en la ventanilla de al lado.

—¿Me abres el maletero? Tengo más material de pintura del que pensaba.

Hice lo que me pedía, sintiéndome el doble de culpable. Hacía nada le había dicho que deberíamos hablar con calma de nuestro siguiente traslado, y ahora la obligaba a hacer las maletas en media hora.

Subió al asiento del acompañante y se recogió el cabello en un moño improvisado.

—No sé por qué, pero ya me imaginaba que te estaría pasando algo especial. Pensaba que te sentías cómoda en este lugar. Me parece que no he entendido nada.

—Solo vas diez años por detrás de mí —dije en voz baja—. Ya sabes que esta vida se cobra su peaje. No consigo integrarme. Lo intento, te lo juro.

—Lo sé —respondió poniéndome la mano en la rodilla—. Has estado décadas con nosotras, mientras nosotras vagábamos libremente. Si necesitas una temporadita de calma, también puedes contar con nosotras.

—Parece que de momento solo contigo —dije poniendo los ojos en blanco.

Un segundo más tarde, el maletero se cerró de un golpetazo y Elizabeth subió al asiento de atrás.

—He escrito un correo al casero y le he dejado dinero en efectivo para la limpieza. Vamos. —Se cruzó de brazos y se puso las gafas de sol, aunque estaba oscuro.

No dije nada, pero sonreí, contenta. Mis hermanas me querían.

Conduje todo el rato yo. A las tres horas, Elizabeth puso música. A las seis horas, vimos que salía el sol. A las diez, paramos en Pawleys Island y encontramos una oficina que alquilaba casitas de playa.

Viendo que era temporada baja y, en sus propias palabras, lo «guapísimas» que éramos, el empleado no puso muchos problemas a tres chicas mudas cargadas de dinero en efectivo.

A mediodía ya estábamos instaladas en una estrecha casa gris al final del paseo. Era una zona tranquila, con una fila de casas de veraneo vacías a la izquierda, y arena y hierbas dispersas a la derecha hasta donde se perdía la vista. Era un lugar perfecto para sumergirse en el océano. Además, estaba lo suficientemente lejos del pueblo como para no ver un alma si no queríamos.

—Qué pintoresco —dijo Miaka, admirada—. ¿Puedo quedarme una de las habitaciones que dan a la playa?

—Por mí sí —respondió Elizabeth, dejando sus bolsas en el suelo—. Muy bien, así que ahora este es nuestro hogar —añadió, echando una mirada de disgusto a las cortinas de flores y a las alfombras tejidas a mano.

—Solo por ahora —le aseguré—. No nos quedaremos aquí para siempre.

Se acercó y me rodeó con los brazos.

—Le sacaremos el máximo partido. Lo haremos por ti. Quizás hasta aprenda a tejer.

Me eché atrás para mirarla a los ojos.

—¿Qué pasa? Solo he dicho «quizá».

—Gracias por venir.

—En realidad, no tenía opción —dijo con un suspiro—. Me encantaba Miami, pero os quiero más a vosotras.

—Y yo. Sin vosotras estaría perdida.

—¡Oh! —exclamó de pronto, separándose de mí—. ¡Películas!

Detrás de mí había una pared cubierta de películas para el entretenimiento de los inquilinos en los días de lluvia. A Elizabeth le encantaban tanto como la televisión, así que aquello la consolaría. Al menos de momento.

Eché un vistazo al gran ventanal que daba al mar. Me instalaría en nuestro nuevo hogar y luego iría a ver a Oceania.

Miaka sacó la cama y la cómoda de su habitación para convertirla en un estudio.

—¡La luz es fantástica! —repetía—. ¡Espléndido!

Elizabeth se quejaba de que su habitación no era ni la mitad de cómoda que la que tenía en Florida, pero intentó arreglarlo cambiando los edredones y las almohadas, y con una fina malla que se compró simplemente para cubrir la cama. Yo saqué la tele de mi habitación y se la cedí como gesto de agradecimiento. Al cabo de unos días, parecía satisfecha con el arreglo.

Me quedé la otra habitación con vistas al mar y observaba a Oceania. No sabía qué estaba esperando, pero no conseguía decidirme. Por fin, a la semana de instalarnos, di mis primeros pasos por la arena y me metí en el agua.

¡Oh! ¿Te has mudado?

Sí. Me costaba vivir en la ciudad. Las otras están conmigo.

¿Qué es lo que te costaba tanto?

Meneé la cabeza y me eché a llorar.

Todo.

Sentí que su preocupación iba en aumento y recorrí la playa con la mirada. Era finales de octubre. Se sentía en el aire el fresco del otoño. No había nadie en la playa. Fui corriendo a su encuentro, asustada y triste.

Tus pensamientos van demasiado rápido. Ve más despacio.

No entiendo nada. ¿Por qué soy la única que tiene pesadillas? Incluso cuando estoy despierta, esas ideas me persiguen. ¿Y por qué me dan tanto miedo los humanos? ¿Cómo puede vivir sola Aisling sin volverse loca? ¿Por qué me escogiste? Estoy tan confusa… Y tan cansada…

Estás pensando demasiado. Veamos las cosas una por una. Lo arreglaremos.

Me golpeé el pecho con el puño, culpando a mi cuerpo por su debilidad. Había tenido ochenta años para adaptarme y no lo había hecho.

¿Estoy acabada?

Empezaremos por ahí. No, no estás acabada. Posiblemente seas la sirena más leal y fiel que he tenido nunca.

¿Así que soy una de las mejores? ¿Es malo que te diga que en realidad no deseo ser buena en este trabajo?

Se arremolinó alrededor de mi rostro y mi cabello, intentando consolarme. Nadie con un corazón en el pecho podía disfrutar matando a los suyos.

No soy humana. No llego a ese nivel.

Kahlen, mi dulce niña, sigues siendo humana. Puede que tu cuerpo no cambie, pero tu alma aún siente y se debate. Te aseguro que en lo más profundo de tu ser sigues conectada a la humanidad.

Yo no dejaba de llorar: mis lágrimas se fundían con sus olas.

Entonces, ¿por qué no puedo tener ningún contacto humano? Elizabeth ha tenido sus amantes.

Como muchas otras sirenas antes que ella. No es de extrañar, teniendo en cuenta lo bellas que sois.

Si tan normal es, ¿por qué yo no puedo?

Se rio: fue como un sonido materno en mi cabeza, como si me conociera mejor que yo misma.

Porque Elizabeth y tu sois muy diferentes. Ella busca la pasión y la excitación. En su mundo oscuro, esos encuentros son como fuegos artificiales. Tú lo que echas de menos son las relaciones, el amor. Por eso proteges a tus hermanas con tanta devoción, por eso regresas a mí incluso cuando no te llamo, y por eso sufres tanto llevándote vidas.

Pensé en sus palabras. Me pregunté hasta qué punto arrastrábamos nuestras vidas anteriores. Elizabeth había crecido en la época del amor libre; yo, en la de hasta que la muerte nos separe.

Me temo que eso siempre será tu punto débil. Debes con-

tentarte con el pequeño círculo social que tienes. Aunque encontraras a tu pareja ideal en todos los sentidos, nunca podrías quedarte con él.

¿Oh?

Escondí todos mis pensamientos sobre Akinli en el rincón más oscuro de mi mente; no quería que supiera de la chispa que se había producido cuando él se cruzó en mi vida. Luego me sentí sola por cuestionarme las palabras de Oceania, unas palabras que, en cualquier caso, eran un eco de lo que había pensado yo al decidir mudarme.

Hay motivos técnicos: que tú no envejecerías, que correrías el riesgo de poner en evidencia tus cualidades sobrehumanas…, pero también se debe a que en esencia eres…

¿Una sirena?

Me parecía algo obvio.

No. Mía.

Fruncí el ceño, confundida. Seguramente siempre había pensado que ambas cosas significaban lo mismo.

¿Por qué crees que solo escojo a mujeres jóvenes para que me sirvan? No puedo tomar a mujeres, ni tampoco a viudas.

Arrugué la nariz, pensativa. Nunca me lo había planteado.

¿Por qué?

Las viudas echarían de menos a sus maridos. Cantar una canción que sobre todo atrae a los hombres es algo dolorosísimo para una esposa fiel. Y separar a una madre de sus hijos es el máximo de la crueldad. Yo creo que cualquier madre obligada a soportar una vida permanentemente distanciada de sus hijos enloquecería. Una persona que sufriera esa agonía no podría vivir esta vida. Podría resultar volátil. Y sería un peligro para todas nosotras. En cambio, las hijas están destinadas a abandonar a su familia en algún momento.

Es verdad. —Me rodeé el cuerpo con los brazos—. *Aunque yo no creo que haya tenido nunca grandes ambiciones. Y tampoco estoy segura de tenerlas ahora.*

Esa no es la cuestión. Tienes mucho talento. Con el tiempo encontrarás algo en lo que volcar toda esa energía, y serás imparable. Incluso ahora, con algo de lo que no disfrutas en absoluto, cumples perfectamente con tu tarea porque es lo único que puedes hacer. Hay algo bello en eso, Kahlen.

Aquello me consoló un poco, la idea de que el futuro podría depararme más de lo que me imaginaba. Y aunque era difícil aceptar cumplidos por un trabajo que consistía en provocar muertes, estaba orgullosa de no haberle fallado nunca.

Y responderé a tu última pregunta antes de que me la vuelvas a hacer. Sé que quieres oír que tú o tus hermanas tenéis algo especial, que hay un método que lo regula todo. Pero lo cierto es que siempre tengo en cuenta el tiempo, lo que les queda de servicio a cualquiera de mis sirenas. Estaba buscando a alguien, sin saber si habría alguna chica joven en el barco o no. Pero de las cinco jóvenes aptas de tu barco, tú fuiste la que te hiciste oír. Cuando hablé, respondiste. Así que me quedé contigo.

¿Eso es todo?

Me temo que sí.

Resultaba un poco desconcertante descubrir que todo había sido tan al azar, aunque no sabía que esperaba oír. La voz que oía en mi mente se volvió más suave y dulce, como si Oceania lo entendiera perfectamente.

Aunque la elección no está condicionada por un deseo específico de encontraros a una de vosotras, os convertís en algo muy valioso para mí. Todas lo sois. Y no quiero que pienses que tu vida no ha tenido valor, porque para mí ha sido algo precioso.

Arrugué la nariz de nuevo y volvieron a asomar las lágrimas. Temía haberla insultado de algún modo con mis preguntas.

No pienses eso. Sé que tu vida es diferente de la mía. Te acepto tal como eres.

Asentí, intentando recuperar el control de mis emociones.

Es solo que todo esto me supera.

Lo sé. Y puede que siga siendo así todo el tiempo que te queda. Pero no dejes que eso te estropee la vida que te queda con tus hermanas, conmigo. Te queremos.

Asentí.

Son muchas cosas para un solo día. Ve, anda. Ve y vive.

Me empujó suavemente hacia la orilla hasta que sentí la arena lo bastante sólida bajo los pies como para caminar. Hasta que no llegué al primero de los largos escalones que subían al porche no quise pensar en el significado de sus palabras. La posesividad de Oceania se hacía más evidente que nunca, pero, a pesar de todo lo que me había dicho, no podía dejar de pensar en Akinli. Tenía la impresión de que en los últimos días el afecto que sentía por él se había multiplicado por dos, y eso sin tenerlo cerca siquiera. Había sido extraordinariamente amable. No paraba de decirme a mí misma que aquello era un capricho temporal, un encariñamiento que pasaría tan rápido como había llegado. Pero lo echaba tanto de menos que me dolía.

A aquello se sumaba la preocupación por mis hermanas, las personas que vivían aquella vida conmigo. Había sido injusta haciendo que lo dejaran todo tan rápidamente, pero no sabía qué hacer. Ahora estábamos en ese pueblo al borde de algún lugar grande, pero aún lo bastante lejos de todo como para que no les ocurriera nada excitante.

Yo lo único que quería era curarme. Quería encontrar un modo de hacerme un ovillo, tan cerrado que el dolor y la tristeza no pudieran atravesarlo. Después de hablar con Oceania, no sabía si sería posible. Quizás estuviera condenada a existir en una tristeza constante.

Me había dicho que viviera… No sabía cómo decirle que al simple hecho de estar viva no podía llamársele vivir.

9

Casi no salía de mi habitación. No dejaba de esperar que sucediera algo. Y no es así como funciona la vida. En un ambiente cerrado, las cosas simplemente se repiten.

Elizabeth, por supuesto, fue la primera que decidió salir. Tras casi un mes enjauladas en la casa, por fin llamó a mi puerta.

—Miaka acaba de vender otra obra. Vamos a ir de compras para celebrarlo. ¿Quieres algo?

—Unos leotardos, quizá. Y un par de suéteres. Así podré fingir que tengo ropa de invierno, si necesito salir.

—¿Tienes pensado hacer algo? Salir, quiero decir —lo dijo sin más intención, pero sus ojos me miraban fijamente.

Bajé de nuevo la mirada hacia el libro.

—No lo sé. Hoy no.

—¿Estás segura? Puedes venir con nosotras y escoger tú misma la ropa. Contigo no será tan divertido, pero en fin... —bromeó.

La miré con un sonrisa tímida.

—Estoy bien aquí.

Elizabeth se quedó un momento en el umbral y cogió aire un par de veces, como si quisiera discutir, pero al final lo dejó estar.

—Vale, pues. Volveremos pronto.

No cerró la puerta del todo, de modo que pude oír que hablaba con Miaka en voz baja. Parecía preocupada:

—No he querido insistir mucho, pero dice que prefiere quedarse.

—Necesita tiempo —respondió Miaka—. O ha pasado algo que aún no está lista para contarnos, o es que ya no soporta más ser sirena. Estará deprimida.

—Bueno, ¿y cómo lo solucionamos? Yo no puedo vivir así —susurró Elizabeth.

—Ella lo haría por nosotras. En cierto modo, ya lo ha hecho.

Ya hablaban bajito, pero Elizabeth bajó la voz aún más:

—¿Has hablado con... «ella»? ¿Le has contado lo que ha pasado?

—Oceania lo sabe. Está de acuerdo en que lo mejor es ser pacientes.

Cerré los ojos. Sabía que no estaba en mi mejor momento, pero me sorprendió que pensaran que necesitaban un plan de acción para tratar conmigo. No podía creer que hubieran ido a hablar con Oceania.

Estaba a punto de salir corriendo al salón y decirles que se ocuparan por una vez de sus asuntos cuando oí la llamada:

¡Rápido! —nos apremió—. *Vuestra nueva hermana espera. Y está muy asustada.*

Salí como un rayo de la habitación y de la casa. Miaka y Elizabeth ya se habían puesto en marcha. Eché un vistazo a la playa vacía a nuestras espaldas, dando gracias de que se acercara el invierno y no hubiera nadie cerca del mar.

Nos metimos en el agua a la carrera, levantando las piernas por entre las olas hasta que nos cubrieron lo suficiente y nos dejamos arrastrar.

¿Adónde vamos?, pregunté.

La India. Tened tacto con ella.

Por supuesto.

Había algo en todo aquello que me recordaba el momento en que Miaka se había unido a nosotras. Eso me preocupó. Antes Miaka vivía en un pueblecito de pescadores en la costa norte de Japón. Por lo que nos dijo entre sollozos cuando la encontramos, ni siquiera tenía que estar en aquel barco. Dijo que les había insistido a los suyos una y otra vez sobre lo mucho que la asustaba el agua y que, si la dejaban quedarse en tierra, haría el doble de trabajo cuando llegara la pesca.

No le hicieron caso. La obligaron a subirse al barco pesquero. Y la perdieron. Yo había conservado unos cuantos recuerdos los últimos ochenta años: la imagen borrosa del rostro de mi madre, que mi padre llevaba bigote y que tenía dos hermanos, aunque no recordaba sus nombres. Pero Miaka solo recordaba el nombre de su pueblo y los detalles de su historia, que nosotras le habíamos contado más tarde.

Elizabeth se había quedado con muchas cosas de su vida anterior, aunque parecía hacerlo sobre todo por resentimiento. No le gustaba mucho su familia. Y era como si hubiera registrado los nombres de todos en la memoria para poder tenerlos presentes: «¿Ves, Jacob? He viajado por Europa. ¿Ves, mamá? He comido cosas exquisitas. ¿Lo veis, todos? He llegado más lejos que ninguno de vosotros».

No sabía lo que recordaba Aisling. No nos lo había dicho.

Pero fue el recuerdo de Miaka, tan pequeñita y alterada después de caer por la borda, lo que me hizo apremiarme a ayudar a aquella extraña. Por rápido que nos moviéramos, yo no dejaba de desear que fuera más rápido.

¡Kahlen!

Me giré y vi que Aisling se situaba a nuestro lado.

Hola —respondí, con voz de preocupación—. *Parece un caso grave. Vamos a tener que ir con mucho cuidado.*

Creo que deberías ser tú quien le hablaras.

Me giré hacia Aisling.

Pero si yo nunca lo he hecho. Tú eres la más antigua. ¡Deberías hacerlo tú!

Yo me iré pronto, Kahlen. Solo me quedan unas semanas. Debería oírlo de alguien con quien tenga tiempo de establecer un vínculo.

No podía ocultar mis nervios. Explicarle a nuestra nueva hermana la vida que le esperaba suponía una inmensa responsabilidad.

Aisling me tendió la mano y entrecruzamos los dedos.

Yo te ayudaré si me necesitas, ¿vale?

Lo que decía tenía sentido, aunque a mí seguía asustándome meter la pata. Pero no podía fallarle. Como decía Oceania: yo me volcaba en mis obligaciones.

Vale.

Todas mirábamos hacia delante, buscando en la superficie la silueta de algún cuerpo milagrosamente apoyado en el agua como en una cama. Nos detuvimos al llegar al mar de Arabia.

¡Ahí!, anunció Miaka.

Nadamos hacia la chica, sin saber muy bien cómo reaccionaría. Nos pusimos en vertical, emergimos del agua y nos encontramos con la imagen más desagradable que había visto en muchos, muchos años.

La chica llevaba un sencillo sari rasgado por muchos sitios. Era evidente que aquello no había sido a causa de la caída ni de algún otro accidente. La habían pegado con saña. Tenía los brazos y las piernas cubiertos de recientes moratones, pero lo peor fue seguir el rastro de verdugones hasta sus tobillos y sus muñecas, y observar que se los habían atado a ladrillos.

¡Desatadla, rápido!, exclamé, poniéndome a deshacer yo misma los nudos de uno de los brazos.

La pobrecilla giró la cabeza, mirándome y jadeando, exhausta por el esfuerzo.

—Por favor, no me matéis —dijo con voz temblorosa.

El corazón se me encogió en el pecho.

—No, no te haremos daño. Deja que te quitemos estas cuerdas para poder hablar.

Asintió.

—Listo —anunció Elizabeth.

—Yo también. —Aisling cogió a la chica del brazo y la ayudó a sentarse.

La chica, de piel canela y ojos dormilones, se miró los brazos entumecidos y se tocó varios de los cardenales, como si se los contara.

—¿Por qué? —sollozaba—. No fue culpa mía.

—¿El qué? —le pregunté acariciándole el pelo.

—Ser una chica.

Miaka y Elizabeth se acercaron, intentando consolarla, pero Aisling se quedó atrás, con la vista puesta en mí.

—¿Cómo te llamas?

—Padma —respondió, pasándose el dorso de la mano por la nariz.

—¿Cuántos años tienes? —Intenté hablarle con un tono suave y tranquilo, pero ella estaba tan confundida que apenas podía pensar.

—Dieciséis.

—Padma, ¿qué recuerdas?

Sacudió la cabeza.

—No quiero recordar.

Volví a acariciarle el cabello y noté que cada vez estaba más asustada.

—Está bien. Pero ¿puedes contarnos cómo te caíste al agua?

Ella nos miró una a una, con una mezcla de curiosidad y de vergüenza en el rostro.

—Papá.

—Me están dando náuseas —murmuró Elizabeth.

—Sé fuerte. Por Padma —le respondió Aisling.

Yo también quería hacer todo lo posible para que le fuera más fácil. En aquel momento no se trataba de ninguna de nosotras. Lo importante era ella. Ahora sabía cómo debía de haberse sentido Marilyn cuando nos habló a mí y a Miaka, y cómo tenía que haberse sentido Aisling con Elizabeth. Al fin y al cabo, a pesar de lo que le esperaba, quería que aquella chica viviera.

—Me tiró al mar —confesó mirándose a las manos—. No teníamos dote. Una chica sale muy cara. Pegó a mi madre y luego me pegó a mí. No recuerdo cómo llegué desde mi casa al agua, pero aún siento el roce del embarcadero en la espalda. Me desperté justo antes de que me lanzara. No parecía en absoluto triste.

Tragué saliva, intentando recomponerme.

Sabía que la familia de Miaka no había hecho caso de sus miedos. Sabía que la familia de Elizabeth ponía mala cara ante su carácter rebelde. Pero ninguna de nosotras había sufrido nada como aquello.

—Padma —dije, con suavidad—. Yo soy Kahlen. Estas son Aisling, Elizabeth y Miaka.

«Por favor, que sepa explicárselo —rogué, para mis adentros—. Que mis palabras la convenzan para que se quede.»

—Somos unas chicas muy especiales —proseguí—, y nos gustaría que vinieras con nosotras.

—¿Que fuera con vosotras? ¿Adónde? —respondió ella con desconfianza en los ojos.

Sonreí.

—En realidad, a todas partes. Somos cantantes, sirenas. Puede que hayas leído historias sobre nosotras en los libros, o que nos hayas oído mencionar en algún cuento infantil. Pertenecemos a Oceania. Cantamos para ella, para que pueda vivir, para que pueda dar sustento a la Tierra. ¿Entiendes?

—No.

—Yo tampoco lo entendía —dijo Aisling sonriendo.

—Ni yo —corroboró Elizabeth.

Miaka se limitó a asentir.

Padma nos sonrió tímidamente.

—¡Qué piel más pálida! —murmuró, asombrada al ver a Elizabeth.

—Sí —respondió ella, tendiéndole la mano.

Padma le pasó los dedos por la palma hasta que Elizabeth dio un respingo.

—¡Lo siento!

—¡Me haces cosquillas!

Padma soltó una risita y bajó la mirada. Entonces contuvo una exclamación, al tomar conciencia de cuál era su situación.

—¿Estamos sobre el agua?

Asentí.

—Pertenecemos a Oceania, al mar. Si decides unirte a nosotras, también serás propiedad de ella. No envejecerás ni enfermarás. Te quedarás tal como eres ahora durante cien años. —Hice una pausa, dándole tiempo para asimilarlo. Ojalá hubiera prestado más atención en el momento en que Marilyn me había transformado—. Durante todo ese tiempo, serás una especie de arma letal. Tu voz será mortal y tendrás que mantenerla en secreto, por el bien de todas nosotras. Pasados esos cien años recuperarás la voz… y tu vida. Pero hasta entonces servirás a Oceania. Nunca estarás sola. Nosotras te cuidaremos… y Oceania también.

—¿Y mi familia?

—Lo siento —dije, negando con la cabeza—, pero no volverás a ver a ninguno de ellos.

Padma se derrumbó y se echó a llorar sin intentar ocultarlo.

—Estarás bien —prometió Miaka—. Yo al principio también echaba de menos a mi familia, pero a partir de ahora tendrás una vida inimaginable.

—No quiero volver con ellos —espetó Padma—. Tampoco quiero morir, pero si vivir significara volver con mi familia, escogería la muerte. ¡Estoy encantada de escapar!

Aisling y yo intercambiamos una sonrisa.

—Así pues, ¿te quedarás con nosotras? —le pregunté.

Ella levantó la cabeza, con los ojos bien abiertos.

—¡Sí! ¡Claro que sí! ¡Por favor, llevadme lejos de aquí!

—¿Podemos quedarnos con ella? —le pregunté a Oceania—. ¿Durante la transformación?

Sí, supongo que será lo mejor.

—¿Qué ha sido eso? —preguntó Padma.

—Tenemos mucho que explicarte. Pero de momento debes acompañarnos debajo del agua. Ahora tienes una pequeña parte de Oceania en tu interior. Por eso la oyes, pero tiene que acabar el proceso para que puedas quedarte con ella.

Padma estaba nerviosa, pero asintió igualmente.

—Mira a Elizabeth.

Mi indómita hermana se puso en pie, dio unos pasos y saltó con elegancia al agua, como si simplemente bajara un bordillo de un saltito.

—¿Lo ves? No pasa nada. Vamos.

Me puse en pie. Miaka, Aisling y yo acompañamos a Padma bajo el agua. La pobrecilla aguantó la respiración. Nadamos a su alrededor, para que no se sintiera sola en ningún momento, mientras Oceania le abría la boca y le hacía tragar un extraño líquido oscuro. Yo no tenía ni idea de qué era ni de dónde venía, pero sabía que esa misma agua corría por mis venas y que se había mezclado con mi sangre, manteniéndome viva, creando un efecto mágico que flotaba en mis pulmones y mi garganta, dándole a mi voz su efecto mortal.

Los moratones de Padma se curaron de pronto, la piel se le puso brillante. Entonces, sin envejecer ni un solo día, de pronto adquirió el aspecto de alguien que hubiera pasado años decidiendo quién quería ser, de una persona cómoda consigo misma.

Cuando Oceania terminó, Padma se quedó flotando en el agua, algo nerviosa, aprendiendo a respirar otra vez.

—Vámonos —decidió Miaka, agarrándola de la mano y tirando de ella hacia nuestra casa.

Vimos como su sari hecho jirones se desprendía. No debió de notarlo, puesto que no hizo ademán de taparse. Pero sí que notó cuando la sal se le pegó al cuerpo, creando su primer vestido de sirena. En el momento en que salíamos del agua para volver a nuestra casa, Padma extendió los brazos y se miró:

—¡He renacido! ¡Soy una diosa!

Estaba radiante. Se reía mientras Miaka y Elizabeth las guiaban a Aisling y a ella hacia la casa. Sin sacar los pies del agua, pensé:

Has hecho una buena elección.

La verdad es que ha sido un caso difícil. Estaba indecisa sobre si quería vivir o no.

¿Porque pensaba que vivir significaba volver con su familia?

Supongo. Las imágenes que tenía en la mente eran horripilantes, como poco. Ya sabéis lo de su padre, pero además su madre siempre se mantenía al margen. Era como si... Padma fuera un delito del que ella era culpable, y se alejaba de su hija todo lo posible.

No puedo imaginarme a mi madre comportándose así. Espero que vaya olvidándolo lo antes posible.

Eso parece. Todas sois diferentes, pero supongo que ella hará todo lo que pueda por dejar que esos recuerdos se pierdan en el olvido.

Caminé por el borde de la playa, con los pies en el agua, frente a nuestra casa, observando las sombras de mis hermanas por el salón. Di gracias de que Padma hubiera decidido venir con nosotras. Sentí por mi nueva hermana un interés que no había sentido por nada desde que habíamos abandonado Miami.

Tengo una pregunta: ¿esto lo has hecho solo por ella?

¿Qué quieres decir?

¿No pensarías que ella podría despertarme?

Lo esperaba.

Yo también lo espero.

—¡Kahlen! —me llamó Elizabeth. Me asustó oír su voz al aire libre. No había nadie a la vista, pero eso no quería decir que no hubiera nadie que la pudiera oír. Oí más voces—. ¡Padma ya quiere robarte un par de zapatos!

Se rio, encantada. Yo suspiré, contenta de que Padma se integrara tan rápidamente, como si hubiera estado siempre entre nosotras.

—Dile que puede coger lo que quiera.

10

De pronto nuestra casita estaba llena hasta arriba. Elizabeth acogió a Padma bajo su ala, encantada de tener por fin una hermana menor, y Aisling se quedó cono nosotras en lugar de volver a su casa, dado que le quedaba muy poco tiempo ya como sirena.

Pasamos la primera noche alrededor de una hoguera hecha por Miaka, bebiendo un delicioso café y poniendo a Padma al día, como si acabara de entrar en una residencia universitaria.

—Pero ¿no tenemos que comer? —volvió a preguntar.

—No —le explicó Aisling—. La falta de alimento, agua o sueño no te harán ningún daño. A veces comemos, bebemos o dormimos por gusto, pero no por necesidad.

—¿Y no me puedo hacer daño?

—No —dijo Elizabeth, excitada—. Mira esto.

Se acercó al fuego y puso una mano directamente sobre las llamas. Yo miré a Padma, que observaba con incredulidad, aunque lo tuviera ante sus propios ojos.

—¿No has sentido nada?

Elizabeth se encogió de hombros y retiró la mano.

—Noto que está caliente, pero no me duele. Es difícil de explicar.

Padma parecía encantada.

—¿Entonces no puedo pillar un resfriado? ¿Fiebre? ¿Nada?

—No. —Me reí—. Eres una superheroína. O quizás una supermalvada —añadí, no muy segura. La llegada de Padma me había puesto tan contenta que ni siquiera aquello me planteaba un problema—. En cualquier caso, ahora eres fuerte y estás a salvo. A nosotras no nos afectan las enfermedades.

Suspiró. Igual que habíamos hecho todas en su momento, se negaba a quitarse su primer vestido de sal marina. Y pasaba la mano por los bellos y brillantes pliegues.

—Una vez se me infectó un corte que me había hecho y estuve varios días con fiebre. Pensaba que iba a morir. Recuerdo cuando me desperté, cubierta de sudor. —Padma agitó la mano al recordarlo—. Me cuesta imaginar que eso ahora sea imposible.

Miré a Aisling, que la observaba igual de intrigada que yo.

—Padma, ese es un recuerdo muy específico —dijo Aisling, lentamente.

La chica se encogió de hombros y sonrió.

—Lo pasé muy mal. Es difícil de olvidar.

—Pero de eso se trata —dije yo, tocándole el brazo—. La mayoría de las sirenas olvidan su pasado increíblemente rápido. Yo ya no recuerdo el nombre de ninguno de mis familiares, y mucho menos ningún día en que estuviera enferma.

—A mí me costó —intervino Elizabeth—, pero recuerdo sus nombres. Incluso durante un tiempo les seguí el rastro. Nunca les interesó nada de mí que no fuera convertirme en una señorita. De vez en cuando, al encontrar datos sobre ellos, como que mis padres se hubieran divorciado por fin o que mi hermano hubiera suspendido en la Facultad de Derecho, me sentía mejor, viendo que ellos tampoco eran perfectos.

Me quedé mirando a Elizabeth. Todas sabíamos por qué recordaba aquellos nombres, pero eso nunca nos lo había contado. Me pregunté qué tendría Padma, que había hecho que se decidiera a compartir todo aquello con las demás. Ahora sabía que Elizabeth había conservado un bloc de notas mental, eso era algo que entendía muy bien.

—Lo único que decimos —insistió Aisling, ladeando la cabeza— es que, aunque solo hayan pasado unas horas, es raro que aún te acuerdes de tu vida con tanto detalle.

Padma nos miró a todas a los ojos, preocupada.

—Entonces..., ¿quiere decir que no estoy bien? ¿Que no soy como vosotras?

—¿Cómo te hiciste ese corte? —le preguntó Miaka.

—Papá —respondió ella sin apenas pensárselo—. Me golpeó con una sartén.

Miaka asintió como si se lo esperara.

—Has tenido una vida muy dura, Padma, más que la de cualquiera de nosotras. De eso no hay duda. Pero puedes liberarte de todo eso. Él no va a venir a por ti. Además, si lo hiciera, no sobreviviría.

La chica frunció el rostro y se echó a llorar, enterrando la cara entre las manos. Me acerqué para abrazarla. Las otras también se pusieron a su lado.

—No quiero recordar —dijo entre sollozos—. No quiero recordar nada anterior a este día.

—No te preocupes —le susurré—. Desaparecerá. Y hasta entonces estaremos a tu lado.

Sentí que relajaba los hombros, como si aquello fuera mucho más de lo que habría podido esperar.

—Viajamos —le prometió Elizabeth—. Verás todo el mundo.

—Y probamos los mejores platos —añadió Aisling, sonriéndole con confianza—. Todas hemos aprendido el lenguaje de signos, para poder comunicarnos incluso entre una multitud. Te enseñaremos. A partir de ahora todo irá bien.

Le acaricié el cabello y asintió, aceptando nuestras palabras como si fueran un regalo.

Hacía mucho tiempo que no pensaba en lo sagrada que era nuestra hermandad, en cómo nos apoyábamos todas durante nuestro tiempo de servicio. Era la primera vez que agradecía que así fuera.

ϒ

Padma se fue adaptando cada vez más durante los días siguientes. Yo di un paso atrás y dejé que fueran Elizabeth y Miaka las que se ocuparan de enseñárselo todo. Me sentaba en una duna con Aisling mientras mis otras hermanas le enseñaban a Padma a hablar con Oceania. Tenían los pies en el agua y veía que usaban gestos para enseñarle que la llamada podía llegar a cualquier lugar, pero que nosotras necesitábamos el contacto para responder. Afortunadamente, el contacto podía establecerse por muchos medios: la nieve, un charquito fangoso, o incluso una niebla lo bastante densa podía servir para transmitirle nuestras palabras al océano.

—Nunca las he visto tan responsables —observé, jugueteando con las hierbas de las dunas, justo delante de una de aquellas pequeñas vallas puestas para evitar que el viento se lleve la arena.

Aisling se rio.

—Creo que las penas de Padma las ayudan a minimizar las suyas. No es que sus tristezas o remordimientos no importen, pero el dolor de Padma las acerca entre sí.

—Siento que he sido egoísta. Sabíamos que a Miaka la habían tratado mal y que la familia de Elizabeth había actuado siempre como si no les importara. Esta segunda vida ha sido una bendición para ellas, y yo me la he tomado como una prisión.

—En cierto modo, lo es —dijo ella con gravedad.

—Pero en mi caso es peor. Al menos a mí me lo parece.

—¿Por qué?

Meneé la cabeza.

—Mi vida no había sido como la de ellas. Mi familia tenía dinero. Incluso cuando todo el mundo perdía dinero, nosotros lo ganábamos. Y a mí siempre me habían tratado como si fuera especial. —Fruncí el ceño, intentando recuperar unos recuerdos perdidos mucho tiempo atrás—. Era la mayor, la única niña. Esperaban mucho de mí, pero no hacían nada que me molestara. Supongo que éramos felices. En general.

—Siento que desde entonces hayas sido tan infeliz —dijo en voz baja.

Suspiré, mirando al océano.

—Kahlen, te conozco desde hace más tiempo que a ninguna. Te he visto llorar durante días después de alguno de nuestros cantos y despertarte de alguna pesadilla dando zarpazos al aire. He visto que te retraías cuando otras se abrían al mundo. —Meneó la cabeza—. A mí me quedan unas semanas. Oceania me ha dicho que, dado que aún faltan meses para el próximo naufragio, puedo irme cuando quiera. Le he pedido algo de tiempo para despedirme de todas vosotras, para ayudar a Padma en su adaptación, en su preparación.

Parpadeé, con los ojos llenos de lágrimas.

—No puedo creer que vayas a irte tan pronto.

La pena de perder una hermana era tan intensa como la alegría que me producía ganar una nueva.

—Pues sí. Casi me da miedo pensar que no voy a hacer esto nunca más —dijo, y tragó saliva—. Pero ahora no se trata de eso. Kahlen, deseo más que nada en el mundo ayudarte a encontrar esperanza en esta vida, tanta felicidad como la que tenías antes de que nos conociéramos. ¿Qué puedo hacer? No quiero que pases los próximos veinte años sufriendo cuando podrías estar haciendo algo notable.

Sentía que los ojos se me iban cargando de lágrimas.

—No es solo el trabajo. Eso ya es bastante, pero... es que...

Aisling me rodeó con un brazo.

—Cuéntame qué pasa, por favor. No te juzgaré ni traicionaré tu confianza. Sea lo que sea, está claro que no puedes cargar con ello a solas.

Miré a mi hermana, preguntándome si podría confiarle por fin lo que llevaba semanas oprimiéndome el corazón. Había relegado a Akinli a un rincón de mi mente, convencida de que el único modo de amortiguar el dolor por su pérdida sería reducir su recuerdo al mínimo. Pero ahora tenía por fin una ocasión de hablar. Aisling se iría pronto, y mi recuerdo se iría con ella.

—Hay algo que no le he contado a nadie —confesé—. No quiero que lo sepan las otras.

—Si necesitas contar tu secreto más oscuro y profundo, confía en mí. Nadie podría guardártelo mejor.

Asentí.

—Ha habido un chico.

Aisling se rio.

—Cariño, muchas sirenas han salido con chicos.

—No. No un romance pasajero... Creo que estoy enamorada.

—Oh —dijo, cambiando de cara—. Oh, Kahlen.

—Ya, ya sé. —Me hice un ovillo sobre la duna, sintiéndome como una tonta—. Me decía a mí misma que no era más que un capricho. Todo empezó y acabó en diez días. ¿Cómo iba a ser eso algo parecido al amor? Pero pienso en él todos los días. Me lo borro de la cabeza cuando me meto en el mar, porque sé lo que diría Oceania.

—Ni madres ni esposas. No querría que te enamoraras —dijo Aisling con una pizca de amargura en la voz.

—Exactamente.

Se produjo un silencio momentáneo en el que solo se oía el viento y el romper de las olas. Sabía que Aisling quería ayudarme, pero ¿qué iba a hacer? Conocía las normas.

—No me digas su nombre, pero háblame de él. ¿Por qué crees que estás enamorada?

Sonreí sin pensarlo.

—¿Alguna vez has sentido que alguien te veía? ¿Que te veía de verdad? Sé que la gente se siente atraída por nuestra belleza, pero en este caso era como si no le importara lo más mínimo. Me hizo sentir que todo el mal que había hecho se podía borrar, que había algo de bueno en mí. Y, Aisling, te aseguro que no se arredraba ante ningún obstáculo. No le importó mi silencio. Adivinaba las cosas que iba a decir y respondía, o buscaba la manera de que yo pudiera comunicarme.

»Lo peor… —Fruncí los labios, intentando contener las lágrimas—. Lo peor es que dentro de veinte años olvidaré incluso lo que he sentido. Y, si pudiera vivir algo así de nuevo, no estoy segura de que lo quisiera con otra persona. Sé que es ridículo pensar que algo tan breve pueda cambiarte tanto la vida, pero te juro que es la sensación que tengo.

Aisling me pasó la mano por el cabello.

—Te creo. Yo una vez me enamoré en cuestión de minutos.

Chasqueé la lengua, incrédula.

—¿Cómo puede ser que lo recuerdes siquiera? —dije, con la incredulidad reflejándose en mis ojos—. ¿Tienes…, tienes un amante?

—No —dijo, muy seria—. Tengo una hija.

Me quedé sin habla.

—Bueno, tenía una hija. —Aisling sonrió al recordarlo—. Y luego tuve un nieto, que se encuentra muy bien, aunque ya es anciano. Y ahora tengo una bisnieta. —Los ojos se le llenaron de lágrimas de felicidad—. Y resulta que lleva mi nombre.

—¿Cómo…? —dije mirándola con fijeza.

—Soy discreta. Incluso en mis pensamientos. Cuando el barco naufragó, me debatí para salvar la vida, pero supongo que quería proteger tanto a Tova que la oculté en lo más profundo de mis pensamientos para que Oceania no la viera. En aquel momento no pensaba en nada más que en sobrevivir. Luego aprendí a ocultarle el secreto, escondiendo los recuerdos de Tova en un rincón de mi mente cuando estaba con ella, igual que tú has hecho con este chico. Y como no quería perder el vínculo con mi hija, no la olvidé.

Aisling estaba radiante, orgullosa de haber sido capaz de ocultar aquel increíble secreto durante un siglo.

—¿Estabas casada? —pregunté, aún conmocionada.

—No —respondió sin inmutarse—. El padre de Tova me dejó. Decía que me quería, pero, en cuanto le dije que estaba embarazada, desapareció. Ya no recuerdo su nombre.

Tragó saliva, intentando poner en orden sus recuerdos.

—Mis padres me dieron la espalda, avergonzados. Me enviaron a casa de mis tíos, al norte. No tenían hijos y me acogieron con gusto, pese a haber sido deshonrada. Y cuando llegó Tova —Aisling suspiró—, llenó todo mi mundo de luz. Daba gracias de que su padre no la hubiera querido, porque eso significaba que era toda mía.

Su alegría se convirtió en tristeza casi al instante.

—Recibí una carta de mis padres: querían hacer las paces. Tova y yo íbamos a coger un vapor; tenía la esperanza de reconciliarme con mi familia. Sabía que, en cuanto vieran lo preciosa que era, la adorarían. Así que hicimos planes..., pero luego Tova enfermó. Cuando llegó el momento de la partida, parecía haberse recuperado lo suficiente, pero no quise arriesgarme y hacerle emprender un viaje así hasta estar segura de que se había recuperado del todo. Sin duda fue la mejor decisión que he tomado en mi vida.

—¿Así que se salvó?

Aisling asintió.

—Se crio con mis tíos. No sé por qué no la adoptaron mis padres. Tampoco es que haya tenido ocasión de preguntar. Volví algunas veces, con el cabello recogido bajo un pañuelo o disfrazada de anciana. Vi cómo crecía mi hija, cómo se enamoraba y cómo formaba una familia. He sido testigo de toda su vida... y no podía pedir más. Bueno... —se corrigió—. No debería pedir más.

Se quedó mirando la arena, con la mente en otra parte, recorriendo con la mente años y años de las vidas de otras personas encerradas en la suya propia. No pude evitar pensar que probablemente fuera la sirena más extraordinaria que había vivido nunca.

—Esto te lo cuento por varios motivos. En primer lugar, para que entiendas mi despedida y para que estés presente en ella hasta el final. En segundo lugar, para que confíes en mí y sepas que voy a guardar tu secreto hasta el final de esta vida. Y en tercero, para poder explicarte lo que debes hacer.

No albergaba esperanzas de que hubiera un modo de recuperar a Akinli, pero si ella había hecho todo lo que me acababa de decir, quizás hubiera una oportunidad.

—Oceania dice que no acepta esposas. Dice que no acepta madres. Yo he sido madre, abuela y bisabuela. Y nunca he dejado de servirla.

Asimilé aquellas palabras, viendo de pronto los últimos ochenta años bajo una nueva luz. Aisling nunca había olvidado su pasado. Había mantenido sus vínculos con la vida humana, se había apartado de nosotras para poder seguir la vida de su hija. Sin embargo, había conseguido ejecutar su misión tan impecablemente que Oceania nunca había podido cuestionar su devoción. Aisling era la prueba de que Oceania no siempre tenía razón.

—Si este chico es tan importante para ti, quédate con lo que puedas. Tal vez no te sea posible volver a estar con él. Puede que tengas que soportar verlo casarse con otra persona. Pero puedes ir a verle. Teñirte el cabello de vez en cuando, vestirte como una persona mayor. Se puede observar a alguien sin que te vea. Dejarle vivir su vida y ser feliz por él. Si te contentas con eso, busca la manera de hacerlo. Si no —añadió, negando con la cabeza—, por favor, por el bien de todos, olvídalo.

Asentí, consciente de que realmente me entendía.

—Gracias, Aisling. Ahora todo es diferente.

—No se lo digas a nadie.

Le cogí la mano y le prometí:

—Nunca.

11

El día de Nochebuena, Oceania nos llevó a todas de nuevo a Suecia con Aisling, cumpliendo su deseo. Quería pasar la última noche antes de su transformación en su minúscula casita, aquel lugar al que tanto cariño tenía. Luego nosotras la ayudaríamos a emprender su nueva vida lo mejor que pudiéramos. Una vez que volviera a ser humana, volvería a correr peligro.

—Esta noche te dejaremos la cama a ti —dijo Miaka—. ¿Esa es la ropa que has escogido?

Aisling echó un vistazo a la pequeña mochila de cuero que había dejado en una esquina y al vestido y las medias limpios que había colgado justo encima.

—Sí —dijo con una voz tímida, cansada.

—¿Por qué estás tan triste? —preguntó Elizabeth, girándose para admirar el brillo de su vestido de sal marina—. Deberías estar de fiesta, ¿no? ¡Es Navidad, y tú vas a recibir el mejor regalo del mundo! ¿No estás contenta?

—Claro —dijo Aisling, asintiendo—. Es solo que es extraño.

—Voy a ponerme a cocinar —intervino Miaka—. Creo que nos irá bien una cena de despedida.

—¿Puedo ayudarte? —preguntó Padma, que evidentemente buscaba la manera de integrarse en el grupo.

Supuse que era algo difícil para ella, afrontar la marcha de una hermana a la que solo había conocido durante unas semanas.

—Por supuesto —respondió Miaka—. ¡Voy a poneros a todas a trabajar!

—A Kahlen no —dijo Aisling—. La necesito un momento.

—Claro. Lo que quieras.

Aisling y yo nos quitamos nuestros vestidos de sal y nos pusimos algo más convencional para salir al exterior. Vi que controlaba cada movimiento que hacía, como si se estuviera estudiando.

Se puso unas botas altas, guantes e incluso un sombrero, y me dijo a mí que hiciera lo mismo. Entonces supe que íbamos a ahondar en sus secretos. La nieve era prácticamente agua helada, agua natural, que nos vinculaba con Oceania. Un pie que metiéramos sin querer en un charco bastaría para comunicarnos con ella, quisiéramos o no. Esta vez, íbamos a tenerla desconectada, hasta que Aisling decidiera lo contrario.

Nuestro aliento formaba nubes en el aire bajo la capa de ramas que protegían la casita. Aisling estaba inmóvil, con el rostro cada vez más tenso.

—Bueno, ¿para qué me necesitas?

Aisling tragó saliva, intentando mantener la sonrisa.

—Alguien tiene que saber dónde llevarme. Ven, tengo unos cuantos detalles que resolver por el camino.

No parecía que tuviera ganas de hablar, así que la seguí en silencio. El único sonido que oíamos era el crujido de nuestras pisadas sobre la nieve. Caminamos un buen rato hasta empezar a ver señales de civilización, un pueblecito cercano a la costa. Primero pasamos junto a unas casitas pegadas a grandes granjas, luego junto a unas tiendas, al lado de unos bloques de pisos, y por fin llegamos a una bonita plaza.

Después de haber pasado por tantas grandes ciudades, me costaba creer que un lugar tan pintoresco y rústico como aquel fuera real. En los árboles de Navidad brillaban lucecitas de colores. Y las tiendecitas tenían los escaparates decorados. Había niños corriendo por la calle con abrigos de lana, cantando villancicos como si fueran gritos de guerra. El olor a canela y a cítricos llenaba el aire. Me alegré de que esa fuera la imagen que me quedaría del hogar definitivo de Aisling.

Le hice una señal y le dije con gestos: «Ahora entiendo por qué te gusta tanto este lugar». Ella aún tenía un gesto triste en el rostro.

«Tengo un poco de miedo a que después no me guste.»

«Tonterías. Es tu lugar.»

Al llegar al límite del pueblo, Aisling me dio dinero y me pidió que fuera a comprar flores a la tienda de la esquina. A mí me extrañó aquella petición, pero lo hice igualmente. Regresé con unas flores de color rojo oscuro cuyo nombre no conocía. Me dio las gracias, las cogió y se puso en marcha, pasando por entre la gente.

Aisling caminaba con paso firme. Sabía por dónde se movía. Yo la seguí a cierta distancia. Me daba cuenta de que para ella era algo importante. Al llegar al cementerio apoyó la mano en el poste de la entrada, hizo una pausa e hizo acopio de valor para seguir adelante. Había otras huellas en la nieve, rastros de las familias que habían acudido a visitar a sus muertos en aquella fiesta tan especial. Cuando llegó a la lápida, ligeramente erosionada, se detuvo, quitó las flores secas que seguramente habría dejado en su última visita y puso las nuevas en su lugar.

Estudié las fechas y observé que la hija de Aisling llevaba muerta veintiséis años. Intenté recordar qué estábamos haciendo exactamente en aquella época. ¿Habría mostrado algún indicio Aisling de que había pasado por el momento más duro que podía atravesar una madre? ¿Cómo pudo seguir viviendo tras la desaparición de Tova?

Tras unos momentos de silencio, empezaron a temblarle los hombros. Miró alrededor, nerviosa. Yo también me estremecí. Estábamos solas. Cuando estuvo segura de que no había nadie, soltó un grito angustioso. Me apresuré a rodearla con mis brazos.

—No pasa nada, Aisling. Vivió su vida. Y lo consiguió gracias a ti.

—No me entristece que ya no esté —dijo limpiándose las lágrimas con el dorso de la mano—. Me entristece saber que a partir de mañana no sabré ni siquiera que vivió.

Soltó un gemido gutural de dolor, doblándose en dos y aferrándose a la lápida de su hija. Entonces entendí que aquello era lo más cerca que había estado de abrazar a su hija en el último siglo.

Y no volvería a hacerlo. Siempre había pensado que olvidar sería una bendición, pero ahora, viendo a Aisling, deseaba poder retener algo. Una palabra familiar me llamó la atención. Me giré para ver la lápida que había al lado de la de Tova. Recordaba la corta vida de Aisling Evensen. Me pregunté qué habría enterrado allí su familia en lugar de a la hija que habían perdido.

Aisling se limpió el rostro y se arregló el pelo: «Solo quería decirle una última vez que la quiero».

«Si tu bisnieta lleva tu nombre, estoy segura de que siempre lo supo.»

«Gracias», dijo ella, esbozando una sonrisa.

Puso su mano sobre la mía y nos quedamos así un minuto. No podía ni imaginarme todo lo que le pasaría por la cabeza. En aquel momento, lo único que deseaba era hacerle lo más sencillo e indoloro el resto del tiempo que le quedaba como sirena.

—Estoy lista —susurró.

Nos pusimos en pie y echamos a andar. Aisling no miró atrás.

—En el pueblo hay un internado. Quiero que me dejéis allí.

—¿En un internado? ¿Estás segura?

—Sí —dijo, con la mirada fija hacia delante—. Tendréis que escribir una carta explicando por qué habéis abandonado a vuestra hermana. Pero tengo suficiente dinero ahorrado para dos años de enseñanza, que es más de lo que necesito. Espero que el pueblo me acepte como a una más cuando me diplome, y poder encontrar un trabajo por aquí.

Pensé en su plan. Me parecía de lo más... simple.

—¿No tienes otras metas o intereses? ¿No deseas nada más?

Ella negó con la cabeza.

—Mi bisnieta da clases en esa escuela. Lo único que deseo es tener ocasión de ser una de sus alumnas, y vivir y morir en el mismo sitio que mi familia. Lo que pase después no me importa.

—¿Tan bien te has escondido todo este tiempo como para que nadie vaya a darse cuenta?

Por fin se rio.

—He pasado mucho tiempo lejos, con vosotras, y he vivido en otros sitios. Solo he visitado esta zona una o dos veces al año. Por no mencionar que me he reinventado más de lo que te puedes imaginar. Además, el pueblo no es tan pequeño como para que todos se conozcan. Si te mantienes apartada, es fácil pasar desapercibida.

—Desde luego eres una buena sorpresa de Navidad.

Sonrió.

—He visto a las chicas de este lugar. Algunas de ellas parecen tristes por tener que pasar todo el año en el mismo sitio. No tienen ningún lugar al que ir en vacaciones. Creo que puede llegar a ser divertido para ellas, que aparezca una nueva en Navidad. Y cuando oigan mi historia, les dará algo por lo que estar agradecidas.

—¿Qué quieres decir?

—Seré la chica huérfana —dijo encogiéndose de hombros—. Cualquiera que sea su situación, será mejor que eso.

En su voz había algo cercano al orgullo, como si se alegrara de darles aquello a los demás, a pesar de saber lo que diría la gente.

—Estoy impresionada, Aisling. Con tus planes, con cómo has vivido tu vida. No puedo creer que algo así sea posible.

—Ahora ya sabes que sí —respondió con una sonrisa—. Y hablando de ello, ¿has decidido ya si vas a intentar hacer algo parecido?

—No, aún no. Siento que, si lo intentara, podría ser tan lista como tú, pero no estoy segura de poder ser tan fuerte.

—Eres más fuerte de lo que te imaginas —respondió rodeándome con un brazo—. Confía en mí.

Cuando estábamos más cerca del pueblo, nos callamos. Aisling señaló el internado y me indicó la puerta idónea. La escuela era bastante bonita, con paredes blancas y altas ventanas. Había unas cuantas niñas sentadas en los escalones, vestidas de uniforme, combatiendo el frío con unas tazas de sidra caliente. Me imaginé a Aisling en aquel lugar, riendo con sus amigas. Esperaba que nunca se entristeciera por haber perdido sus recuerdos.

Por su bien, intenté hacer que la noche fuera todo lo alegre posible. No le regalamos nada, pues no podía llevarse gran cosa consigo, pero le hicimos comer bien antes de dirigirnos todas juntas al océano.

Adiós, Aisling. Me has servido muy bien.

Me alegro de que estés satisfecha —respondió ella, con la voz llena de gratitud—. *Y gracias a ti por esta vida espléndida. Ha sido más de lo que habría podido pedir.*

De nada. ¿Estás lista?

Aisling tragó saliva.

Sí.

Cierra los ojos.

Lo hizo, pero un momento más tarde los abrió de golpe, al sentir que el líquido salía de su interior. Se retorció, agarrándose el cuello como si estuviera intentando quitarse unas manos que la estrangularan. Agitó los brazos y las piernas violentamente hasta que por fin quedo inerte. Las chicas y yo nadamos hacia ella para sacar su cuerpo inconsciente del agua.

Director Strout:

Por favor, hágase cargo de nuestra querida hermana Aisling. Por motivos que no podemos detallar en esta carta, nos hemos visto obligadas a marcharnos. En su bolsa encontrará dinero para sus estudios, y cuando los empiece estamos seguras de que se dará cuenta de que es una alumna excelente, brillante y diligente. Somos conscientes de que esta petición es algo peculiar, pero le rogamos que aun así la atienda. Es lo mejor que podemos hacer por ella.

Y a Aisling, nuestra guía y nuestra energía, por favor, avanza por la vida sabiendo que hay quien te quiere más de lo que podrán sentirse amadas la mayoría de las almas. Te deseamos toda la felicidad en la vida y esperamos que vivas con la máxima felicidad posible.

Siempre estarás en nuestros corazones.

Te quieren,

Tus hermanas

12

Las demás volvieron con Oceania, pero yo me quedé, observando escondida entre un grupo de árboles próximos a la escuela, hasta que Aisling se despertó. Estaba a punto de amanecer cuando se empezó a mover, claramente desorientada. Lloró un poco. Al final alguien la oyó. Una anciana salió a ver qué pasaba. Lo último que vi fue cómo la acompañaba al interior de la escuela. Luego eché a caminar. Era la mañana de Navidad y el cementerio estaba desierto. Me arrodillé frente a la tumba de Tova y saqué unas flores del ramo que le habíamos dejado el día anterior. Estaba segura de que no le importaría compartirlas con su madre.

Las dejé sobre la tumba de Aisling, consciente de que su anterior vida había acabado para siempre. Me retiré la capucha, sentí la nieve fresca que empezaba a caer y me dirigí al mar.

En el viaje de vuelta a Carolina del Sur me sentí extrañamente sola. Ya había asistido a la transformación de Marilyn y de Nombeko, pero esta vez había sido diferente.

Claro que lo es —dijo Oceania, leyéndome el pensamiento—. *Es la que más tiempo ha pasado contigo. Lo mismo le pasará a Miaka cuando te llegue a ti la hora.*

Tiene sentido —admití—. *Pero ahora tengo la sensación de que nos falta algo.*

Era tan introvertida que estoy segura de que cuando regreséis a casa y volváis a poneros a enseñar a Padma, os sentiréis como si nada hubiera cambiado.

Eso espero.

En casa, todo el mundo estaba de buen humor. Empezaron a darse regalos las unas a las otras.

—Tienes un montón aquí —dijo Miaka, animándome a que me uniera a ellas—. Ya, yo también tengo regalos para vosotras. Pero he de ponerme algo de ropa seca. Guardadme alguna galletita.

—Eso no te lo puedo prometer —gritó Elizabeth desde la otra punta.

Sonreí y entré en mi habitación para darme una ducha y cambiarme de ropa, intentando sacudirme de encima la tristeza por la pérdida de Aisling y prepararme para todo lo que se me venía encima. Después de todo era Navidad, así que decidí hacerme un pequeño regalo.

Saqué el teléfono de mi fiel baúl de madera y lo encendí por primera vez desde hacía meses. Asombrada, vi que tenía mensajes. Los dos de Akinli, de la última vez que pasamos juntos, seguían ahí, pero había más. El primero era de unos días después.

«¡Pastelera! ¿Estás ahí? Perdóname si he hecho algo malo. Pásate por la biblioteca algún día.»

De pronto me sentí tremendamente culpable. Lamentaba que pensara que me había marchado por su culpa. Él había sido encantador conmigo. Contuve un suspiro y pasé al siguiente.

«Eh, ¿estás ahí? Ahora mismo no me iría nada mal una experta en escuchar. Escríbeme si puedes.»

Me quedé pensando un rato en aquello. Me encantaba escucharle cuando hablaba de cosas insustanciales. Me habría gustado poder hacerlo en ese momento, si realmente lo necesitaba. Tragué saliva y pasé al siguiente.

«Lo siento, sé que quizá ni leas esto. Hoy he comido pastel. Estaba de pena. En cualquier caso, espero que te vaya bien.»

Aquel era el último, de hacía un mes, más o menos. Sus palabras me hicieron esbozar una sonrisa. Menos mal que solo había cinco mensajes, y no uno por cada día que habíamos estado separados. Me bastaban para saber que pensaba en mí de vez en cuando. Cualquiera que fuera la vida que llevara, quizá me recordara más adelante como esa chica que había conocido hacía un tiempo, que le hizo un pastel y que sabía bailar el *jitterbug*.

El corazón se me llenó de alegría al pensarlo. Aquella última noche, en el vestíbulo de la residencia, había pensado que todo sería más fácil si él se olvidaba de mí antes de que yo me olvidara de él. Ahora tenía la sensación de que, incluso después de que me borraran su nombre y su rostro de la mente, quizás aquello no me lo borrarían.

Las semanas después de la partida de Aisling, la normalidad fue imponiéndose otra vez poco a poco, pero no como yo esperaba. Aunque acabé sintiendo un gran cariño por Padma, del mismo modo que quería a mis otras hermanas, la novedad que suponía su presencia en la casa fue quedando atrás. Empecé a pasar cada vez más tiempo en mi habitación, sola. Sinceramente, había días en que sentía que Oceania estaba tan taciturna como yo. Y estar con ella no hacía más que magnificar mi angustia.

Intenté no pensar en el día en que tendríamos que cantar, cada vez más próximo. Sentía su dolor, el hambre acuciante. Aguantaría todo lo que pudiera, por nosotras, pero no sería mucho más.

Intenté no pensar en el futuro y me dediqué a mi investigación, rebuscando en Internet para encontrar al último pasajero del *Arcatia*. Por fin di con él: Robert Temlow, agente de seguros de cincuenta y tres años. La fotografía de su rostro enjuto y moreno acabó en mi álbum de recortes. Había completado una lista de pasajeros por primera vez. Cerré el álbum. Pensaba que sentiría algo, cierta satisfacción, la sensación de haber cumplido con algo. Pero no sentí nada.

Un vacío que me resultaba familiar.

Uno de mis primeros proyectos de investigación había sido sobre las sirenas, cuando solo llevaba unos años con mis hermanas. Quería descubrir todo lo que pudiera sobre mi nueva vida. Saqué aquellas viejas notas y las repasé de nuevo.

Había encontrado muchas obras de arte y relatos cortos, más de los que había imaginado. Y en muchas de aquellas obras había cierta verdad. En algunos lugares se decía que las sirenas eran dos; en otros, que eran cinco. Y ese, efectivamente, era nuestro límite. No podíamos hacer nuestro trabajo solas, pero si éramos demasiadas a la vez aumentaban las posibilidades de que nos descubrieran.

Muchas de las cosas que había leído eran absurdas. Las descripciones de mujeres con cuerpo de pájaro resultaban desquiciantes: prácticamente nos convertían en fetiches. Pero entonces pensé en Elizabeth, que arrastraba a los chicos a la cama sin decir palabra… Tal vez no fueran tan desencaminados.

Nadie mencionaba que servíamos a Oceania ni que las sirenas no hubieran escogido exactamente su destino. Nadie explicaba cómo había empezado todo. No había ni un artículo que contara cómo escapar de aquella condena. Al principio había estado buscando respuestas desesperadamente. Oceania se convirtió en la única verdad que conocía, en la única cosa que tenía sentido.

Eché mis notas a un lado y me dejé caer sobre el gran sillón de la esquina, mirando al mar. De pronto eché de menos a Aisling, lo cual me hizo sentir algo tonta, ya que antes apenas nos veíamos. Quizá fuera porque, por un breve periodo de tiempo, había sido la única que entendía lo que me pasaba. Me había hecho sentir menos anclada a mi tristeza.

Contemplando las olas que rompían en la playa, se me ocurrió preguntarme si Akinli estaría haciendo exactamente lo mismo en aquel mismo momento. Decía que se había criado en un pequeño pueblo de pescadores de Maine, Port Clyde. Quizás en aquel mismo momento estuviera sentado con sus padres, tomando chocolate caliente y observando el ir y venir de las olas. O tal vez estuviera disfrutando de los últimos días de esas vacaciones que todo el mundo parecía estar obligado a hacer en aquellas fechas para ver a la familia. Habría apostado que se había puesto un horrible suéter tejido por alguna tía abuela para no herir sus sentimientos.

O quizá ya estuviera haciendo las maletas, preparándose para abandonar el duro invierno del norte y volver a las suaves temperaturas de Florida. Tal vez ya hubiera escogido lo que quería estudiar y se sintiera tan emocionado que no veía la hora de volver a clase. Me preguntaba si Neil se habría vuelto

más civilizado o si seguiría haciendo esculturas de basura en las esquinas de su habitación.

Quizá, solo quizá..., a lo mejor de vez en cuando se acercaría al árbol bajo el que yo me sentaba, esperando a ver si aparecía por allí...

Estaba harta de llorar. Harta del agua salada. Pero parecía inevitable. Cuando no estaba nadando en ella, fluía desde el interior de mi cuerpo.

Deseaba más que nada en el mundo ir a su lado. Sentía que le debía una disculpa por haberme marchado de aquella manera, por no haber tenido el teléfono a mano esa vez que necesitaba hablar, por haberme colado en su vida. Y me dolía notar que aquello que sentía por él iba creciendo en mi pecho sin saber si el sentimiento era correspondido.

Eran demasiadas cosas a la vez. Aisling se había ido, pero yo tenía que mantener su secreto. Tenía una nueva hermana que parecía atascada en su vida anterior, como si aún la estuviera viviendo. Quería y odiaba a Oceania al mismo tiempo.

Y echar tanto de menos a Akinli era como un peso que me aplastaba los huesos.

Le di la espalda al océano y me metí en la cama. No necesitaba dormir, pero necesitaba poner freno a todo aquello un rato.

Cuando me desperté —después de un sueño sin pesadillas, gracias a Dios—, oí a mis hermanas discutiendo en el salón.

—No te evita a ti —dijo Elizabeth, y por su tono paciente supe que estaba hablándole a Padma—. Suele ponerse así.

—Ha servido a Oceania más tiempo que ninguna de nosotras —añadió Miaka—. Para ella es duro. Tenemos que dejarle su espacio.

Salí de la cama y miré las cortinas con su estampado floral, los cuadros sin gracia en las paredes de mi habitación. De pronto, odié todo aquello. Aquella casa era como una trampa. Había escapado a aquel lugar para huir de mi amor imposible por Akinli, pero no había podido huir de mí misma.

Abrí la puerta de mi habitación. Mis hermanas se quedaron calladas mientras me acercaba a ellas. Miaka y Elizabeth parecían incómodas. Supe que se preguntaban si las habría oído hablar de mí.

—Creo que es hora de mudarse otra vez —les dije.

13

El Año Nuevo llegó y se fue, igual que todos los demás, y no se hundió ningún barco. Llegó febrero, y ningún tsunami arrastró a nadie al océano. Pasó marzo, y no hubo inundaciones. Al entrar en abril, se hizo cada vez más evidente que antes o después tendríamos que cantar, y ese temor tan familiar me invadió de nuevo. Oceania podía aguantar como mucho un año entre naufragio y naufragio, pero su hambre iba en aumento a cada luna llena. Y ya había pasado casi un año.

Me compré un álbum de recortes nuevo y me preparé para lo inevitable. Oía el hambre de Oceania en cada ola que rompía, en cada susurro sobre la arena. Era como si me doliera en mis propias carnes, lo cual tenía sentido, ya que en realidad la llevaba dentro de mí. Pero por mucho que deseara que ese dolor desapareciera, eso no hacía más apetecible tener que cantar de nuevo.

—¿Adónde te gustaría ir, Elizabeth? Hace tiempo que no escoges tú —propuso Miaka.

Esta vez estaba cumpliendo mi palabra e íbamos a hacer planes antes de salir a buscar un nuevo hogar.

—Yo volvería a Miami, pero supongo que eso queda fuera de toda posibilidad —dijo mirándome.

Era primavera, así que él habría vuelto a la universidad. Podía recogerme el cabello bajo un sombrero y comprarme unos vaqueros. Si me mantenía a suficiente distancia, no me vería. Pero ¿cómo podría mantenerme a distancia?

—No creo que sea buena idea —respondí garabateando círculos en el cuaderno de papel que usábamos para ir apuntando ideas. Ni siquiera era capaz de escribir el nombre de la ciudad.

—¿Qué es lo que hay en Miami? —preguntó Padma.

—Playas —me apresuré a responder—. ¿Y tú, qué? Si pudieras ir a cualquier lugar del mundo, ¿adónde irías?

—¡A Nueva York! Quiero ver a la Señora —proclamó levantando un brazo.

—¿La Estatua de la Libertad?

—¡Sí! Siempre he querido verla —dijo, con los ojos muy abiertos, y echó la cabeza atrás, como si ya estuviera viéndola—. Una vez, cuando era pequeña, le dije a mi padre que quería ir a Nueva York para ver la estatua verde. Él me dio un bofetón y me dijo que todo lo que vería sería el interior de la casa de mi marido. Eso era lo que me correspondía.

Aguantó el tipo unos segundos, pero luego se vino abajo y se echó a llorar.

Tenía la sensación de que, cuando Padma recordaba los malos tratos sufridos, no era simplemente el episodio en concreto, sino que había decenas y decenas que se le acumulaban hasta que la aplastaban y acababa por desmoronarse. Era cuando menos inquietante.

—Decíais que olvidaría. ¿Por qué sigo acordándome de él?

—Desaparecerá —le prometió Miaka, que abrazó a su nueva hermana—. Pero si lo retienes, puede que dure más de lo que desearías. Tienes que dejar que se marche.

—Por eso ella recordaba más que ninguna de nosotras —añadí señalando a Elizabeth—. Como Aisling.

—¿Aisling también? —preguntó Miaka.

—Sí. No solía hablar de ello, pero recordaba enormes fragmentos de su vida pasada. —Apoyé una mano sobre la de Padma—. Entendemos que los maltratos de tu padre componían una gran parte de tu vida. Por eso se han quedado impresos de esa forma tan terrible. No obstante, si te propones que dejen de ser importantes, te resultará más fácil.

—¿Tú crees que yo quiero que sigan siendo importantes? —gritó. Se apartó de nosotras y tiró la silla al suelo. Padma nos miró un momento y luego se dio la vuelta—. Aquí estoy, con mi belleza, mi inmortalidad... Y lo único en que puedo pensar es en que se va a ir de rositas, pese a haber intentado matarme. Nunca sufrirá por lo que ha hecho. ¡Es tan injusto!

—Es terriblemente injusto —replicó Elizabeth con decisión, agarrándola de la mano—. Pero lo único que puedes hacer es alegrarte de la libertad que tienes ahora. No podrá hacerte daño nunca más. No tiene ningún poder sobre ti.

Nueva York era una idea terrible. Sí, había mucha agua alrededor, pero no era fácil precisamente entrar en ella sin que te vieran. E incluso contando con la seguridad de un apartamento, las paredes quizá no fueran lo suficientemente gruesas como para contener nuestras voces, para proteger a la gente que nos rodeaba. Aun así, serviría para aliviar en parte el dolor de Padma...

—Padma, al menos puedes demostrar que tu padre se equivocaba. ¿Quieres ir a vivir a Nueva York una temporada? —planteé.

—¿De verdad?

—Claro. La hermana nueva escoge ciudad —respondió Elizabeth, sonriendo— Es como una norma —mintió.

Padma se cubrió la boca con las manos, absolutamente anonadada.

—No me estáis tomando el pelo, ¿verdad?

—En absoluto —dijo Miaka, que abrió su ordenador—. Veré si puedo encontrar un bonito apartamento cerca del agua.

—Da igual si es fuera de Manhattan —propuso Elizabeth—. Podemos ir a la ciudad en un momento.

—Estaría bien contar con cierto nivel de intimidad. No

queremos tener que ser maleducadas con los vecinos para que no nos molesten —dije—. Y asegúrate sobre todo de que nadie nos vaya a oír.

—¿Puede ser un lugar desde donde pueda ver la Estatua de la Libertad por las noches?

—¡Chicas! —respondió Miaka, levantando los brazos y mirándonos con petulancia—. Un poquito de confianza, ¿vale? Os encontraré una casa estupenda.

Padma soltó un chillidito de alegría y se puso a dar vueltas por la habitación, olvidándose de pronto de todo su dolor. Al cabo de menos de dos días, dependiendo de dónde encontrara un barco Oceania, tendríamos que salir a cantar. Esperaba que la perspectiva de esta nueva aventura compensara la pena de su primera experiencia cantando y de la vida que tanto deseaba que pudiera dejar atrás.

No les mires a la cara, aconsejé a Padma mientras nos dirigíamos hasta el punto que había seleccionado Oceania. Algunos gritarán, y es difícil no hacer caso, pero tú concéntrate con todas tus fuerzas en la canción.

Pero yo no conozco la canción, dijo Padma, encogiéndose de hombros.

Viene sola —respondió Miaka—. *Ella te dirá cuándo empezar, y lo único que tienes que hacer es obedecer.*

Eso puedo hacerlo —dijo—. *¿Solo hay que cantar?*

Asentí.

Solo hay que cantar.

Al ir bajando la velocidad nos encontramos un agua templada y llena de vida. Elizabeth iba delante. Se dirigió a la superficie. El lugar ya denotaba lo desesperada que estaba Oceania. No había ninguna tormenta que pudiera hundir un barco ni rocas contra las que pudiera chocar. No había nada más que un bonito cielo tropical con unas nubes y la larga línea del horizonte allá donde miráramos. Salvo por la solitaria silueta de un barco en la distancia, acercándose a nosotras.

¿Estás bien? —dijo Elizabeth, girándose hacia Padma.

Tengo miedo. No quiero matar a nadie.

Nosotras tampoco —respondió Miaka, que se acercó a ella—. *Y no creo que ni siquiera Oceania lo desee. Pero así son las cosas: una pequeña proporción muere para dar sustento a todos los demás. Es difícil verlo desde el otro lado porque no lo afrontas tan directamente, pero ¿y cuándo lleguemos a Nueva York y recorras sus calles por primera vez?*

Padma sonrió. Por su reacción estaba claro que aún no se acababa de creer que aquello fuera de verdad.

Miaka le devolvió la sonrisa.

Tú recuerda que toda la gente que ves ha vivido hasta hoy gracias al sacrificio que estás haciendo ahora mismo. Al tuyo y al de ellos —dijo ella, que señaló el barco con un gesto de la cabeza.

Entiendo —dijo Padma asintiendo—. *Estoy lista.*

Ocupamos nuestros lugares. Me tendí en el agua, como solía hacer Aisling. Miaka se arrodilló detrás de mí, arreglándose el vestido.

Tú quédate conmigo —dijo Elizabeth, que agarró de la mano a Padma—. *Es normal que estés nerviosa. Apriétame la mano. Estoy a tu lado.*

Vale.

Sonreí a Elizabeth, que estaba demasiado ocupada observando a Padma como para darse cuenta. Estaba segura de que su lado salvaje seguía ahí; había estado en hibernación en Pawleys Island, pero volvería a rugir con fuerza en Nueva York. Era evidente lo bien que le había ido la llegada de Padma.

¿Cómo te encuentras?, me susurró Oceania.

Nerviosa, como siempre —confesé—. *Intento pensar en lo que pasará después, en lugar de en lo que está sucediendo ahora.*

Sigue intentándolo.

Ya lo hago.

Pero no podía evitar preguntarme qué voz o qué rostro me perseguiría en sueños, uniéndose a todos los otros fantasmas que parecían seguirme.

Cantad.

No tuve que mirar a Padma otra vez. Estaba segura con Elizabeth. Como siempre, la canción se nos metió dentro y se extendió por el cielo, como si vertiéramos en una taza algo de té, caliente y fluido. Observé cómo el barco iba desviándose de su curso, buscando el sonido. Unos momentos más tarde, estaba segura de que quienquiera que estuviera al timón ya habría visto aquel espejismo increíble. «¡Cuatro chicas! —exclamaría, casi sin aliento—. ¡Cuatro chicas cantando en el agua!»

De pronto, una enorme burbuja surgió del agua, rompiendo la tensión superficial y provocando que el barco se ladeara con fuerza. Se oyó un griterío generalizado. Hice caso omiso y seguí cantando, intentando acelerar el proceso en lo posible.

Hasta que no tuvimos el barco prácticamente encima, extrañamente ladeado hacia la derecha, el canto no se convirtió en una nueva pesadilla.

Aquel no era un barco de pesca ni un ferri. Había un tobogán en la cubierta, con una piscina que iba vertiendo su contenido hacia un lado. Una pared de escalada, una pantalla de cine… Era un enorme crucero. Cuando conseguí mirar al agua, delante de mí vi muchísimos rostros.

Y llevaban vestidos muy elegantes. Una joven con un traje azul de satén se deslizó bajo las olas en silencio, con un gesto embelesado de concentración, escuchando nuestra canción. A su lado, un hombre vestido de esmoquin se hundió de golpe y no volvió a salir. A nuestro alrededor iba cayendo gente al agua, y sus vestidos elegantes no hacían más que aumentar lo grotesco de aquella escena llena de muerte.

No mi di cuenta de que era una boda hasta que vi a la novia. Un largo velo blanco flotaba a su alrededor; su vestido de encaje ya estaba empapado de agua. Tenía la vista fija en mí, absorta por el influjo de la canción. Seguro que habría pensado que aquel iba a ser el día más feliz de su vida, no el último. Era imposible saber cuál de aquellos hombres de esmoquin era el novio; quizá ya lo hubieran engullido las aguas.

De pronto sentí náuseas. Aquella novia había encontrado su amor, como yo. Pero no habría un final feliz para ninguna de las dos. Conmocionada, dejé de cantar.

Aunque mis hermanas siguieron con su canción, mi silencio hizo que volviera la conciencia a los ojos de la novia, que se puso a chapotear en el agua.

—¡Michael! —gritó, mirando hacia todas partes, desesperada—. ¿Michael?

Volvió a mirarme con ojos suplicantes. Quise apartar la mirada, pero me sentía como en deuda con ella, como si observar su muerte la dignificara. El rostro se me cubrió de lágrimas.

—Por favor —suplicó sin dejar de mirarme a los ojos.

Lo dijo muy flojito, pero el sonido de su voz se extendió por el agua, por encima de las de mis hermanas, que seguían cantando.

Sin pensarlo, me puse a caminar por el agua hacia ella, aunque no tenía la mínima idea de lo que haría al alcanzarla.

Antes de que pudiera llegar, Elizabeth se me acercó a la carrera y me tiró al agua. Me agarró del cabello, obligándome a mirarla. Y siguió cantando, fusilándome con la mirada.

Luché con ella.

—¡Suéltame!

Canta, me conminó Oceania, con voz severa.

Elizabeth me obligó a ponerme en pie otra vez.

—¡Canta! —me apremió, aunque para ello tuvo que dejar de hacerlo. Tras ella, las voces de Miaka y de Padma seguían adelante—. ¿No te das cuenta de que lo estás empeorando todo? Canta. ¡Acaba con esto!

Miré a las víctimas de nuestra infortunada belleza. Unos cuantos de los invitados de la boda estaban recuperando la conciencia en ausencia de mi voz y de la de Elizabeth.

—Por favor, Kahlen. Nos estás poniendo en peligro a todas.

Pero en lugar de responder, le rogué a Oceania:

—¡Sálvala! ¡Hay espacio para una más!

Ni madres ni esposas. ¿Querrías sentenciarla a sufrir esta vida?, dijo, y noté el dolor en su voz.

Reaccioné. No. Un siglo de muerte era una condena mucho más cruel que unos momentos de miedo. Apoyé la cabeza en el hombro de Elizabeth y volví a cantar. La voz de Elizabeth se unió a la mía. No podía soportar ver sufrir a la gente, así que fijé la atención en Miaka y Padma. En sus rostros había demasiadas emociones que leer: comprensión, decepción, rabia, desconfianza.

Cantamos hasta que el último grito se apagó, hasta que el barco quedó apoyado en el fondo del océano. El silencio posterior fue como una hoja cortante, mucho más doloroso que los gritos que acababa de soportar.

Miaka, más enfadada de lo que la había visto nunca, me agarró de los hombros y me zarandeó.

—¡Oceania tenía que haberte matado! ¡Alguna ha muerto por mucho menos! ¿Cómo has podido hacerte esto a ti misma? ¿Y a nosotras?

No era eso lo que esperaba. Se suponía que me entenderían. Eran las únicas que podían hacerlo. Cerré los ojos.

—Estoy muy cansada de tanta muerte.

—Todas estamos cansadas de tanta muerte —replicó Elizabeth, con una dureza que me sorprendió. Tenía el rostro surcado de lágrimas (algo que no había visto nunca) y la vergüenza me embargó, consciente de que era por culpa mía. Padma también estaba emocionada. Probablemente por sus propios motivos, y también me sentí culpable por confundirla aún más en su primer hundimiento. Elizabeth me tiró del brazo para que reaccionara—. Pero tú ya casi has cumplido con tu servicio a Oceania, así que haz tu trabajo.

Esperaba que Oceania dijera algo, que le dijera a Elizabeth que sí, que había cometido un error, pero que al menos no había habido supervivientes que pudieran contarlo. Que nuestro canto había tenido éxito. Pero no lo hizo.

Nunca me había sentido tan sola. Corrí y buceé hasta llegar a la costa.

Lo siento.

—No importa.

Ahora no te aísles. No te ayudará.

Aceleré, avanzando todo lo rápido que pude sin su ayuda.

—No puedo estar con ellas. Ni siquiera quiero estar conmigo misma. He pasado tanto tiempo intentando convencerme de que no soy una mala persona… Pero es cierto. Es lo único de lo que estoy convencida.

Sentía un dolor profundo. Había renunciado a mucho, y ver a aquella novia ahogándose me había hecho pensar en todo ello de nuevo.

No podía estar enamorada. Mataba cada vez que abría la boca para cantar.

No. No eres mala. Tienes el corazón más dulce que he poseído nunca. Si acaso, la malvada soy yo, por hacerte cargar con este peso.

Parpadeé para enjugarme las lágrimas y apreté la mandíbula con fuerza, enfurecida.

¿Sabes qué? Que tienes razón. Eres malvada. Me lo has arrebatado todo. No tengo familia ni vida propia. Ahora ya no tengo ni esperanzas. Has matado todo lo bueno que había en mí y te odio por ello.

El habitual abrazo de Oceania, cálido y reconfortante, se volvió frío, como si se echara atrás.

Lo siento. Siento todo esto. Lo siento mucho.

—¡Sal de una vez de mi cabeza!

Llegué a la orilla, observando la luz de un faro y usándola como guía. Trepé por un litoral rocoso en la incipiente oscuridad del atardecer. Me alejé del mar y me senté en la hierba, abrazándome las rodillas contra el pecho, agotada. No podía olvidar la mirada desesperada, suplicante, del rostro de la novia. ¿Cuántas veces más tendría que hacerlo?

Había sido una vida muy larga. No sabía cuánto más podría soportar, cuántas vidas más podría arrebatar. No podía olvidar los rostros de las personas que había matado, y no pensaba que pudiera afrontar otros veinte años de muerte. Había hecho lo que había podido para aceptar lo que era, pero nunca, ni una sola vez, me había sentido en paz conmigo misma.

¿Qué podía hacer ahora? Quizá debiera pedirle a Oceania que pusiera fin a mi vida, sin más. Se me estaba muriendo el corazón. Quizá también debería dejar morir el cuerpo.

Sacudí la cabeza, avergonzada por mis propios pensamientos. ¿De qué serviría una nueva muerte? Tenía que haber algo más.

—¿Kahlen?

Había cosas que quizá pudiera recordar si tenía una segunda oportunidad. Por ejemplo, si pudiera abrazar a mi madre otra vez, posiblemente pudiera reconocer su abrazo entre cien. Ahí estaba, tan familiar como si hubiera vivido con ella todos los días, una voz que nada podría borrar de mi memoria hasta el fin de mi sentencia.

Me giré hacia la voz, preguntándome si, en ese momento, la protagonista de un cuento de hadas era yo… o si lo era él.

14

No era consciente del camino que había tomado, pero de algún modo mi huida, mi carrera para alejarme de mis hermanas, de mi sentimiento de culpa, me había llevado hasta allí: Port Clyde, en la costa de Maine. El lugar donde deseaba estar, donde parecía imposible que pudiera acabar.

Akinli emergió de entre las sombras del faro. Me observó conmocionado. Solo hacía seis meses que no nos veíamos, pero había cambiado mucho. El cabello enmarañado le llegaba casi hasta los hombros y tenía una pelusa en la barbilla. Había cambiado los pantalones caqui por unos vaqueros desgastados. En sus ojos había una tristeza casi tan intensa como la mía.

—¿Estás bien?

«¿No debería preguntarte yo lo mismo?», pensé. Meneé la cabeza. Nunca había estado peor.

Perplejo, se arrodilló delante de mí como si intentara entender qué hacía yo allí. Me pasó las manos por los brazos, buscando heridas. Pese a lo mal que me sentía, su preocupación me animó un poco.

—Estás empapada. ¿Te has caído de un barco o algo así? Dime que no has salido a nadar vestida de largo.

Negué de nuevo.

—No parece que tengas heridas abiertas. ¿Crees que puedes haberte roto algo?

«No.»

—¿Cómo has llegado hasta aquí? No entiendo nada... ¿Tienes algún sitio al que ir?

«No.»

Hundió los dedos en la hierba, jugueteando con ella, intentando tomar una decisión.

—Vale, pues ven conmigo —dijo.

Se puso en pie y me tendió una mano.

Me quedé mirando sus largas uñas, con la tierra aún pegada. Tendría que alejarme de aquel chico. Acababa de cometer un acto tan inconfesable que, si pudiera usar la voz, lloraría durante días. Me había aislado de mis hermanas, me había distanciado de Oceania. Y era un arma mortal.

Pero ¿qué podía hacer si no? ¿Quitármelo de encima y decirle que estaba bien, cuando estaba claro que algo había pasado? ¿Saltar al agua, aunque no pudiera soportar la proximidad de Oceania ahora mismo?

Podía quedarme una noche. Cuando me recuperara, ya se me ocurriría un plan. Así que deslicé mi fría mano en la suya y dejé que me guiara a casa.

Mientras caminábamos escruté a Akinli. Apoyó la mano sobre mis hombros; sentí que tenía la palma dura y callosa, señal de que ya no manipulaba libros, sino algo mucho más pesado. Parecía curtido, menos alegre. ¿Por qué seguía allí? Ya debía haber vuelto a la universidad.

—Hace muy buena noche. No podías haber escogido una tarde mejor para perderte. Mira qué luna. Perfecta para perderse, ¿no crees?

No pude evitar sonreír. Era como si no nos hubiéramos separado nunca, como si no le hubiera dejado de aquella manera tan fría, desapareciendo sin una palabra.

—He pensado mucho en ti —prosiguió sin mirarme—.

Cuando desapareciste, me preocupé mucho. —Tragó saliva—. Intenté buscarte, pero lo único que tenía era tu nombre. A los de la universidad no les constaba ninguna estudiante que se llamara Kahlen. Y no pude encontrarte en Internet. Era casi como si nunca hubieras existido. Y, sin embargo, aquí estás.

El pánico me invadió y sentí que se me tensaba el pecho. ¿Cómo iba a darle una explicación sin inventarme un montón de mentiras con las que inevitablemente acabaría poniéndome en evidencia? Respiré hondo, intentando no perder la calma. ¿Y si salía corriendo? Si desaparecía otra vez, podría asegurarme de que nunca me encontrara.

Me miró de arriba abajo. ¿Qué estaría pensando? ¿Qué estaría elucubrando? Desde luego la verdad no podía ni imaginársela. Pero noté que estaba intentando combinar todas las piezas de mi historia y que ninguna le encajaba.

Por fin habló de nuevo, en voz baja y con un aire de nostalgia:

—Esperaba que volvieras a la biblioteca.

Bajé la vista y junté las manos en gesto de súplica, intentando hacerle ver lo mucho que lo sentía, que no quería hacerle daño.

—No pasa nada —dijo, algo más animado—. No estaba enfadado. Estaba preocupado. Me alegra saber que estás bien. Bueno…, eso espero. Ven.

Me llevó hacia una casa de dos plantas pintada de azul pálido y con los postigos negros. Sus únicos vecinos parecían haberse recogido; se veía el brillo de su televisor a través de las cortinas. Al otro lado de su casa había un desnivel por donde seguía el camino. Oía las olas rompiendo muy cerca.

—Me entristeció no verte más, pero no te culpo por marcharte. Yo también me marché poco después.

Me quedé mirándolo, confundida. ¿Qué pudo suceder? Subimos las escaleras del porche, lo cruzamos y se llevó la mano al rostro, como para borrar su expresión de pena.

—¿Julie? —dijo al abrir la puerta—. Haz un poco de café. Tenemos compañía. Julie es la mujer de mi primo —me dijo—. Fue voluntaria en primeros auxilios en la universidad, así que estás en buenas manos.

En la parte delantera de la casa estaba la cocina. No estaba muy segura de a quién esperaba encontrarse Julie cuando llegó desde el salón, pero se quedó de piedra cuando me vio.

—Ah. Hola. —Miró a Akinli—. ¿Y esta quién es?

—Kahlen. La conozco de la universidad. El mar la ha llevado a la orilla, junto al faro. Y..., bueno, no habla.

—¿Y te la has encontrado así? —preguntó Julie señalando mi vestido de noche.

—Sí.

La chica se puso en acción enseguida: empezó a palparme los brazos y me examinó las pupilas.

—Está congelada. Podría estar en *shock*. Subiré a buscar unas mantas. ¡Ben! ¡Baja! —gritó mientras subía las escaleras a la carrera.

Akinli me llevó hasta un viejo sillón. Abrió un armario, sacó una colcha y me cubrió. Luego regresó a la cocina y rebuscó algo en un cajón. Volvió con un papel y un bolígrafo.

—Toma. ¿Puedes decirme qué te ha pasado?

Me quedé mirando el papel, preguntándome si se me ocurriría una respuesta por arte de magia. Por fin escribí: «No lo sé».

—¿No lo sabes o no sabes cómo decirlo?

Agité la mano, como diciendo «mitad y mitad».

—Vale. ¿Hay alguien a quien debiera avisar? ¿Familiares, amigos?

Negué con la cabeza.

—¿Nadie?

Bajé la mirada hacia mis manos. Me había metido en una situación muy complicada. ¿Cómo podría explicarle que no habría nadie que me estuviera buscando porque mi única familia eran un puñado de seres mitológicos, unas chicas conscientes de que no podría meterme en un problema mucho peor del que ya tenía?

Julie regresó con Ben. Lo reconocí inmediatamente por las fotos de la residencia de Akinli. Tenía la misma barbilla y los mismos ojos. Me examinó de arriba abajo, con una expresión confundida tan cómica como la de su mujer.

—Tío, ¿qué es esto?

—¡Yo no he hecho nada! —dijo Akinli—. Solo me la he encontrado. Estoy intentando averiguar cómo devolverla a su casa, pero no parece que recuerde gran cosa. Y es muda, así que es algo complicado.

Julie apoyó una mano en el hombro de Ben.

—Quizá deberíamos llamar a la policía. Estoy segura de que alguien la estará buscando.

Sacudí la cabeza, señalé el papel para llamar su atención y escribí: «NO. Nada de policía. Estoy bien».

Miré a Julie con ojos suplicantes, consciente de que en aquella casa ella era la que hacía de madre. Por suerte, sus ojos se abrieron en un gesto de comprensión:

—¿Qué podemos hacer para ayudarte? Si no podemos llamar a la policía, ¿quieres que te llevemos a algún sitio? ¿A un hospital?

«Estoy bien. Solo me he perdido», escribí.

Crucé las manos frente al cuerpo, pensando, mientras Julie leía lo que había escrito. Sabía lo que quería, pero no sabía cómo pedirlo. Akinli se movía de un lado para otro. Leyó mi nota por encima del hombro de Julie.

—¿Y si se quedara aquí, con nosotros? —preguntó.

Julie levantó la vista, agitada. Ben frunció el ceño.

—No creo que sea buena idea —dijo susurrando, como si mi mudez significara también que fuera sorda—. No me sentiría cómodo con una extraña en casa.

—Pero no es una extraña —protestó Akinli—. Ya se lo he dicho a Julie. Nos conocemos de la universidad. Mira, hasta... —Sacó el teléfono y apretó unos botones—. Mira, es ella.

Casi me había olvidado de la fotografía que le había enviado, acurrucada en la cama y medio escondida bajo el edredón.

Ben esbozó un gesto de sorpresa: efectivamente, era la misma chica. Y aunque aún se mostraba escéptico, Julie parecía haberse ablandado.

—¿Estás segura de que estarás bien aquí? —me preguntó—. ¿No tienes ningún otro sitio al que ir?

Todo aquello me resultaba increíblemente violento, invitarme así a su casa. Pero en aquel momento no veía otra opción. No podía irme de allí en plena noche como si no hubiera pasado nada. Y no podía dejar que me entregaran a un agente de policía o a un equipo médico.

Además, era muy improbable que tuviera otra ocasión de pasar una noche bajo el mismo techo que Akinli. Negué con la cabeza.

«Me gustaría quedarme, si no os importa. Solo una noche.»

Ella frunció el ceño, aún preocupada, pero asintió.

—Si es todo lo que podemos hacer por ti...

Aún me sentía frágil y vulnerable. Y me perseguía el recuerdo de lo que había hecho, pero miré a Akinli y sonreí.

Tras unos momentos de debate para decidir dónde colocarme, Julie dijo que debía dormir en la habitación para invitados. Se puso a prepararme el sofá cama. Luego me trajo un pijama. Agradecí poder ponerme algo que no estuviera hecho de agua de mar, a pesar de que el pijama parecía ser un poco grande.

—Hay más mantas en este armario, por si las necesitas. Aunque estemos en primavera, aquí puede hacer frío. No sé si eres de Florida o no, así que..., bueno, eso. —Julie balbuceaba, intentando llenar el incómodo espacio con palabras—. También te he puesto un vaso con un cepillo de dientes nuevo en el baño de abajo. Si se te ocurre algo más que necesites, dínoslo.

Asentí, agradecida por su amabilidad. El verdadero regalo para mí era el tiempo, pero que pensara en un montón de detalles más hizo que me cayera aún mejor. Asintió y apoyó las manos en las caderas.

—Esto es un poco raro, ¿no? —dijo señalando la habitación y a nosotras dos. Hice una mueca y asentí—. Bueno, sea raro o no, puedes quedarte el tiempo que quieras. Cualquier amiga de Akinli es amiga nuestra. Últimamente no le hemos visto muchos amigos —admitió con tristeza—, así que esto supone un

cambio agradable. —Julie sonrió y sentí que ambas estábamos del mismo lado, por lo menos de momento. La sentí cercana a mí—. Te dejo para que te arregles. Buenas noches.

Cuando cerró la puerta, miré por la gran ventana que daba al mar. Oceania me estaba llamando.

¿Dónde estás? ¿Estás bien?

Puse los ojos en blanco. Tampoco es que pudiera pasarme nada grave. Ella lo sabía. Así que no le hice caso y me puse el pijama de Julie, arremangándome los bajos de los pantalones.

Al salir de la habitación me encontré a Akinli en el sofá, él también en pijama. Me encantó ver que me estaba esperando.

—Eh —dijo poniéndose en pie—. Tenemos comida, si quieres.

Respondí que no en el lenguaje de los signos, olvidando que él no lo conocía. Pero se acordaba de aquel gesto de nuestra única cita y siguió hablando.

—Vale. ¿Quieres ver un poco la tele? Si estás cansada, puedes irte a la cama directamente, pero yo iba a verla un rato.

A la luz de la lámpara observé las sombras bajo los ojos de Akinli. Parecía mucho mayor y experimentado que seis meses atrás, pero en su mirada veía la misma calidez con la que siempre me había acogido.

No podía quedarme, me recordé. Tendría que irme por la mañana, volver con mis hermanas. Aquel tenía que ser mi último día con él. No quería irme a la cama; quería pasar todos los momentos posibles con Akinli. Quizá pudiera fingir que la situación era otra, solo por una noche.

Asentí y nos sentamos juntos en el sofá. Me hice un ovillo para taparme; me sentía muy insegura con la ropa de Julie. Akinli interpretó que tenía frío y sacó una manta que había colgada tras el sofá para ponérmela por encima. Ni siquiera esperó que se lo agradeciera, al momento volvió a coger el mando a distancia y subió el volumen.

Era un canal de deportes. Aparecieron unos hombres enormes con ropas muy apretadas. Akinli observó mi confusión y se rio.

—Es un concurso de fortachones. Estas cosas hacen que me parta de risa.

Miramos a aquellos hombres cargando neveras, levantando piedras enormes y dando la vuelta a unos neumáticos gigantescos en unas carreras rarísimas. Observé, boquiabierta, una serie de pruebas a cual más rara. Cuando vi al primero de los concursantes tirando de un camión con remolque hasta hacer que se moviera, señalé a la pantalla, agitando los dedos frenéticamente. ¡No podía creer que ningún ser humano tuviera tanta fuerza!

—Lo sé, lo sé —respondió él—. ¡Es una locura!

Asentí, sonriendo encantada. Ver la tele nunca me había resultado tan cómodo. Tras varias pruebas más de fuerza, bajó el volumen. Parecía nervioso. Miraba alternativamente a la tele y a mí. Entonces empezaron las preguntas.

—¿Has estado bien? ¿Desde octubre?

Me pasó de nuevo el bolígrafo y el papel, pero esa era una de las cosas que no podía explicar. Moví la cabeza adelante y atrás, intentando decir un poco sí y un poco no.

—Cuando te esfumaste, me puse un poco nervioso —dijo, agitando los dedos como si yo fuera una voluta de humo.

A eso tampoco podía responder nada. Akinli se movió un poco en su sitio, situándose por fin de modo que estuviéramos de frente.

—Vale, me doy cuenta de que esta noche estás como atrapada aquí, así que quizá sea injusto preguntar, pero tengo que saberlo. ¿Hice algo malo?

Sacudí la cabeza con decisión.

—¿Estás segura? Porque aquella noche pensaba que nos lo estábamos pasando estupendamente. Y de pronto desapareciste. Y he repasado aquella cita mentalmente una y otra vez intentando entender qué es lo que hice.

Suspiré y puse el cuaderno recto. El bolígrafo se quedó inmóvil mucho rato, mientras sopesaba mis palabras.

Desde luego no fue culpa tuya.

Frunció el ceño.

—¿Te molestó otra persona? Sé que aquellos tipos están un poco locos, pero…

Negué con la cabeza de nuevo, señalándome el pecho con el bolígrafo.

—¿Entonces es que… tuviste que irte, sin más?

Asentí, algo avergonzada. Volvió a fruncir el ceño.

—¿Así que fue cosa tuya? ¿Solo tuya? ¿No fue nadie más?

Tragué saliva. Las normas de Oceania fueron el catalizador. Su naturaleza profundamente posesiva influyó en mí, pero había sido idea mía. ¿No?

Él se quedó pensando un rato y apretó los labios, como si estuviera archivando aquella información.

—¿Sabes? Hay algo más —dijo, solemne—. No llegaste a decirme cuál era tu color favorito antes de irte.

Sonreí con ganas y sacudí la cabeza. Qué ocurrencias.

«Me gustan muchos, pero sobre todo el color del otoño.»

—El color del otoño —repitió, lentamente—. Sí, cuando todo parece que está ardiendo.

«¡Pero está muriendo! La muerte nunca ha tenido un aspecto tan bonito.»

Chasqueó la lengua.

—Muy bien visto. A mí me gusta el azul profundo. Quizá porque me crie junto al agua. ¿Qué más? Esto... ¿Tu plato favorito?

Hice una mueca de decepción.

«Pastel, evidentemente.»

—Oh, no me puedo creer que no cayera en ello. Y, por cierto, hace unos meses estaba en una tienda y vi lo caro que es el extracto de almendra. ¡Teníamos que haber cobrado por porción! ¡Caray!

«Qué va. Me hizo ilusión poder compartirlo.»

—Bueno, quizá debíamos de habérnoslo pensado un poco. Hasta el día en que me fui me persiguieron, pidiéndome más. En serio. Así que, para que lo sepas, le partiste el corazón a toda la segunda planta del Jabbison Hall al marcharte. Se quedaron hechos polvo al ver que no habría más pastel.

Me gustaba que Akinli bromeara. Me temía que pudiera estar enfadado o resentido. Saber que sobre todo había estado preocupado me hacía mucho más fácil volver a estar a su lado. Demasiado fácil.

—Oh, esta es buena. Creo que dice mucho de una persona. ¿Tu olor favorito?

Me quedé pensando un momento.

—Te lo diré yo primero, si quieres. Me encanta el olor de la hierba recién cortada.

Le di mi aprobación mostrándole el pulgar, porque estaba bien pensado.

—He oído decir que el olor se debe en realidad a que la

hierba intenta decirnos que está pasándolo mal, lo cual me entristece un poco, pero aun así es muy agradable.

Cogí mi cuaderno: «¿Y qué dice eso de ti? ¿Que te gusta estar al aire libre? ¿Un anhelo de libertad? ¿Que te ofreces para cortar el césped de la gente?».

Se rio.

—Todo eso, sí. ¿Y tú qué?

Pasé la página. Hasta que no empecé a escribir no me di cuenta de que aquel recuerdo se me había quedado. Fue como un regalo especial después de todo aquel tiempo.

«Cualquier flor. Mi madre solía tener flores frescas en casa.»

—¿Nada específico? ¿Cualquier tipo de flor?

Asentí. La sonrisa de Akinli se desvaneció cuando volvió a leer la página.

—Espera. ¿Solía? ¿Ya no?

Cerré los ojos y me di cuenta de mi descuido. No pretendía decírselo.

—¿Tu madre murió?

Mirándome las manos para no verme tentada a mentir, asentí.

—¿Y tu padre?

Volví a asentir.

—¿Cómo? —preguntó en un suspiro, como si casi le diera miedo preguntar.

Por un minuto me quedé paralizada, recordando la alfombra, a mi madre mirándose al espejo justo cuando el barco se ladeaba.

«Se ahogaron.»

Yo prefería pensar en todo aquello como en un accidente, aunque las imágenes de asesinato a manos de Oceania o del suicidio se abrían paso en mi mente.

Él soltó un resoplido, casi como una risa.

—Qué locura —dijo, y se produjo una larga pausa, en la que se quedó allí sentado, mirando a todas partes de la sala, salvo a mí—. Unas semanas después de que te fueras, recibí una llamada de mi madre. Lo cual, como sabes, no era ninguna sorpresa, ya que me llamaba cada día. Pero con solo decirme hola... supe que algo iba mal. —Hizo una pausa para tragar saliva y se puso a juguetear con un hilo del sofá—. Tenía cáncer. Era bastante grave, y yo quería volver a casa enseguida. Ellos querían que acabara el curso, así que accedí y volví a casa para las vacaciones de Navidad.

»Papá insistió en que volviera a la universidad. Yo no estaba seguro ni de si podría, ni siquiera después de que pasara lo que tuviera que pasar con mamá. No quería dejarlo solo, ¿sabes? Él me miró, y yo asentí levemente. Lo hice. Entendí lo que significaba quedarse. Se suponía que tenía que estar con ellos...

Fue todo lo que pudo decir antes de volver a bajar la mirada. Intentó limpiarse las lágrimas de los ojos con la máxima naturalidad.

—Mamá tenía una cita con el médico, y papá iba a llevarla. Yo también, pero mamá... Nunca lo olvidaré. Me dijo que me quedara. Cada vez que intentaba discutir, insistía en que me quedara. A veces me pregunto si ya lo sabía.

Se quedó mirando a la nada, acongojado.

—Llovía —prosiguió—. Las carreteras aquí a veces se inundan si llueve mucho. La policía no estaba segura de si mi padre vio un ciervo o simplemente pilló un bache, pero se salió de la carretera y fue a dar contra un árbol.

Me cubrí la boca, con los ojos húmedos.

—Yo me esperaba lo de mamá, pero perderlos a los dos a la vez... No estaba preparado para eso.

Me acerqué a su lado del sofá, me senté a su lado y me puse a garabatear en el cuaderno.

«Yo también debía haberme ido con los míos.»

—¿De verdad? —respondió arrugando la nariz—. ¿Estuviste a punto de ahogarte?

Asentí. Él suspiró.

—Pues parece que esta noche también has estado a punto —dijo limpiándome una lágrima de la comisura del ojo—. Parece que el agua no es tu amiga.

Intenté controlar mi rostro; no quería que supiera que el agua era mucho más y mucho menos que eso.

Estábamos adentrándonos en un territorio peligroso, en un lugar en el que no podría seguir ocultando mis secretos. Akinli parecía increíblemente cansado, y yo me sentí culpable de tenerlo en vela hasta tan tarde. Así que señalé al reloj, luego a mí misma y en dirección a mi habitación para poner fin a la conversación.

—Sí, probablemente tengas razón —dijo, aunque parecía tan reacio a la separación como yo.

Me fui hasta la habitación de invitados. Al llegar a la puerta, oí que Akinli se ponía en pie.

—¿Estarás bien sola? Puedo quedarme por aquí, si quieres. Sé que ha sido una noche terrible.

Se apartó el largo flequillo del rostro y me quedé mirando sus preciosos ojos azules. Ya me había costado bastante quitármelo de la cabeza seis meses atrás. Pero ahora, al verlo tan normal, tan en casa, tan humano… era casi imposible pensar en salir por aquella puerta al día siguiente.

Aunque, por supuesto, tendría que hacerlo. Y antes o después tendría que volver con Oceania. Aún le debía diecinueve años. ¿En qué se habría convertido él en diecinueve años? ¿En un marido? ¿En padre? ¿Y qué sería yo? Una adolescente que se habría pasado el último siglo matando y huyendo de un sitio a otro, sin un céntimo, sin nombre y sin sentido.

Dije que no chasqueando los dedos. Fue un alivio constatar que había una palabra que entre nosotros no necesitaba traducción.

—Vale. Bueno, estaré ahí fuera si me necesitas.

Asentí.

—Y oye… —añadió rápidamente, metiéndose las manos en los bolsillos de la sudadera—. Aunque las circunstancias sean tan extrañas, me alegro de volver a verte.

Sonreí, me giré y me metí en la habitación. Sin la distracción de las bromas y las risas de Akinli, oí de nuevo a Oceania llamándome para que volviera.

Estaba a unos cientos de metros del agua, demasiado lejos como para que me encontrara.

¿Dónde estás? Tus hermanas están preocupadas. Vuelve, Kahlen, vuelve.

Me tendí en la cama, oyéndola una y otra vez. Su tono angustiado hacía que me la imaginara caminando arriba y abajo, retorciéndose las manos, como una madre que hubiera perdido a su hijo en una multitud.

Bueno, ahora quizás entendiera cómo se sentían todos los amigos y familiares de las personas que había devorado a lo largo de los años. Además, estaba poniéndose dramática. ¿Adónde iba a irme? No es que fuera a morirme sin su ayuda.

Vuelve. ¿Dónde estás? ¿Por qué no respondes?

No dejaba de suplicar inútilmente. Volvería. Claro que volvería. ¿Qué otra cosa podía hacer?

Oí que la puerta de la habitación de invitados crujía y fingí que estaba durmiendo, con la esperanza de poder pasar por una persona normal solo unas horas más.

Sentí una mano cálida sobre la frente. Y luego sobre la mejilla. Seguí fingiendo, aunque el contacto de Akinli me había despertado por completo.

—¿De dónde has salido, bella niña silenciosa? —susurró.

Tras un largo momento, le oí salir de la habitación sigilosamente y cerrar la puerta tras él.

Me mordí los labios. Quería llorar. Ya me había tocado casi sin querer, pero aquella caricia en la mejilla había sido tan increíblemente tierna que era casi imposible de soportar.

En mi primera vida, nunca me había cruzado con nadie con

quien quisiera estar. Y no tenía garantías de que ocurriera una vez acabara mi sentencia. Así pues, ¿por qué, ahora, en aquel momento congelado e inútil de mi vida, tenía que encontrar a alguien que me hiciera sentir así?

No podía quedarme con él. Y no podía estar segura siquiera de la profundidad de sus sentimientos, aunque notaba que tenía tanta curiosidad por mí como yo por él. Aquello iba a ser un desastre.

No podía quedarme para siempre. Pero quizá pudiera quedarme un día.

15

Cuando salió el sol, seguía despierta, pensando en los dedos callosos de Akinli sobre mi mejilla. Oí que los otros se despertaban y se movían por la cocina. Erguí la espalda y miré por la ventana. Oceania seguía con sus lamentos, pero yo aún no estaba lista para enfrentarme a ella. Ni para dejar a Akinli.

—Bueno, estaré en el barco hasta la tarde. Y tengo que hablar con Evan —decía Ben con la boca llena.

—Yo saldré mañana —le prometió Akinli—. Además, ya hemos alcanzado nuestros objetivos.

—No pasa nada. Sé que hoy estás indispuesto.

Sonreí para mis adentros. Por un día, Akinli me pertenecía.

El ruido disminuyó, se abrieron y cerraron puertas, y se oyeron coches que llegaban y arrancaban. Al cabo de un rato, lo único que se oía era a Akinli trasteando en la cocina.

Hacia las ocho llamó a la puerta y asomó la cabeza. Yo ya estaba sentada en la cama. Me sonrió a modo de saludo.

—Buenos días, reina del baile.

Miré hacia mi vestido, al otro lado de la habitación. Tenía que librarme de él antes de que empezara a caerse a pedazos.

Entró con dos bandejas de comida y se sentó en la cama conmigo mientras comíamos. La comida era de lo más anodina, lo cual me hizo pensar que la habría preparado él.

Teniendo en cuenta su historial como cocinero desastre, aprecié el esfuerzo.

—Ben y Julie pasarán casi todo el día fuera. ¿Quieres salir a conocer el lugar… o hay algún sitio al que tengas que ir?

Negué con la cabeza.

—Esta es una zona muy bonita, totalmente diferente a Miami. Recuerdo que dijiste que has estado por todas partes, pero ¿has estado alguna vez en Maine?

Pensé en ello.

No.

—Bueno, pues he decidido que vamos a pasárnoslo estupendamente. No está permitido que ocurra nada malo. Y, si sucediera, le buscaremos el lado positivo. Creo que ambos nos merecemos un buen día, ¿no te parece?

Asentí.

—Bien. Quería darte las gracias por escucharme anoche cuando te conté lo de mis padres. Ben es para mí como un hermano, y Julie, bueno…

Abrí bien los ojos y le tendí las manos.

—Sí, ella es genial. Estoy muy contento de que me acogieran, pero…, no sé, a veces me cuesta hablar con ellos.

Le di un golpecito con el codo, esperando que entendiera que no me importaba lo más mínimo escucharle.

—Y gracias también por compartir conmigo lo de tu familia. Sé que no es fácil hablar de esas cosas.

Me encogí de hombros. Era demasiado complicado explicar que los echaba de menos y, sin embargo, apenas los recordaba.

—Puede que te suene raro, pero justo después de que nos conociéramos investigué un poco. Pensé que era fascinante que pudieras oír, pero no hablar. He descubierto que la gente muda que no es sorda suele serlo por dos motivos. O es algo físico, como una lengua deformada o algo así, o por algo que les ocurrió, que les afectó emocionalmente. Por ello no pueden hablar. Me preguntaba…

Le mostré dos dedos. Me dolía demasiado hablar. Cantar. Reír. Mi voz era la muerte… y la odiaba.

—Vale. Bueno, entonces cruzaré los dedos para que un día puedas volver a hablar. Tengo la sensación de que con tus pensamientos podrías llenar libros enteros. Y me encantaría oírlos.

Su mirada era tierna. Aquella sensación de seguridad que le rodeaba me envolvió. Me miró con ojos de asombro. Entonces, a pesar de que los dos estábamos pasando por un mal momento, le sonreí.

16

Julie me había dejado un par de vaqueros, una camiseta y un cárdigan. Mientras me enjuagaba la boca en el baño, levanté la vista y me miré detenidamente. Mi cabello tenía aquellas ondas suaves que algunas chicas intentan crearse artificialmente, y mis ojos brillaban, expectantes. Había algo en nuestra condición de sirenas que parecía acentuar nuestras mejores facciones, pero en aquel momento me sentí guapa por mí misma. Me sentía joven y perfectamente normal. Y era maravilloso.

Bajé las escaleras rápidamente y me encontré a Akinli sentado delante de la tele, preparado para salir, con sus vaqueros y una camisa de algodón. Observe que se había afeitado y que se había recogido el largo cabello en un moñito.

—Vale. ¿Quieres salir un rato? Tengo la camioneta —anunció, agitando las llaves.

Asentí con entusiasmo. Apenas eran las nueve de la mañana. Teníamos todo el día para disfrutar.

—Aún no conocemos la causa con seguridad. Puede que nos encontremos ante otro misterio como el del Triángulo de las Bermudas —decía un locutor en la pantalla. Yo no podía apartar los ojos de las imágenes de los restos flotando en el agua, las sillas de cubierta, la ropa suelta y las flores—. Los equipos de rescate aún esperan encontrar supervivientes, pero de momento nadie ha dado ninguna explicación sobre la posible causa del naufragio. Según los informes, el barco se desvió de su curso y avanzó varias millas en línea recta hasta este punto, donde de pronto volcó. Pero el cielo estaba claro y no se ha registrado ninguna señal de peligro procedente del capitán o de la tripulación, así que el motivo del hundimiento es todo un misterio. Estamos recibiendo mensajes de familiares que nos envían imágenes de pasajeros desaparecidos, pero sin duda la historia más dramática es la pérdida de Karen y Michael Samuels, que se habían casado solo unas horas antes. Nuestros pensamientos están con ellos y con sus familias y amigos, que viajaban juntos en el barco.

Le quité el mando a Akinli de la mano y me puse a apretar botones, intentando cortar aquello.

—Eh, eh —dijo sujetándome la mano.

Apuntó a la tele, que se apagó. Quedé agarrada al mando.

Tenía la respiración agitada. En otras circunstancias, aquella información me habría parecido útil, algo que podría escribir en mi álbum. Pero ver una fotografía de Karen y Michael besándose mientras sus amigos los vitoreaban, aquellas vidas perdidas solo por haber querido estar con ellos en ese día tan especial... Aquello era demasiado.

—¿Estás bien?

Tragué saliva. Akinli se me quedó mirando. Yo tenía la vista fija en la pantalla oscura del televisor.

—Yo a veces también lo paso mal viendo las noticias. Hay demasiadas cosas malas en el mundo.

Asentí.

—Pero, oye, eso ni siquiera ha pasado hoy. Pasó ayer. Y hoy va a ser un día fantástico. ¿Recuerdas?

Liberé la tensión de mi cuerpo y solté el mando a distancia, que cayó en las manos de Akinli. Tenía razón. Iba a ser solo un día. Y no volvería a tenerlo. Por una vez, decidí sacudirme de encima la tristeza. No podía cambiar lo que había pasado, pero podía decidir disfrutar de aquel día.

Le di las gracias con signos.

—Humm…, ¿de nada? —dijo, no muy seguro de que fuera eso. Sonreí, asintiendo, agradecida de que estuviera allí—. Venga, reina del baile. No puedes pasar un día fantástico a menos que te subas en la camioneta fantástica.

Con toda caballerosidad, me acompañó al lado del pasajero y me abrió la puerta. En el sur, en abril, la gente ya empieza a ponerse pantalones cortos, pero allí el viento del invierno aún era frío. Nos dirigimos hacia el pueblo con las ventanillas entreabiertas, por las que entraba una brisa maravillosa.

—Eh, señora Jenkens —dijo Akinli, al pasar frente a una anciana sentada en su porche.

Saludó con palabras o con la mano prácticamente a todos aquellos con los que nos cruzamos; parecía que en aquel pueblo todo el mundo era amigo suyo. Esa energía me ayudó a recuperar el ánimo. Observaba el paisaje con una renovada sensación de admiración. Los últimos años habíamos pasado mucho tiempo en grandes ciudades. Estaba acostumbrada a prados de hierba o extensiones de terreno desnudo que llegaba hasta el mar. Todas las casas estaban pintadas de colores suaves. No estaba segura de si aquello lo habían hecho a propósito o si era porque el sol los había desgastado con el tiempo.

—¿Te suena algo de todo esto? —me preguntó mientras seguíamos una larga calle que trazaba suaves ondulaciones—. ¿Algo que pudiera ayudarte a recordar cómo llegaste aquí exactamente?

Pasamos junto a una iglesia y varias casas con unas esculturas metálicas en el jardín. Había barcos varados, esperando que la marea alta viniera a rescatarlos. Vi varios carteles indicando dónde se comía langosta, como si nadie supiera dónde encontrarla.

Negué con la cabeza. Era cierto. No había visto nada de todo aquello en mi vida.

Él también movió la cabeza.

—Entonces el mar debió de arrastrarte a la costa. Esta es la única entrada a Port Clyde. Ayer el mar estuvo muy movido por todas partes.

Desde luego. No tenía ni idea…

Akinli tarareaba la música de la radio, cantando de vez en cuando algún verso, pero luego le daba vergüenza.

—Nunca he sido un gran cantante. Mi madre sí que era buena.

Levantó un dedo y señaló a un lado de la carretera. Había dos pequeñas cruces de madera junto a un árbol cuya corteza aún estaba cicatrizando. Pensé que si tuviera que pasar por el lugar donde había naufragado nuestro barco cada vez que quisiera ir a algún sitio, el corazón se me hundiría en el pecho. Pero él sonrió, como si aquel lugar fuera un recordatorio de que habían vivido, no de que hubieran muerto.

Se besó los dedos índice y medio dos veces rápidamente y se los sopló, un sencillo saludo. Y al pasar siguió de buen humor, como si los llevara consigo.

Cuando por fin llegamos al final de la calle, Akinli giró a la derecha. Por un momento me pareció que íbamos a meternos por otro de aquellos caminos rurales. Pero poco a poco fueron apareciendo cada vez más indicios de civilización: una cadena de comida rápida, una tienda de cosas de casa, una gasolinera con carteles iluminados… Seguimos adelante hasta que la carretera trazó una curva. Vi la plácida agua del mar que bañaba otro puerto. Aún podía oír a Oceania llamándome, con un llanto suave y constante. Me hice el firme propósito de desconectar para no oírla. Tendría que volver muy pronto. Por ahora, era a Akinli a quien seguía: aquel día nos pertenecía a nosotros.

Aparcamos junto a la calzada. Me giré para mirarle. Él respondió a la pregunta que había en mis ojos.

—Estamos en Rockland. Es el pueblo más grande de la zona.

Salí de la camioneta antes de que Akinli pudiera ir hasta mi puerta, pero enseguida llegó a mi lado.

—No es gran cosa, pero es más grande que Port Clyde. Pensé que podríamos dar una vuelta.

Le dije que sí con signos. Él los repitió.

—Ahora ya sé tres. Llegará un momento en que tendrás que darme clases.

Asentí. Me iba bien cualquier cosa que nos permitiera charlar.

—Bueno, ahí hay una joyería, un puesto de helados... No abre hasta dentro de unas horas, pero son buenísimos. Tenemos que ir. Humm..., por aquí hay una librería.

Di una palmada de alegría.

—Buena elección. Vamos.

Era un día laborable. Las calles estaban prácticamente vacías. Había oído los comentarios de la gente sobre el encanto de las calles principales de los pueblos. Ahora lo entendía. Desprendía una sensación de intimidad, de predictibilidad. Estaba segura de que en aquella misma calle se celebrarían fiestas, ferias callejeras y desfiles de Navidad.

Caminé en dirección a la librería con la cabeza en las nubes. No salí de mi ensoñación hasta que mis dedos se rozaron accidentalmente con los de Akinli.

Él no dijo nada, pero soltó una risita.

—Aquí está.

Un empleado muy agradable nos saludó al entrar. A diferencia de las enormes librerías impersonales de la ciudad, aquella era pintoresca. Un conjunto de elementos decorativos adornaban las paredes. Le daban un aire diferente y estrafalario.

Pasé los dedos por un estante de libros, enamorándome de todos y cada uno solo con tocarlos. Los libros eran un lugar seguro, un mundo apartado del mío. Pasara lo que pasara aquel día, aquel año, siempre habría una historia en la que alguien superaba su peor momento. No estaba sola.

No tardé mucho en llegar a la sección estrella de la tienda: la infantil. Había una casita diminuta con dos cojines dentro; el techo era una cubierta de libro por un lado. Al otro lado había un pequeño escritorio con un rincón donde los niños podían dejar una carta en un buzón y coger otra. Unos pequeños cubos de plástico con palabras impresas en cada lado, pensados para que los niños hicieran poesías con ellos.

—¡Mi señora, su palacio la espera! —susurró Akinli, señalando pomposamente la minúscula casita.

Entré arrastrándome, agachando la cabeza para pasar. Recogí un puñado de libros tirados por el suelo mientras Akinli cogía los cubos de poesía.

Estábamos apretujados en aquel espacio mínimo. Sentía el calor de su piel sobre todo mi costado derecho. Hojeé libros con historias de piratas, de verduras furiosas y de aspirantes a bailarinas. Akinli hizo girar los cubos en las manos, riéndose al ver las opciones que le daban.

Colocó los cubos sobre mi regazo de modo que formaban las palabras «el azul es excelente». Yo le di mi aprobación con los pulgares y escribí: «huele este cielo».

Él aspiró con fuerza.

—Sí que es bueno este cielo, desde luego. —Giró los cubos de nuevo, una y otra vez—. ¿Tú crees que los niños saben lo que significa «melódico»?

Asentí. Ochenta años observando me habían dado tiempo más que suficiente para darme cuenta de que los niños eran más listos de lo que la gente creía.

—Nunca me he parado a pensar en lo curiosas que son las palabras. O sea, podemos escribirlas o pronunciarlas, pero, claro… ¿Cuántos idiomas habrá en el mundo? Y luego está el braille. Y el lenguaje de signos. Es sorprendente.

Le di la razón. Palabras, sonidos, comunicación. Mi mundo giraba en torno a esas cosas. A esas cosas y al agua.

—Tú dominas el lenguaje de signos, ¿verdad?

Asentí. Él se echó un poco atrás para verme bien.

—Pues cuéntame una historia. Así, con signos. Cuéntame la historia más cierta que conozcas.

Me miró con gesto expectante, de felicidad. Alcé la vista al techo, pensando. No entendería nada de todo aquello…

«Tengo tres hermanas. Miaka, Elizabeth y Padma. Oceania, el mar, es mi madre, y estamos peleadas. Eso es todo lo que sé de mí misma en este momento. Sé que había más, pero lo he olvidado. En total, he vivido cien años. Recuerdo cosas extrañas, como el aspecto que tenían las paredes de aquel barco. Y he olvidado completamente otras, como si tenía una gran amiga. Algunos días no sé qué motivos tengo para vivir. Intento conservar un registro de las vidas que he contribuido

a arrebatar, pero no estoy segura de que eso me haga ningún bien. E intento cuidar de mis hermanas, pero no creo que con eso baste. No creo que nadie pueda dedicar toda su vida a los demás.»

Hice una pausa.

«Quizá fuera posible —proseguí—. Para alguien que encontrara a la persona ideal. En este momento, me estoy planteando vivir por ti. Pero tú nunca lo sabrás.»

Hice un esfuerzo por no dejar de sonreír. Pasara lo que pasara, estaba decidida a que aquel fuera un buen día.

—Al margen de la parte en la que me has señalado, no he entendido nada…, pero ha sido precioso. Me dan ganas de aprender —dijo, y levantó dos dedos—. Es la segunda vez que me inspiras.

Arrugué la nariz, intentando recordar qué había dicho o hecho antes.

—¿Te acuerdas en Florida, cuando dijiste que podía informarme sobre el trabajo social? Lo hice. Hay un montón de cosas que me parecieron perfectas para mí. Me encantan los niños. Podría ayudar a los niños.

Respondí que sí con signos, una y otra vez.

—Intuitiva. —Me señaló—. Eso es lo que eres —dijo.

Y se puso a jugar de nuevo con los cubos, como si estuviera buscando una palabra en concreto. Yo cogí otro libro. Nos quedamos sentados en el silencio más feliz que había conocido nunca. Cuando llegó la hora de irnos, compramos el último libro que había tenido en las manos.

Entonces, en el momento en que nos dirigíamos hacia la heladería, nuestras manos volvieron a rozarse. Esta vez ninguno de los dos la retiró.

17

Di un gran bocado a mi helado de menta con trocitos de chocolate y cerré los ojos, disfrutando de la dulce crema que se fundía sobre mi lengua.

—Ya te había dicho lo del helado —dijo Akinli—. He oído que hay gente que crea religiones a partir de cosas así.

Aparte de la langosta, me había dicho que aquella zona también era famosa por sus helados. Ahora veía por qué.

—Esta es una de las cosas que más echaba de menos en la universidad. Este helado. Otra era ver deportes con papá. Sí, es algo que podría hacer con cualquiera, pero siempre me pareció más divertido con él. El olor de mi madre. —Movió la cabeza, como regañándose a sí mismo—. Es curioso, todo lo que te lleva a pensar que estás en casa. Esa sensación… Y luego es extraño tener que cambiarla.

Querría gritar, decirle que lo comprendía perfectamente. La sensación de que había cosas que hacían de un sitio tu hogar… No tenía que ver ni siquiera con cosas que te gustaran. Lo cansada que estaba de tener la piel fría y de la sal. De cómo había visto llegar y marcharse a mis hermanas a lo largo de décadas, y lo difícil que hacía eso pensar en cómo iba a ser nuestra pequeña familia en un año determinado. El miedo a ponerme cómoda, sabiendo que quizá no durara mucho tiempo en un lugar determinado.

—¿Cómo es tu casa?

Rebusqué entre mis recuerdos, intentando encontrar un lugar que me trajera esa sensación de hogar. Habíamos pasado tiempo en diferentes lugares, en diferentes ciudades, pero no tenía un hogar.

Me encogí de hombros y hundí la cucharilla en el helado. Recordaba muchas cosas, pero no era capaz de definir lo que era un hogar.

—No pasa nada si no quieres hablar de ello. Irás creando nuevos recuerdos, un nuevo hogar —dijo para tranquilizarme—. Ambos lo haremos.

No quería dejarme seducir por la sinceridad de su voz, por aquella mirada generosa en sus ojos con la que prometía que se aseguraría de recomponer todos los pedazos rotos de mi vida. Pero era demasiado difícil resistirse, así que no lo hice.

Observé a aquel chico tranquilo, natural, convencida de que él mismo no tenía ni idea de lo extraordinario que era. «Te sientes tan seguro...», pensé.

—Bueno, hay muchas otras tiendas que podemos ir a ver, o podemos volver a Port Clyde —dijo Akinli, comprobando la hora en su teléfono—. Ben ya casi habrá acabado. Y Julie solo tenía una cita.

Hice un gesto de extrañeza.

—Es peluquera y maquilladora. No es que tenga muchísima clientela en el pueblo, pero no le importa viajar y es buena, así que casi siempre tiene la agenda llena. Hoy había una boda. Cuando hay eventos, como reuniones de antiguos alumnos... o cosas así, siempre está ocupada. —Se mordió la mejilla por dentro, haciendo una mueca—. A veces hace pruebas con Ben y conmigo.

Sonreí, imaginándomelo con sombra de ojos y colorete.

Akinli cogió el teléfono y pasó el pulgar por la pantalla.

—Esto fue una especie de máscara hidratante —comentó,

mostrándome una foto suya y de Ben en la que un potingue les cubría la cara.

Ben tenía una cerveza en la mano; Akinli, un vaso de leche. Ponían caras raras, mientras brindaban. Tuve que taparme la boca para contener la risa.

—Para que veas lo que confío en ti. Nadie ha visto nunca esa foto. Solo la guardo por si algún día tengo que hacerle chantaje a Ben.

Repiqueteé con los dedos en la mesa, haciendo un sonido que era lo más parecido a la risa que podía permitirme.

Él chasqueó la lengua, divertido, volvió a mirar la foto y se rio.

—Son geniales. Sin ellos estaría perdido.

Apoyé la mano sobre la suya, conmovida por su humanidad, por su capacidad de querer a pesar de su dolor, así como por el rastro de sonrisa que conservaba cuando ya no quedaba nada por lo que sonreír.

Akinli giró la mano, envolviendo mis dedos con los suyos. Apoyó la cabeza en la otra mano y se me quedó mirando. Yo adopté la misma postura, escrutando a aquel chico imposible.

Sus ojos eran de un azul intenso. Al mirarlos sentí por un momento que me faltaba la respiración. Akinli me acarició el dorso de la mano con el pulgar.

—Venga, reina del baile, vámonos a casa.

No me soltó la mano, ni siquiera cuando tiró los restos del helado, ni cuando les aguantó la puerta a la pareja de ancianos que entraban a tomar el postre, ni cuando la acera estaba tan llena que tuve que ponerme detrás de él. Aún oía a Oceania llamándome, pero no le hice caso.

El viaje de vuelta a Port Clyde se me hizo largo. Él no volvió a poner la radio ni tampoco intentó hablar. Era como si estuviéramos observándonos el uno al otro. Cuanto más me miraba, más notaba que percibía que tenía algo de sobrenatural. Cuanto más le miraba yo, más me preguntaba si podría soportar verse expuesto a mi presencia, a mi mundo, durante algo más que unas horas. Pasamos por la residencia de artistas, junto a los turistas que salían de la única casa de huéspedes, y junto a la encantadora señora Jenkens, que seguía plantada en su porche con una tetera.

Cuando llegamos a casa, había otro coche y una moto en la entrada, así que supuse que habían llegado los otros. Akinli se metió las manos en los bolsillos, con la mirada gacha mientras subíamos los escalones y cruzábamos el porche.

Al abrir la puerta nos encontramos con que Ben rodeaba con los brazos a Julie desde atrás. Julie estaba doblada de risa.

—¡Un beso! —exigía él.

—¡Apestas! —protestaba ella, golpeándole con una espátula.

—¡Pero yo te quiero!

Me daban ganas de llorar ante la belleza de aquel pequeño momento. Las parejas eran como las sirenas, con su propio lenguaje y sus signos, sus propios mundos. Akinli carraspeó para advertirles de nuestra presencia.

—Oh, vaya, tienes un aspecto mucho menos aterrador cuando no estás empapada y vestida como una princesa —bromeó Ben, riéndose y aprovechando la sorpresa para darle un beso a Julie en la mejilla. Luego salió corriendo hacia arriba—. Ducha. Vuelvo dentro de un segundo.

Julie le siguió con una mirada llena de cariño. Luego suspiró y se dirigió a nosotros:

—¿Tenéis hambre?

Akinli se tocó la barriga y se la frotó.

—Yo estoy lleno de helado. ¿Tú?

Les indiqué con un gesto que estaba bien; sabía que lo entenderían.

—Perfecto. Voy a acabar esto para Ben —dijo ella, y luego me miró—. Mi ropa te queda mucho mejor que a mí.

—¿Qué tal ha ido? —preguntó Akinli sacando zumo de la nevera.

—Magnífico —respondió Julie, pletórica—. Las bodas son lo mejor. Bueno, salvo por esa de la última vez —precisó.

Akinli se giró hacia mí.

—Hace unos meses, una novia le tiró una copa de champán encima.

Me la quedé mirando con cara de asombro.

—Aún no sé muy bien cómo ocurrió —dijo ella, que chasqueó la lengua—. Recuerdo vagamente que tuvo que ver con un rizador de pestañas. Eso sí, cuando empezaron a volar cosas, recogí mis trastos y salí pitando.

—¿Hoy no ha habido nada de eso? —Akinli se dirigía a Julie, pero tenía los ojos puestos en mí. Intenté no devolverle la mirada.

—No. Todo estupendo. Y a estas alturas la feliz pareja ya deben de ser marido y mujer —señaló. Echó un vistazo al reloj—. Y a Ben también le ha ido bien la mañana. También ha puesto gasoil en el barco. Y tú —añadió, señalando a Akinli con un tenedor—, tienes que dejar de sacarlo de noche.

—¿Qué? —respondió él con una mueca—. Venga ya.

—Esas escapadas van sumando.

—Vale, ¿y si pongo trampas cuando salga?

—Si sales.

—Va, por *favoooor* —gimoteó.

Julie se rio. Tuve la sensación de que cedería. Probablemente, Ben fuera más difícil de convencer.

En aquella situación tan mundana, me encontré al borde de las lágrimas. Simplemente había tenido ocasión de observar por unos instantes cómo era una familia de verdad. Y esta, rota en pedazos y reparada, era lo mejor que me podía imaginar.

Marcharse iba a resultar más duro de lo que pensaba. Por muchos motivos.

Akinli estaba observándome de nuevo. Era evidente que intentaba descifrar mis secretos. No podría decir en qué punto había pasado de la sospecha a la convicción, pero sabía que pasaba algo.

Pero no insistió.

—Julie, ¿estás disponible para un encargo esta tarde? —dijo rodeándome con el brazo.

Ella asintió sin dejar de sonreír.

—¿Por qué lo preguntas?

—Kahlen y yo hemos decidido pasar un día fantástico, y creo que necesita una noche por ahí. ¿Podrías ayudarla con eso?

Ella siguió la mirada de Akinli y fijó la vista en mi rostro. No sé qué vería en él, pero el suyo solo reflejaba simpatía.

—Por supuesto.

18

Julie no nos pidió a Akinli ni a mí que le pagáramos por sus servicios. En lugar de eso nos mandó al colmado (el único que había en el pueblo) para que le hiciéramos la compra.

—¡Eh, Akinli! ¿Quién es tu amiga? —dijo el anciano detrás del mostrador.

—Kahlen. Una amiga de la universidad. Se va a quedar un tiempo.

«¿Un tiempo? —pensé—. ¿Tienes idea de lo imposibles que han sido las últimas diecinueve horas?»

—Encantado de conocerte, guapa —dijo el hombre, tendiéndome la mano.

Se la estreché y observé que tenía la piel como papel fino. Nunca había sido pescador, seguro.

—¿El Dip Net está lleno esta noche? —preguntó Akinli cogiendo una cesta.

—No.

—Bien. Kahlen va a probar una comida de lo mejor del lugar —dijo guiñándome un ojo, y yo le seguí, despidiéndome del anciano con un gesto de la mano—. ¿Has probado alguna vez la langosta? —me preguntó.

Hice una mueca. Desde que era sirena, la idea de comer marisco era como pensar en comerme a un pariente lejano.

—Por favor, dime que es broma.

Le sonreí, incómoda.

—¿De verdad? Kahlen, ¿qué voy a hacer contigo? —bromeó, siguiendo por el pasillo, cogiendo pan rallado y sopa—. Te cuelas en mi pueblo como si nada, no dejas de parlotear, sin dejarme decir ni una palabra. ¡Y ahora me confiesas el más atroz de los crímenes! —Meneó la cabeza—. No se lo digas a Ben. Solo por eso podría sacarte de casa a patadas.

Akinli sonrió, pasando la mano por las estanterías. Yo hice lo mismo, sintiendo el frío del metal. Me encantaba aquella tiendecita, el ambiente y el olor. Ojalá me fuera posible volver alguna vez.

—¡Auch! —Akinli retiró la mano de golpe—. Cuidado.

Cuando me la enseñó, tenía un fino corte en dos de los dedos. me giré hacia el estante y vi el trozo roto, con el corte afilado con que se había herido.

—¿Tú te has hecho daño? —dijo indicando mi mano con un gesto de la cabeza.

Hice que no, segura de que no tendría ningún corte.

—No, de verdad. ¿Estás bien? —insistió.

Se acercó y me giró la mano. Nada. Ni una marca ni una gota de sangre.

—Hmm —dijo con una sonrisita—. Debes de tener la piel muy dura. —Me miró a los ojos, consciente de que tendría que estar sangrando. No tenía ninguna expresión acusatoria ni de miedo; simplemente parecía intrigado. Suspiró—. Desgraciadamente, yo no soy más que un pobre mortal. Debería comprar unas vendas. ¡Oye, Kurt! ¡Tienes que reparar este estante!

Retiré la mano suavemente. Él rodeó la esquina buscando algo para cubrirse la herida. Entonces me quedé sola un momento, intentando frenar el rápido latido de mi corazón.

ϒ

Una vez sentadas ante el espejo del tocador, Julie me pasó los dedos por el cabello.

—¿Qué champú usas? Tienes el pelo como la seda —se admiró, con un punto de envidia en la voz.

Yo tenía que recurrir constantemente a expresiones faciales para responder. ¿Cómo podía decir que no lo recordaba con las mejillas? ¿Cómo expresar gratitud con la frente? Me faltaban las palabras.

—Vale, primero lo primero: el pelo y el maquillaje. Y el restaurante no es muy elegante, así que nos olvidaremos de tu vestido de noche absolutamente imponente. Puedes coger algo de mi armario.

Sonreí mientras ella enchufaba una plancha de alisar el pelo y abría algo que parecía una caja de herramientas. Dentro no había nada espectacular. Estaba llena de polvos y coloretes, toallitas de bebé y envases de rímel. No pude evitar hacer una mueca al ver la gran cantidad de maquillaje que tenía.

—Lo sé, lo sé. Tengo que poner un poco de orden, pero, créeme, he usado todo esto al menos una vez.

Acercó unas paletas a mis mejillas, buscando el tono perfecto. Era como ver a Miaka con sus pinturas.

—Quiero disculparme —dijo agarrando un cepillo y pasándomelo por el cabello—. Anoche quizás estuve distante. Lo siento. Es difícil reaccionar cuando tienes a alguien que no conoces en casa.

Asentí con decisión. No dejaba de maravillarme su amabilidad por haber permitido que me quedara.

—Pero está claro que Akinli confía en ti. Y sea lo que sea lo que te haya pasado, quiero que sepas que aquí estás segura.

Nuestros ojos se encontraron en el espejo. En los suyos no vi otra cosa que comprensión.

—Sinceramente, aunque fueras una asesina en serie, no me importaría.

Esperaba que no se diera cuenta de cómo me tensé al oír aquello.

—Cualquiera que consiga que Akinli sonría así… Y hoy se ha afeitado. Me ha preguntado cómo debería cortarse el pelo. —Meneó la cabeza, como si todo aquello fuera algo sumamente importante—. Sé que todo eso es superficial, pero desde que sus padres fallecieron le cuesta mucho cuidarse. ¿Eso ya lo sabías?

Asentí.

—Bien. Lamentaría mucho ser indiscreta. —Me sujetó una parte del cabello a un lado de la cabeza y fue separando mechones pequeños para desrizarlos—. No sé qué tipo de amistad tendríais antes, o si era algo más que eso, pero es como si de pronto se hubiera despertado. No lo había visto así desde hace mucho tiempo.

Me quedé boquiabierta, casi sin darme cuenta. Porque en realidad todo lo que había pasado anteriormente había sido muy fugaz. Un puñado de momentos que, bien mirado, parecían no sumar nada.

Pero, entonces, ¿por qué había pensado tanto en él? ¿Y por qué me había respondido él así?

Era uno de aquellos momentos, como cuando pensaba en la amistad entre Miaka y Elizabeth, en que no podía por menos que creer que estaban destinadas a encontrarse. El corazón me decía que Akinli y yo estábamos destinados a estar juntos, pero no me permitía abrigar ese pensamiento. Iba a encontrar el modo de irme por la mañana. Por el bien de todos, tenía que hacerlo.

Akinli me retiró la silla galantemente mientras yo recorría con la mirada aquel pequeño restaurante, tan pequeño que quizá no lo hubiera visto siquiera si no me lo hubiera indicado. Del techo, sobre la barra, colgaban unas boyas, y detrás se entreveía la cocina. Por la puerta lateral veía el embarcadero que se adentraba en el mar. El cielo se teñía de rosa y púrpura tras las siluetas de los barcos amarrados.

Port Clyde me había enamorado. Era un lugar pequeño y no había mucho que hacer, pero tenía mucho carácter. Y, en aquel entorno, Akinli adoptaba una nueva imagen ante mis ojos. Sí, tendría que volver a la universidad, y sí, probablemente fuera bueno para él verse expuesto a una ciudad más grande, pero Akinli era como un engranaje más de aquel pueblecito minúsculo, y no podía evitar preguntarme cómo conseguirían seguir girando los demás cuando él no estuviera.

—Vale —dijo—. No sé si odias el marisco o si es que nunca lo has probado.

Levanté dos dedos.

—Entonces…, ¿te sientes con ánimo para probar al menos la langosta? —preguntó, poniendo carita de cachorrito lastimoso.

Sonreí. Claro que sí.

—No es que quiera obligarte. Pero creo que te encantaría.

Cerré la carta y levanté las manos en señal de rendición. Al ver que conseguía hacerle reír me sentí como si hubiera logrado un gran éxito.

—Entonces, decidido.

Mientras esperábamos, Akinli sacó el cuaderno y el bolígrafo de su bolsillo. Iba a echar de menos aquello.

—Bueno, ¿qué te parece mi pueblo? Sé sincera —dijo señalando al papel—. Quiero un informe completo.

La pregunta era tan pertinente que empecé a preguntarme si podía leerme la mente. Me dio tiempo para poder explayarme. Cuando acabé de escribir, leyó atentamente:

«Esto es muy bonito. Me gusta lo pintoresco que es todo, da la impresión de que conoces a todo el mundo por su nombre. Da sensación de paz. Casi perfecto.»

—¿Casi perfecto? ¿Tú crees?

Le hice un «sí» entusiasta con las manos. Ahora que había estado en un lugar así, donde las vidas de cada uno se interconectaban y se entrecruzaban, era fácil ver por qué no me había adaptado a todas esas grandes ciudades. El anonimato nos era útil, claro. Pero si encontrabas el lugar ideal, con la gente ideal, era mucho mejor que la gente te saludara con la mano, o al menos con un gesto de la cabeza, al volver a casa a pie.

—Me alegro de que te guste. De verdad.

Observamos cómo el cielo se oscurecía del otro lado de la ventana. No dejaba de pensar que tendría que irme de allí en cualquier momento. No disponía de una historia creíble y no tenía ningunas ganas de desaparecer y abandonarle otra vez.

Unos minutos más tarde me colocaron delante una langosta de color rojo intenso con un trozo de limón y un cuenco de mantequilla fundida. Me quedé quieta de pronto, sintiéndome extraña.

«No eres un pez —me recordé a mí misma—. Eres una chica.»

Con unas tenazas, dos tenedores y, de vez en cuando, los dedos de Akinli, conseguí sacar algo de carne. Al final, tuve que admitir que valía la pena el trabajo. Me observó con satisfacción mientras yo me lamía la mantequilla de los dedos y apuraba hasta el último pedazo.

Disfrutaba de los ritmos de la voz de Akinli, las expresiones siempre cambiantes que adoptaba al hablar. Me contó más sobre su infancia en aquel pueblecito, del trabajo en el barco de su primo, de cómo había crecido, protegido por el amor de sus padres.

Compartimos una suculenta ración de tarta de queso y salimos del restaurante cogidos de la mano.

—Una cosa más. Si no te importa salir a hacer una excursión, claro.

No podía imaginarme qué más podía hacer para mejorar el día. Algo en mi interior me decía que era el momento ideal para empezar a poner excusas. Si hubiera tenido algo de sentido común, le habría dicho que me dejara junto al colmado y que me despidiera de Ben y Julie.

Pero me fui con él.

Subimos a la camioneta y recorrimos el pueblecito en unos minutos, pasando por el faro, la casa de Ben y un montón de bosques, hasta que por fin nos paramos frente a una casa a oscuras.

Akinli se paró ante la vía de entrada, vacía, sacó las llaves y suspiró.

—La última parada de la noche. Ven.

La casa no era una mansión, pero en comparación con el resto de las casas de Port Clyde podría decirse que sí. Dos pisos, un porche que la rodeaba por completo y un gran jardín abandonado a los lados de la escalera de entrada. Akinli movió las llaves hasta que encontró la correcta, abrió la puerta y entramos en un espacio vacío.

Había luna llena, pero eso no nos ayudaba mucho allí dentro. Miré a Akinli, que esbozó una sonrisa forzada y sacó un encendedor del bolsillo. Encendió una vela, luego otra y luego otra. De pronto recordé que no tenía ni idea de dónde se había metido mientras Julie me peinaba y me arreglaba.

Le seguí, mirando su atractivo rostro mientras las habitaciones iban iluminándose. Me enamoraba más con cada nueva vela que encendía. Él siguió caminando con una en la mano.

—Esta casa la construyó mi abuelo —dijo—. Era un viejo rico, así que mientras papá creció trabajando en un barco de pesca, mamá venía de vacaciones a Maine —añadió señalando las paredes que nos rodeaban—. No creas que a mi abuelo le hizo demasiada gracia cuando vinieron un verano y ella decidió que no se iría nunca más, pero creo que al final acabé siendo yo el pacificador. Cuando nací, se volvió loco. Me malcrió todo lo que pudo hasta que murió —dijo sonriendo—. Cuando papá y mamá fallecieron lo pusimos todo en venta. Tenían unos ahorros, pero sirvieron en gran parte para pagar las facturas médicas de mamá que no cubría el seguro. En cualquier caso, resultaba doloroso quedarse con todo. Hay más —dijo, señalando con un gesto de la cabeza hacia la parte trasera de la casa.

Salimos al porche y bajamos por la ladera. Nos acercamos al mar más de lo que me resultaba cómodo. Intenté no escuchar las palabras de Oceania.

—Esta es una de las pocas casas que tiene playa en lugar de rocas —presumió, riéndose de su propia fanfarronada. No, no había rocas puntiagudas que sobresalieran, pero la playa no tenía ni un metro de anchura—. ¿Ves esa luz? Es el faro. Si siguiéramos la curva de la costa, llegaríamos al pueblo.

Sonrió, mirándome y cogiéndome una mano entre las suyas.

—¿Esto también te gusta? —dijo, señalando la casa.

Levanté la vista. Aunque no viviera nadie en ella, tenía vida. Y la belleza de la construcción era innegable. Fue entonces cuando sentí un líquido en la mano.

Cuando me giré, vi que Akinli me había vertido cera sobre los dedos.

—Hmm —dijo, como si hubiera visto justo lo que se esperaba. Volvió a mirarme a los ojos—. Yo diría que eso habría quemado a cualquiera.

Tragué saliva. No había reaccionado en absoluto al dolor.

—Mira, Kahlen. No estoy ciego. No sé qué pensar de una chica que no tiene apellido, que no puede o no quiere compartir ciertos detalles de su vida conmigo, que no habla y que no se corta ni se quema, pero solo se me ocurren dos cosas: o eres una fuente de problemas, o tienes un grave problema. Y yo me inclino por la segunda opción.

Me mordí el labio, intentando no llorar. Si Oceania dejara

de gritar, aunque solo fuera un minuto, podría pensar. Quería decirle que no. «Soy yo la fuente de problemas. Una gran fuente de problemas.» Pero ¿qué podía hacer?

Me cogió la cara entre las manos.

—No soy rico, Kahlen, pero esta casa es mía. Gracias a Ben y Julie, he podido ahorrar para volver a empezar, pero hasta que apareciste en la orilla no estaba seguro de que tuviera sentido hacerlo. Si quieres quedarte aquí, no dejaré que nada ni nadie te haga daño. Si quieres dejar atrás lo que sea, no me importa lo que pueda ser. Todos cuidaremos de ti.

Mi corazón estaba completamente desbocado, igual que el suyo. No estaba seguro de lo que me pasaba, pero, aun así, quería que me quedara. No sabía qué peligro me acechaba, pero estaba dispuesto a luchar por mí.

¿Y quién era yo? Nadie, en realidad. Solo una chica.

Pero viéndome a través de sus ojos... me sentía mucho mejor.

¿Cómo podía hacerlo? ¿Cómo podía quedarme?

En menos de veinticuatro horas había cometido varios deslices, pero podía actuar de otro modo, por el bien de Akinli. Oceania y mis hermanas no tenían por qué enterarse nunca. Eso me lo había enseñado Aisling. Y si realmente quería que me quedara, sin duda entendería que tuviera que desaparecer unas horas una vez al año, quizá menos, con un poco de suerte.

Si me quería como decía que me quería, tendríamos que abandonar aquel lugar antes de que sus amigos o familiares empezaran a hacer preguntas sobre mis rarezas. Pero en el fondo de mi corazón, por primera vez, creí que había una posibilidad.

Y así podría vivir realmente por alguien. Porque, a pesar de todo el silencio, la muerte y la inevitabilidad de mi vida, él estaría allí para equilibrarlo.

No era un cuento de hadas perfecto, pero era posible. Asentí. Por supuesto. Por supuesto que me quedaría.

—¿Sí?

Asentí. Sí.

Con sus manos aún envolviéndome el rostro, me besó. Fue breve, pero aun así fue como un estallido de fuegos artificiales en mi interior.

—Me has devuelto la vida —susurró.

Debió de verme en los ojos que estaba en las nubes, porque casi al instante acercó de nuevo sus labios a los míos.

Había esperado aquello una eternidad. Y habría esperado todo lo necesario si hacía falta. Tenía que besar a aquel chico. Estaba hecha para ello.

De pronto, todos nuestros miramientos desaparecieron. Tiró de mí como si deseara encontrar el modo de estar aún más cerca.

Éramos estrellas. Éramos música. Éramos tiempo.

Cuando nos separamos, me sentí deliciosamente embriagada. Era como si fuera una persona diferente, como si la piel se me agarrara a los huesos de un modo diferente. La sangre, bañada en agua salada, me burbujeaba por todo el cuerpo. Me sentía más viva que nunca.

—Guau… —suspiré.

Al momento fui consciente de mi error. Los ojos de Akinli languidecieron, y sacudió la cabeza como si intentara volver en sí.

—¡Akinli! —grité estúpidamente, intentando hacerle reaccionar.

Perdió el equilibrio, cayó en mis brazos, luego se puso en pie trastabillando y pasó a mi lado, en dirección al océano.

Salí corriendo tras él, rodeándolo con mis brazos, intentando retenerlo.

—¡No! —grité.

Pero él ni siquiera me miró: siguió adelante en dirección a Oceania. Caminó con paso firme hacia el mar y yo le seguí intentando retenerlo en tierra desesperadamente. Por suerte no había rocas, que lo habrían destrozado mientras avanzaba ciego hacia el agua.

Las olas me envolvieron los tobillos, luego las rodillas. Tiré con todas mis fuerzas, odiándome por haber creído durante todo este tiempo que era más fuerte que cualquier humano. Caí hasta la cintura en el agua fría… y luego hasta los hombros. ¿Estaría tan fría el agua que pudiera hacerle daño? Ya no podía medirlo por la sensación en la piel. Tiré y tiré. Lo único que le quedaba en aquel momento era la capacidad de respirar.

Luego, sin vacilar, se lanzó bajo las aguas.

Yo le seguí.

19

La voz de Oceania resonaba con fuerza en mis oídos.

¡No me has respondido! ¡Tus hermanas estaban preocupadas! ¿Qué demonios has estado haciendo todo este tiempo?

Sin hacerle caso, envolví el pecho de Akinli con mis brazos. Sus ojos estaban abiertos y parpadeaba, pero tenía la mirada perdida.

Suéltalo.

No —dije, tirando de él—. *Tengo que hacer que respire.*

Ha oído tu voz. Es mío.

No podía tirar de Akinli. Se había creado una tensión, como si una cuerda lo atara al fondo arenoso del mar.

Te lo ruego. Perdónale la vida.

Su muerte hará que otros vivan.

Yo te traeré a miles en su lugar —prometí—. *Por favor. Deja que viva. Por favor.*

Sentía cómo lo agarraba, firmemente. Akinli ya había cerrado los ojos, se me acababa el tiempo. A él se le acababa el tiempo.

Con mi comportamiento durante el último naufragio y al haber corrido el riesgo de que nos descubrieran, sabía que había superado los límites. Nunca antes había desobedecido a Oceania, nunca en ochenta y un años. Y ahora le pedía demasiado. No tenía dudas de que, independientemente de como terminara aquello, me esperaba un castigo. No me importaba. Por una vez —solo por una vez— necesitaba mantener a alguien con vida. Le rogué a Oceania sin palabras, abriéndole mis pensamientos desesperados.

Oceania no respondió, pero de pronto la tensión desapareció. Tiré de Akinli con todas mis fuerzas. No le oí jadear al llegar a la superficie. Temí que quizá fuera demasiado tarde. ¿Respiraba?

Ella no me estaba ayudando a nadar, como solía hacer. Me costaba mantener la cabeza de Akinli a flote y nadar a la vez para llegar a la costa. Yo pensaba que mi cuerpo era impenetrable, fuerte. Pero cuando llegamos a la playa me sentí muy debilitada, exhausta.

Con más brusquedad de la deseada, dejé caer su cuerpo al suelo y se me escapó un quejido cuando vi que la cabeza le rebotaba contra la dura arena. Si no estaba muerto, estaría profundamente inconsciente, pues no respondía en absoluto.

«Por favor —pensé—. Por favor, vive.»

Apoyé la oreja contra su pecho y oí el sonido más bello del mundo: el latido del corazón de Akinli. Me eché hacia atrás y vi que respiraba, aunque lo único que movía era el pecho, que se hinchaba y deshinchaba.

El corazón me dolía, sentía un dolor físico en el pecho. Él había perdido mucho; aún sufría por la muerte de sus padres. Odiaba abandonarlo, solo e inconsciente a la sombra de la casa que me acababa de ofrecer. Pero tenía que volver.

Le besé en el pómulo mojado. Unas lágrimas calientes me surcaron el rostro.

—Lo siento —dije llorando y tocándole el rostro por última vez—. Esto es todo lo que puedo hacer por ti en este momento. Por favor, vive. Te quiero.

Tuve que hacer acopio de todas las fuerzas que me quedaban para separarme de Akinli y lanzarme al mar.

Sus aguas me aferraron el brazo como un torniquete y tiraron de mí antes de que pudiera pensármelo dos veces. Mantuve la vista fija en los barcos atracados en Port Clyde hasta que se convirtieron en estrellas negras que se perdían en el horizonte.

Me esperaba la muerte. Me arrastraba con tanta decisión que supuse que me estaría llevando a una especie de mazmorra. Interiormente daba gracias de que las otras no pudieran verme. No quería que en la mente de Miaka quedara grabado el recuerdo de otra Ifama.

Me llevó tan hondo que la sensación de que iba a morir se me hizo insoportable. Para intentar sobrellevar el pánico creciente, centré mis pensamientos en Akinli, que acabaría despertándose y estaría bien. Recordé cada uno de los pequeños momentos de nuestro día, intentando conservar cada uno de sus amables gestos, que fueran lo último que recordara de camino a mi tumba.

Por eso no quiero esposas. Ahora nunca podrás servirme como se debe. ¿Y ves cómo sufres? Esto se debe a tu enamoramiento.

Sentía su rabia por todas partes.

¿Puedes matarme rápido, por favor? —le rogué, echándome a llorar—. *Tengo miedo.*

No voy a poner fin a tu vida. Al menos no hoy.

Por fin me soltó, en la oscuridad absoluta del fondo del océano. Sabía que estaba irremediablemente atrapada. Sus corrientes nunca me dejarían volver a emerger a la superficie. Vagaría por sus profundidades para siempre.

¡Te has puesto en peligro dos veces, y también a tus hermanas!

La rabia de su voz hizo que me encogiera.

Intentando proteger desesperadamente a esa novia la has hecho sufrir más de lo necesario. Dejaste de cantar. Por sí solo, eso ya sería razón suficiente para que te matara.

Lo sé —respondí, aterrada—. *Lo sé.*

Luego veo tus recuerdos con este chico, tus pequeños sueños, y veo todos los riesgos que has corrido este último día. Ha habido mil ocasiones en que les has incitado a que se hicieran preguntas. Has estado a punto de olvidar quién eres, a punto muchas veces de hablar. Podrían haber muerto todos por tu culpa.

Lloré sin disimulo, pensando en Ben hundiéndose en la bañera o en Julie lanzándose bajo el grifo de la cocina.

Y peor aún, te has llevado algo que era mío por pleno derecho. Tendrías que haber muerto esta noche.

Has dicho que no ibas a matarme. ¿Es eso cierto? —Me plegué en dos de la tristeza, prácticamente incapaz de pensar—. *He roto tus reglas. Conozco la pena que se paga. Y no te miento: si hubiera tenido que arrebatarte a Akinli de las manos cien veces, lo habría hecho. ¡Entiendo tu sufrimiento, pero yo no puedo ser el bálsamo que lo calme!*

Me temblaban las manos. Mis lágrimas se mezclaban con la sal de sus aguas y desaparecían.

Me temo que me pasaré los próximos diecinueve años decepcionándote. No quiero ponerte en peligro a ti ni a mis hermanas otra vez. Y no sé cómo soportaré el dolor de la separación…

Me tapé la boca, desalentada al ver lo que se me venía encima. Porque lo que estaba claro era que Oceania me mantendría separada de Akinli hasta que uno de los dos muriera.

Conozco las consecuencias de lo que he hecho. Mátame si así debe ser.

Se hizo un largo silencio. Noté que se ablandaba, sentí ese extraño afecto que me profesaba. Me quería más que a las otras.

¿Tú crees que yo disfruto con la muerte?

Levanté la cabeza.

¿Qué?

A mí no me causa ninguna satisfacción castigarte ni lle-

varme vidas. Hago lo que debo para sobrevivir. Y no solo no disfrutaría con tu muerte, sino que la lloraría. A estas alturas ya sabes el cariño que te tengo.

Tragué saliva.

¿Por qué yo? ¿Por qué gozo yo de este favor tuyo, por encima de las demás?

Me levantó de la arena con ternura, como si cogiera un bebé en brazos. Teniendo en cuenta su eternidad y mi temporalidad, prácticamente para ella era una recién nacida.

Durante mis muchos años y con todas las sirenas que he tenido en mis manos, ninguna de ellas me ha tratado con la consideración con que me has tratado tú. Entre ellas y yo siempre ha habido cierta distancia, un aislamiento deliberado. Pero tú siempre vienes a mí con dulzura, con esa voluntad de comprender. Vienes a mí incluso cuando no te llamo. Siento por ti lo que una madre siente por su hija. Poner fin a tu vida sería como poner fin a la mía.

Lo siento muchísimo —dije llorando de nuevo—. *Nunca he querido hacerte daño.*

Lo sé. Por eso seguirás conmigo. Pero tú sabes tan bien como yo que esto no puede quedar así. Miaka y Elizabeth viven siempre al límite. Si pensaran que pueden vivir haciendo lo que les pareciera, sin que hubiera repercusiones, no sé qué podría ocurrir.

Sentí un escalofrío. Tenía mucha razón.

Lo comprendo. ¿Qué pasa ahora, pues?

Se quedó pensando, en busca de una alternativa aceptable.

Cincuenta años más.

¿Qué?

Estoy añadiendo cincuenta años más a tu tiempo de servicio.

¡No! —supliqué—. *¡No puedes hacerme eso!*

No puedo matarte. Te he explicado lo importante que eres para mí. ¿Tan malo sería pasar más tiempo juntas?

¡Por favor, no! No me hagas vivir casi setenta años más sin él.

Su voz se volvió áspera de golpe.

Sigue mi consejo. Bórralo de la mente. No quiero poner fin a tu vida, y no querría tener un motivo para poner fin a la suya…

Dejó la frase a medias. Me quedé paralizada. Su vida dependía de mi obediencia. Akinli había pasado mucho tiempo en el agua.

¡No! ¡No puedes! ¡No!

Oí que llamaba a mis hermanas. En aquel mismo momento me sentí impulsada hacia arriba.

¡Por favor, no me hagas esto!

A la larga, te resignarás —me aseguró—. *Es más de lo que te mereces.*

No puedo —respondí, sintiendo que me fallaban las fuerzas—. *No puedo.*

Hablaremos pronto. Cuando estés lista.

Por favor.

Me dejó en una estrecha playa cubierta de guijarros y basura. Al levantar las manos y ver la porquería pegada en ellas, sentí que me había abandonado en un vertedero. ¿Me había convertido en basura? En cualquier caso, era así como me sentía.

20

Miré a mi alrededor, intentando saber dónde estaba. Incluso en plena noche, el cielo tenía un brillo extraño. Oí el murmullo de los coches por encima y comprendí que estaba bajo un puente.

Me giré al oír unas pisadas a la carrera y vi unas siluetas familiares. Mis hermanas se acercaban a toda prisa. Tras ellas, brillaba el resplandor de Nueva York.

Examinaron la estrecha playa para asegurarse de que estuviéramos solas. Padma fue la primera que se arrodilló a mi lado.

—¿Estás bien?

Negué con la cabeza.

—Nos tenías preocupadas —dijo Elizabeth, dejándose caer de rodillas delante de mí—. Dejaste de cantar… Y luego de pronto desapareciste. ¿Dónde has estado?

Volví a negar con la cabeza, con el rostro cubierto de lágrimas.

—¿Qué pasa? —preguntó Miaka.

—¿Estamos seguras? —pregunté entre sollozos.

—Sí —respondió—. Estamos debajo del puente de Manhattan. Tan tarde no suele haber gente. Además, el ruido de los coches cubrirá nuestras voces, así que no hay problema.

—¿Dónde has estado? —repitió Elizabeth, poniéndose de pie, frunciendo el ceño y apoyando las manos en las caderas—. Oceania nos ha dicho que te ha estado buscando, pero que no respondías.

Miaka me puso una mano en el hombro para tranquilizarme.

—Sabemos que lo del crucero te conmocionó, pero no tenías que marcharte.

Hice un gesto de angustia al pensar en el rostro de la novia (el rostro de Karen) y en todo lo que había intentado olvidar mientras estaba con Akinli. No había cambiado nada. Respiré hondo varias veces.

—Amordazadme —les rogué.

—¿Qué? —dijo Padma.

—Amordazadme. ¡Por favor!

Elizabeth se rasgó la blusa y me ató una tira de tela alrededor de la cabeza. Yo la agarré con fuerza contra la boca y solté el grito más potente que pudo producir mi minúsculo cuerpo. La crudeza gutural de aquel alarido no tenía nada que ver con la delicadeza de nuestras voces, pero fue un grito honesto, más acorde con lo que era yo realmente. No se me ocurría otro modo de dar rienda suelta al dolor.

—¿Kahlen? —dijo Miaka.

Lentamente, me aparté de la boca la tela de la blusa.

—Me ha añadido cincuenta años. Cincuenta años que sumar a mi sentencia.

Elizabeth soltó un taco. Padma contuvo una exclamación. Miaka me abrazó.

—Lo siento mucho. Pero al menos estás viva.

—¿Lo estoy?

Miaka echó a andar.

—Venga, vamos a casa.

Protegidas por la oscuridad de la noche, nos instalamos en una casa de Brooklyn. Mientras las otras sacaban la ropa de sus bolsas y redistribuían los muebles, yo me quedé llorando en un rincón. Me pasé dos días llorando. Y cuando sentí que había sacado toda el agua que tenía dentro del cuerpo, por fin me quedé dormida.

Impulsadas por el entusiasmo de Padma, las chicas se convirtieron en turistas. Fueron a la Estatua de la Libertad y vieron todos los musicales de Broadway que pudieron. Se informaron sobre los restaurantes y los clubes, y convirtieron a Padma en otra fiestera. Suspiré: no estaba preparada para pasarme muchos años más observando aquel interminable ciclo de copas, baile y caza de hombres. Era como si, a pesar de mi castigo, se hubieran olvidado de mí o de cómo podía tomarme aquel estilo de vida. Estábamos juntas, como siempre, pero nunca me había sentido tan distante.

En una de sus muchas noches de marcha, me encontré escarbando en mi baúl. Miré todos aquellos álbumes de recortes. No iba a hacerlo más. Saber el nombre de Karen ya era bastante doloroso; no deseaba para nada investigar los nombres de sus familiares o de su dama de honor. Por mucha información que recopilara, no me sentiría mejor. Aquello nunca me había hecho sentir mejor.

Levanté el baúl y tiré de él hasta sacarlo al exterior. No estábamos tan lejos del puente ni del agua, aunque me costó un poco llevarlo hasta la estrecha playa. Me quedé allí de pie, con los pies descalzos sobre las rocas. Me puse a lanzar cada uno de los álbumes al agua, uno tras otro.

Adiós, Annabeth Levens, con tu fe en los tréboles de cuatro hojas. Adiós, Marvin Helmont y tus tres victorias consecutivas en la liga de béisbol. Adiós a los miles y miles de vidas que no podía reparar y no podían repararme a mí. Tiré mi cepillo, algunos vestidos que había conservado y todos mis papeles sobre sirenas. ¿Qué sentido tenía ya todo aquello? Lo último que me quedó fue mi clip de cabello, la única conexión que conservaba con mi madre. Le di vueltas entre los dedos, mirándome la mano; se iba tiñendo de naranja por el óxido. Y luego lo tiré al agua. Ya no había nada que me retuviera ni había nada a lo que agarrarse.

Durante las semanas siguientes, las chicas no se dieron cuenta de que mi baúl había desaparecido, lo cual resultaba significativo, teniendo en cuenta lo pequeño que era nuestro apartamento. Para mí supuso una demostración más de que me estaba volviendo invisible a sus ojos, poco más que una piedra que las lastraba.

Nueva York ejercía una magia nueva sobre Elizabeth y Miaka. Una ciudad que no duerme nunca era perfecta para unas chicas que tampoco dormían. Y aunque Padma las seguía, participando en su incesante deseo de verlo todo, era evidente que tanta aventura la iba cansando, hasta que una noche no pudo más.

—No puedes quedarte en casa —insistió Elizabeth—. Dicen que es el club más de moda de toda la ciudad.

Padma puso los ojos en blanco, bromeando:

—También lo era el de anoche.

—Esas cosas cambian de un día a otro —replicó Elizabeth, encogiéndose de hombros—. ¡Venga, esto no puedes perdértelo!

—Déjala —intervino Miaka—. No hace tanto que Padma es sirena, y estoy segura de que su vida antes no era en absoluto tan trepidante.

—Gracias —dijo Padma, señalando a Miaka con la mano abierta—. No, no lo era. Así que no me irá mal una noche de descanso. Además, quizás a Kahlen no le disguste tener compañía.

Yo había estado oyendo su conversación, pero no hice caso realmente hasta que oí mi nombre. Me giré desde mi rincón, en el sofá. Las tres me estaban mirando. Qué bien que se acordaran de que seguía allí.

—¿Eh?

—No te importa que esta noche me quede contigo, ¿verdad? —dijo Padma con ojos suplicantes.

Hice un esfuerzo y sonreí. Me sentía mal por Padma. No hacía otra cosa que seguir el ejemplo de las demás, viviendo como ellas y respondiéndome como ellas. Hasta aquel momento no la había ayudado mucho en su vida como sirena.

—En absoluto.

Elizabeth suspiró.

—Muy bien. Pues allá tú.

A los veinte minutos ya se habían ido. Padma se había instalado en el extremo opuesto del sofá, con unos *leggings* y una camisola. Había abandonado su antiguo vestuario tan rápidamente que me vine abajo de nuevo, al pensar en lo mucho que a mí me costaba cambiar.

—Gracias —murmuró—. Es divertido salir a ver cosas nuevas, pero son muchas cosas que asimilar.

—Te entiendo. Intenté adaptarme a su estilo de vida, salir a tomar copas y a bailar. Lo hice una vez —dije levantando un dedo—. Me bastó.

Padma se rio.

—No te imagino con uno de esos vestidos, agitando las caderas en una pista de baile.

—Exactamente —respondí con una gran sonrisa—. No era para mí. Yo soy más… —Estuve a punto de decir que era más de *jitterbug*, pero aquel pensamiento me llevó seiscientos kilómetros al norte—. Soy más casera.

—A mí me gusta. Estar despierta de noche, con todos esos extraños alrededor, tiene algo de eléctrico. Puede resultar muy entretenido. —Su expresión cambió—. Ojalá durara más.

Entonces volvía a recordar las últimas semanas. Había estado tan preocupada por mi sufrimiento que me había olvidado por completo del suyo.

—Aún sigues recordándolo todo, ¿verdad?

Asintió.

—Hace unos días fui al mar e intenté que Oceania se llevara todos mis pensamientos.

—No estoy muy segura de que sea así como funciona.

—Ya —dijo ella, jugueteando con el dobladillo de su camisola—. Supongo que no.

Se quedó mirando al suelo, triste. Le estaba fallando. Sufría a su manera y aún le quedaba un siglo por delante. ¿Por qué iba a ser su sufrimiento menor que el mío? Tenía un origen diferente, pero yo lo había dejado de lado, preocupándome solo del mío. Me acerqué un poco.

—Lo siento mucho. Sé que he estado un poco ausente últimamente.

—No pasa nada —dijo ella—. Después del hundimiento me pasé horas llorando. Miaka dijo que me haría más fuerte, pero no lo sé. En cualquier caso, entiendo lo duro que fue para ti llevarte esas vidas. Y luego, que Oceania te asignara más

tiempo, cuando ya estás tan lejos del final... Te mereces la oportunidad de vivir lo que sientes.

Los ojos se me llenaron de lágrimas.

—Gracias por tu comprensión. En cualquier caso, lamento no haberte hecho más de hermana mayor.

—Parece que llevas décadas haciendo que todo esto funcione. No te culpo. Ojalá supiera hacer esto tan bien como las demás. Kahlen, tú eres la mayor. ¿No puedes decirme cómo olvidar? —me imploró. Y, de pronto, se echó a llorar—. No puedo seguir cargando con este peso. Por favor. Es demasiado doloroso.

La abracé con fuerza.

—No sé qué decirte. Pasará, te lo prometo. Pero, de todos modos, si por algún horrible motivo acabas cargando con estos recuerdos los próximos cien años, el día que dejes de ser sirena desaparecerán para siempre.

—¿Sí?

—Por supuesto. ¿Crees que podrías vivir tu vida sabiendo

que Oceania ha devorado seres humanos? ¿Que te has pasado un siglo ayudándola a hacer eso? Todo pasa. Es como si tuvieras tres vidas. Una que no tienes ni idea de cómo vivir, otra con más poder del que nadie podría imaginar y una tercera con una percepción real de tu verdadera identidad y con la capacidad para luchar por todo lo que quieras.

—En parte es un consuelo —dijo enjugándose las lágrimas—. Pero eso queda muy lejos.

—Lo sé —respondí con una sonrisa triste en los labios—. Pero no te preocupes. Pronto tus recuerdos desaparecerán. Te lo juro. No hay motivo por el que debas conservarlos.

Estuvimos en silencio un rato mientras Padma asimilaba mis palabras, pero era evidente que no podía quitárselo de la cabeza.

—Le odio, Kahlen —susurró—. Me trató como basura e intentó matarme. Y mi madre se quedó ahí, sin hacer nada para impedirlo. Así que también la odio a ella.

—Tienes que dejar que se vaya el recuerdo. El odio hace que dure más.

—¿Y si no me queda espacio para el amor? —preguntó en voz baja, apoyando la cabeza en mi hombro.

—No seas tonta —respondí rodeándola con el brazo—. Siempre queda espacio para el amor. Aunque sea un resquicio, como la grieta de una puerta. Con eso bastará.

Dos semanas más tarde, un vagabundo atacó a Elizabeth. Ella le susurró al oído que la soltara y el tipo se lanzó al Hudson. Decidimos que era mejor marcharse, así que las chicas volvieron a empaquetar todas sus cosas.

Yo no. Yo ya no tenía nada que llevarme.

21

Una finca abandonada en una isla frente a la costa italiana.

Una casita junto a una planta de procesamiento de pescado en México.

Una casa de alquiler cerca de Seattle.

Nombres diferentes, siempre lo mismo.

Cuatro lugares diferentes en siete meses era mucho para nosotras, más que mucho. Aunque la causa del primer traslado fue Elizabeth, estaba claro que todas habían decidido que yo necesitaba espacio, un lugar donde pudiera hablar en voz alta sin tener que preocuparme de que me oyeran. Pensé que sería cosa de Padma, que dirigía los traslados hacia lugares serenos y aislados. Mis hermanas esperaban que el cambio de entorno me sacara de mi depresión. Y aunque yo se lo agradecía, nada de lo que pudieran hacer iba a ayudarme.

En cuanto fuera capaz, me iría a vivir sola a algún lugar. No me importaba dónde. Estaba cansada de intentar ser algo que no era. No me gustaba sentirme como una carga para mis hermanas, además de lo mal que me sentía conmigo misma.

Ahora vivíamos en una gran casa en un lago, de donde bajaba una ladera verde que al final daba paso a unas rocas redondeadas y al océano. Estaba aislada y no había más que un camino de tierra que llevara hasta allí. Si necesitábamos ir a algún sitio, al menos tardábamos media hora.

Mis hermanas habían escogido bien. A mí me iba muy bien poder hablar al aire libre, aunque aquello no haría que dejara de echar de menos a Akinli ni el dolor por mi castigo. Oceania intentaba hablar conmigo, pero yo no respondía a su llamada. Al menos me consolaba con la satisfacción de que no pudiera oírme cuando estaba en tierra. De modo que pasaba las horas viendo a unas aves enormes zambulléndose en el agua para pescar su comida y escuchando el murmullo del viento abriéndose paso entre los árboles.

Aquello no me proporcionaba ninguna felicidad. De hecho, desde el instante en que me había separado de Akinli y hasta aquel momento, no había tenido un solo motivo para reír. Lo que me hizo soltar una risita aquel día, por lo demás intrascendente, fue aquella extraordinaria sensación en la pierna.

Me picaba.

Me quedé hipnotizada ante aquella calidez irritante de mi pantorrilla. Me quedé mirando el lugar de mi piel, de un rosado pálido, lo cual también era raro (solíamos tener la piel siempre igual y tan insensible al dolor como el resto de nuestro cuerpo), pero lo agradecí. De todos los alimentos exóticos y los lugares bonitos que habíamos compartido, de todas las distracciones y anécdotas vividas, aquella pequeña novedad era la que me había hecho sentir por fin que aún había algo de humano en mi interior.

—¿Kahlen?

Miré por encima del hombro y vi a Miaka, que me traía una taza de té. Me quedé en mi roca, pensando en nuestra posición, separadas del mar y aun así rodeadas por sus aguas. Había visto el océano con muchos aspectos diferentes: plano como el papel, impaciente como un niño, animado como una fiesta. Ahora mismo, Oceania no podía ser para mí otra cosa que una enemiga.

—¿En qué estás pensando? —preguntó Miaka, que se situó a mi lado.

—Si pudiera ordenar mis pensamientos, te lo diría.

Miaka sonrió y dio un sorbo a su taza.

—¿Te gusta este sitio?

—Está bien.

—¿Bien? Kahlen, intentamos hacer todo lo posible por ayudarte.

Fijé la vista en la inmensidad del horizonte. Seguía esperando, como Padma, que el tiempo aliviara mi dolor. Hasta ese momento no era así.

—No sé qué decirte. Quizá deberíais volveros a una ciudad y dejarme aquí. Supongo que estoy atravesando una fase extraña.

Miaka señaló hacia el agua con un movimiento de la cabeza.

—Oceania está preocupada por ti. Seguro que te has dado cuenta.

Asentí.

—Ella piensa que soy una quisquillosa, que lo superaré. Lo noto —dije, agarrando bien la taza para sentir su calor—. Lo cierto es que no sé cómo perdonarla.

—Es mejor que la muerte.

—Yo no lo siento así.

—Eres valiente, Kahlen, y muy lista. Puedes superar setenta años.

—No es eso... —Erguí la espalda, agotada de tanto ocultarlo. La miré fijamente a los ojos—. He conocido a un chico.

Miaka me miró, confundida.

—¿En un día?

—No. —Me limpié el rostro, enjugándome las lágrimas antes de que pudieran caer al suelo—. Lo conocí hace algo más de un año. Iba a la universidad al lado de nuestra casa, en Miami. Me lo encontré en la biblioteca. Aunque yo no podía decir nada, él me hablaba. Me hizo sentir como una persona de verdad.

—Aquel día, cuando dejé de cantar, fui a su pueblo. Sus padres habían muerto y él había tenido que dejar la universidad.

—Oh, no —dijo ella llevándose una mano al pecho—. ¿Tiene familia?

—Vive con su primo y la esposa de este. Me dejaron instalarme en su casa por una noche, incluso se mostraron dispuestos a dejar que me quedara indefinidamente si era necesario. Me acogieron como a un gato de la calle.

—Si eran tan agradables, ¿por qué te fuiste tan pronto?

Oculté los ojos, avergonzada.

—Akinli y yo pasamos el día juntos. Al final del día, estaba perdida. No sabía qué hacer. Me pidió que me quedara con él. Y pensé que podría hacerlo. Si era lista, podía quedarme a su lado durante años. No sería perfecto, pero al menos podríamos estar juntos. Un segundo más tarde, me besó. Y yo hablé. Mi voz lo embriagó de golpe y se dirigió hacia el agua.

—¡Kahlen!

—Exacto. Se suponía que tenía que morir, pero le supliqué a Oceania que le dejara vivir. Le llevé de vuelta a la orilla. Entonces ella me castigó con la vida en lugar de con la muerte. Y ahora la vida de él depende de mi conducta. Es pescador y se pasa todo el tiempo en el agua. Oceania ha dejado muy claro que, si me paso de la raya, lo eliminará de un plumazo.

Miaka sacudió la cabeza, incrédula.

—¿Por qué iba a hacerte eso? Ella te adora.

—Pensarás que estoy loca, pero parecía celosa —confesé—. Como si yo le perteneciera a ella y no pudiera querer a ese chico.

—Pero amenazándote no recuperará tu cariño.

—Oceania no es humana —le recordé—. No estoy segura de que entienda todas nuestras relaciones.

Seguramente, Miaka no había estado nunca tan cerca de enfadarse. Frunció el ceño, disgustada por mi situación, aunque no había duda de que había sido consecuencia de mi estupidez.

—No se lo diré a las demás —dijo al cabo de un momento—. Creo que a Elizabeth la sacaría de sus casillas. Y Padma es tan joven que sigue a Elizabeth en todo.

—Muy pronto descubrirá quién es realmente.

—Eso espero —dijo Miaka con un suspiro—. De momento, no creo que debamos compartir esto.

Asentí, con la mente en el otro extremo del país.

—Era muy dulce, ¿sabes? He sentido algo muy especial al encontrar a alguien con tan buen corazón.

Miaka apoyó su frente contra la mía y sonrió.

—No se me ha ocurrido ni por un momento que pudieras arriesgarlo todo por alguien que no valiera la pena.

Tiré de ella y la abracé, agradecida de que me entendiera. Sin embargo, por mucho que apreciara el apoyo de mi hermana, no podía dejar de desear que Aisling estuviera a mi lado. Ella sabía lo que era querer a alguien que sabes que se hará mayor sin ti.

Cuando no es necesario dormir ni comer, cuando no tienes nada más que años vacíos por delante, el espíritu se vuelve inquieto. Había estado pensando en las elecciones de Aisling y entendía por qué había estado observando a su familia desde lejos. Pero ella y yo éramos seres diferentes, con diferentes relaciones con la gente que dejábamos atrás.

Había pasado muchos días pensando en cómo había vivido Aisling. Al final, solo tenía clara una verdad absoluta: no podría volver nunca con Akinli.

Mi último deseo para él era que tuviera una vida larga y feliz. Lo deseaba con toda mi alma. Pero ver cómo me olvidaba, verle con otra chica, ver su rostro en sus hijos… Eso no podría soportarlo.

También sabía que no podría olvidarle. Pero esa era una cruz con la que tendría que cargar en silencio. Silencio. Algo a lo que ya debería estar acostumbrada.

22

Los pinceles de Miaka estaban desparramados por el suelo. Había estado pintando sin parar durante días.

—Ese es bonito —apunté, esperando que aquella intervención bastara para pasar el día sin que mis hermanas me miraran con grandes ojos de preocupación en cuanto pensaran que no las veía.

—Gracias. Los últimos han sido algo más duros, ¿no?

Asentí.

—Me encantan tus cuadros agresivos —dijo Elizabeth—. Creo que la gente se reiría si supiera que una imagen tan amenazante ha sido obra de una chica de dieciséis años.

—O de ochenta y cuatro. Cualquiera de las dos cosas.

Soltaron unas risitas, pero yo no lo encontraba nada divertido.

—¿Yo también puedo pintar? —preguntó Padma.

Era un encanto. Aún veía aquella tensión en sus ojos, notaba que no se había liberado de sus preocupaciones, pero que intentaba gobernarlas del mejor modo posible. Era más fuerte que yo. Por eso la admiraba.

—¡Yo también quiero! —dijo Elizabeth, agarrando un montón de papeles.

—Claro —dijo Miaka, enrollándose el cabello en un moño y

atravesándolo con un lápiz de color—. Pintad con grandeza, sin miedo. Haced algo de lo que la gente no pueda apartar los ojos.

—Eso sería como pintarme a mí misma. Y no creo que pueda —bromeó Elizabeth, que movió las cejas—. Pero ¿quién podría?

Le dediqué una mínima sonrisa. Recordé cuando estaba en Port Clyde y pensaba que podría vivir toda la vida por Akinli. Ahora me preguntaba si podría intentar vivir de nuevo por mis hermanas. Al fin y al cabo, eran todo lo que me quedaba en el mundo. Pero sencillamente no encontraba las fuerzas necesarias.

Tenía la vista perdida en las rayas del suelo, pero Miaka me colocó papel y unos carboncillos delante sin decir nada. Cruzamos una mirada y se encogió de hombros.

—Yo también sufro. No igual que tú, ya sabes. Pero esto me ayuda. A lo mejor..., tal vez...

—Gracias —dije, poniendo una mano sobra la suya.

Volvió a su lienzo, decidida a completar la colección. A mí no me preocupaba ya tener una casa o ropa nueva, pero a Elizabeth y a Miaka aquello las inquietaba bastante. Sabía que se sentían responsables por Padma y, ahora, también por mí. De momento, aceptaba su voluntad, aunque deseara estar sola: esperaba que no me echaran a patadas de su círculo por estar siempre tan triste.

Si dependiera otra vez solo de mí, quizás intentara volver a Maine. Pero no me encontraba lo suficientemente fuerte como para mantener una distancia de seguridad por mí misma. Y tenía miedo. Si cometía un error, sería la ruina para Akinli. Y en un rincón de mi corazón albergaba cierta preocupación de que Oceania se librara de mí por seguridad o por el motivo que le pareciera más creíble.

Me acerqué al papel y empecé a garabatear. No era nada en particular. Páginas de círculos y zigzags. Pero en una página la curva de una línea se convirtió en el perfil de la mejilla de Akinli. Y los círculos tenían la forma exacta de sus ojos.

Yo no era ninguna artista, pero recordaba cada rasgo de

Akinli de memoria. Y fue plasmándose en la página, quisiera o no. Era sorprendente ver de qué eran capaces mis manos. Podían recordar lo que sentía al tocar su pelo, el pinchacito de su barba de dos días, la cálida curva de su barbilla… Y lo recreaban en un bello dibujo en blanco y negro.

Cuánto echaba de menos aquel rostro. ¡Qué no daría por verlo iluminarse de sorpresa o buscar mi complicidad con un guiño! Al cabo de muy poco tiempo, aquel rostro se había convertido en el símbolo del bienestar.

No quería llorar delante de las demás, sintiendo aquella preocupación constante que flotaba a mi alrededor. Agarré los papeles, hice una bola y los tiré a la basura.

Intenté hacer lo mismo con mis recuerdos, pero no sirvió de nada. ¿Cómo iba a superar aquello? Salí por la puerta de atrás, bajé la ladera y me dirigí al lugar que llevaba meses evitando.

Bienvenida.

Oceania parecía dubitativa, pero contenta de verme. Sus aguas me envolvieron mientras me sumergía para luego volver a emerger, flotando.

Esto no funciona, le confesé, hundiéndome.

¿El qué?

Separarme de la persona que quiero no hace que te quiera más a ti. Me crea amargura. No quiero existir así, a medias.

No lo haces —insistió—. *Eres más que una persona. He volcado en ti todo lo que podía. Eres más fuerte que nadie. Tienes mi favor, por encima de cualquiera de las que han sido antes que tú. ¿Qué más quieres?*

Enamorarme —confesé—. *Casarme.*

Y sin duda podrás hacerlo cuando ya no me pertenezcas.

¡Pero Akinli ya estará muerto! ¡O casi! ¡Pienses lo que pienses de los humanos, nadie puede casarse con un cadáver!

¿Por qué crees que tengo una opinión tan baja de los humanos? —preguntó, evidentemente irritada—. *Yo vivo para*

servirlos. Todo lo que soy es suyo. Tú crees que eres víctima de una gran maldición. ¿Y yo qué?

Esperó una respuesta que yo no tenía.

¿Es demasiado pedir poder quedarme un poco más con lo único valioso que he tenido?

Me quedé callada. Pensé en mi vida, en los pocos años en que había sido realmente de carne y hueso y en las décadas pasadas siendo algo mucho más aterrador. No había nada especial en mí. Mi vida o mi muerte no cambiarían nada. Pero ella no podía permitirse no sobrevivir.

Pensé en mi tristeza, provocada por mi estupidez y prolongada por mi terquedad. Ella no tenía la opción de ser mezquina, de no dar constantemente.

Teniendo en cuenta todo aquello, yo era insignificante. Salvo, quizá, para ella.

Tú crees que más tiempo es un castigo, pero puedes seguir creciendo, aprendiendo. ¿Por qué quieres dejarme?

No es eso lo que estoy diciendo, respondí.

¿Por qué no lo entendía?

¿Y qué es lo que estás diciendo?

Apreté los dientes, frustrada y furiosa.

¿Entiendes lo difícil que me resulta quererte cuando amenazas a alguien que me importa? Tú conoces mis defectos. ¿Cómo puedo confiar en que no lo destruirás la próxima vez que falle?

Me has servido muy bien, Kahlen. Nunca cometiste un error hasta que lo conociste. Cuanto más hablas de este chico, más segura estoy de que su muerte te beneficiará.

¡No! —repliqué, sintiendo la rabia y el miedo que me salían por todos los poros—. *¿Es que no lo entiendes? ¡Eso es lo que hace que te odie!*

¿Dónde está nuestro punto de equilibrio, entonces? ¿Cómo podemos llegar a un entendimiento, después de un error de tal envergadura?

Cerré los ojos, sintiéndome herida. Akinli no era un error.

Controla tus pensamientos.

¿Tú quieres mi devoción? ¿Mi cariño imperecedero?

Sí. Como tú tienes el mío.

Pues no me amenaces con matarle —dije—. *Prométeme que te encargarás de que viva.*

¿Qué quieres decir?

Pensé en lo que sabía de ella.

Tú puedes identificar a las almas cuando te interesa, ¿verdad?

Por supuesto.

Pues entonces prométeme que si ves que se debate en el agua, lo arrastrarás hasta la orilla. Prométeme que si se enreda en una cuerda que le hace caer por la borda, le liberarás tú misma. Prométeme que mi voz nunca supondrá su muerte. Si haces todo eso, si le perdonas, nunca más volveré a pronunciar su nombre. Júrame que estará seguro. Y yo te daré todo lo que queda de mí.

Oceania se quedó pensando en aquello.

¿Serás más amable con tus hermanas? Están preocupadas.

Te doy mi palabra. Miaka, Elizabeth y Padma me verán siempre de buen humor.

Sentía las olas moviéndose como engranajes, procesando la petición y buscando algún defecto en ella.

Te lo prometo.

Entonces yo también te lo prometo —respondió—. *Yo no seré la causante de la muerte de Akinli. Es más, haré todo lo que pueda por evitarla.*

Sentí que la tensión de mi cuerpo desaparecía, liberada por fin de aquel temor.

Gracias.

Estaré aquí, esperándote, cuando estés lista para quererme. Ve con tus hermanas. Ellas también te necesitan.

Salí del agua y me dirigí de nuevo a la casa, chorreando. Miaka y Elizabeth estaban juntas, sentadas a la mesa, conspirando como siempre. Y Padma las observaba con la barbilla apoyada entre las manos.

—¡Eh! —me saludó Miaka, animada—. Estábamos pensando en buscar una nueva ciudad, algún sitio cálido. ¿Alguna sugerencia?

—No tenemos por qué marcharnos. A mí este lugar me parece bien. A este ritmo, se nos acabarán los sitios.

—No importa —dijo Elizabeth—. ¿Dónde fuiste tú cuando nos dejaste aquel día? ¿Era unn sitio bueno?

Sentí como si un clavo me atravesara el corazón. No había sido bueno. Había sido perfecto.

—Port Clyde. Es un pueblecito de Maine. Allí nunca nos integraríamos.

—Oh —respondió Elizabeth, pensativa, frunciendo los labios.

Observé el charquito que iba formándose a mis pies.

—Ya sé qué estáis haciendo —dije.

—¿Qué quieres decir? —respondió Miaka, paralizada.

—Ir de un lado a otro para ver si me encuentro mejor. Os lo agradezco, pero eso no va a mejorar las cosas.

—No sabemos qué otra cosa hacer —respondió Elizabeth, que se puso en pie—. Tú nos has cuidado durante mucho tiempo. Y nosotras queremos hacer lo mismo por ti.

Aquello significaba mucho, teniendo en cuenta su constante preocupación por divertirse y pasárselo bien. Suspiré, recordando lo que acababa de prometerle a Oceania. Me acerqué a mis hermanas para darles un abrazo.

—Es una fase —prometí—. Las fases acaban pasando.

Me esforcé por sonreír. Había hecho un juramento. Yo nunca faltaba a mi palabra. Aquel había sido mi gran valor en el pasado y tenía que recuperarlo.

—Esa fase acaba hoy mismo. Simplemente necesito tiempo para readaptarme. Ahora las cosas irán bien.

Mentir me dejaba sin energías. Pero no pasaba nada. Mi cuerpo, al menos, era indestructible.

23

—¡Eh, reina del baile! —dijo él con una sonrisa en los labios.

No pude evitar responder con una sonrisa.

—Eso ya no tiene ni gracia.

—Bueno, pues ya se te ha quedado.

Me giré hacia él, rodando sobre la manta. Estábamos tumbados en el prado, entre su casa y el agua. Brillaba un sol cegador y el murmullo de las olas rompiendo sobre la arena resultaba relajante. Akinli olía a algodón, a hierba y a algo seco..., quizás a libros. Era un aroma único, maravilloso, que me embriagaba.

—Bueno, ¿qué carrera vas a hacer? —dijo tendiéndome un folleto—. ¿Filología? ¿Comunicación? ¿Recuerdas cuando nos conocimos y estabas mirando todos aquellos pasteles?

—Mmm, pasteles... —respondí dejando volar la mente.

Akinli chasqueó la lengua.

—Pues podrías estudiar artes culinarias. ¿Qué te parecería?

—Me comería todos los trabajos. Cuando el profesor tuviera que puntuarme, no quedaría nada.

Él me golpeó con el papel.

—Bueno, ¿entonces qué? Cuando yo vuelva, tú vuelves conmigo. ¿Qué quieres estudiar?

—Quizás Historia —confesé.

—Parece que la cosa te avergüenza.

—No suena tan emocionante como Farmacia o Derecho. Probablemente acabaría en un museo o algo así.

—¿Y a quién le importa? —dijo él encogiéndose de hombros—. Si te hace feliz, es lo único que importa.

¡Yo te puedo enseñar historia!

Ambos levantamos la cabeza de golpe.

—¡Hala!

—¿Has oído eso? —le pregunté.

No debería haber oído nada. Ni yo tampoco, ya no.

Yo puedo hacerte viajar de un siglo a otro. Quédate conmigo.

—¡Eso ya lo he hecho! —grité.

No se me había olvidado. Todo lo que me había prometido era mentira.

—¿Qué es eso? ¿Con quién estás hablando?

Quédate. Yo te lo puedo dar todo.

Se había vuelto más fuerte, mucho más fuerte. Me la imaginé creando tsunamis y abatiendo aviones solo para conseguir la energía necesaria para aquel momento. El viento me empujó hacia el mar y dejó a Akinli anclado donde estaba.

¡Mira! Está a salvo. Como te prometí. Ahora vuelve a casa.

—¡No! ¡No, te he dado toda mi vida!

—¡Kahlen! —gritó Akinli, buscándome con una expresión agónica en el rostro.

Me desperté sobresaltada. Me había parecido que dormir sería una buena idea, un modo de pasar las horas sin decepcionar o mentir a mis hermanas. De momento, tendría que evitarlo. No podía quitarme de la cabeza el sueño en que Akinli oía a Oceania, cómo me llamaba. Me daba escalofríos.

Cuando se me calmó de nuevo el corazón, fui en busca de las chicas. Estaba amaneciendo y el sol entraba con fuerza por las ventanas. El cabello color miel de Elizabeth adquiría un tono dorado puro a la luz del sol de la mañana.

—Hola —dije, acercándome.

Tenía un gran lienzo en el suelo y había cambiado los pinceles por escobas. Padma estaba sentada en silencio, observándola. Mi hermana menor cada vez hablaba menos, pero parecía estar a gusto con Elizabeth. Observé mientras Elizabeth pasaba la escoba por el lienzo, dejando un ancho trazo azul.

—¡Supongo que es un modo de hacerlo!

Ella se rio.

—Yo no tengo el talento de Miaka. No puedo hacer todas esas filigranas. Pero esto..., esto se adapta más a mi personalidad.

Observé los trazos violentos, la elección caprichosa de los colores. Todo parecía accidental, pero se notaba que había puesto el corazón en ello.

—Desde luego que sí. ¿Dónde está Miaka?

—Oh, ha salido —dijo Elizabeth, sin ponerle mucho interés.

—¿Adónde?

—Ha leído algo sobre un bosque en Islandia donde crecen unas flores muy especiales. Si mueles los pétalos y los mezclas con aceite, se supone que consigues una pintura increíble, llena de color. Mejor que nada de lo que puedas comprar en una tienda.

—¡Vaya! ¿Cuánto tardará?

—Unos días, supongo. Oceania la ha llevado hasta Islandia, pero tiene que encontrar las flores por sí misma.

Me quedé mirando las pinturas dispersas por nuestro salón. Miaka tenía listas más de una docena, lo suficiente para considerarlo una colección y ponerlas a la venta.

—Lástima que no nos haya llevado. No me iría mal tener algo que hacer.

—Pues pinta —sugirió Elizabeth, mojando la escoba en una cubeta de amarillo.

—Ahora mismo, no estoy segura de ser capaz de pintar nada que valga la pena.

—No seas tonta. Si encuentras al millonario adecuado, te comprará hasta un simple trazo verde sobre una página en blanco. Y con el dinero podremos pagar el alquiler de tres meses.

Sonrió con ganas y volvió a su trabajo. Me senté con los carboncillos otra vez y lo intenté. Lo intenté de verdad. Pero solo me salían las ondas del cabello de Akinli cuando conducía con la ventanilla bajada o sus manos inertes el día que lo saqué del agua. Intentaba no pensar en su rostro, pero me volvía una y otra vez, en cien imágenes diferentes. No eran más que toscos garabatos sobre el papel, pero los dejé en un montón para que Miaka los viera. Que decidiera ella misma qué hacer con ellos.

Cuando por fin regresó, cuatro días más tarde, recién salida del agua, me alegré de saber que veía potencial en mis torpes garabatos.

—Son muy sinceros, Kahlen. Si tuviera dinero, te los compraría ahora mismo.

—Venga ya —dije dándole un golpe en el brazo—. A mí me gustan, pero no son tan buenos. Nada que ver con lo que tú haces.

—Bueno, aun así, los pondré en mi colección.

—¿Con tus obras nuevas? ¿Con tu pintura de flores?

—¿Eh? —dijo arrugando la nariz.

—Las flores de Islandia. ¿No vas a hacer pintura?

Se rio, agitando la mano para quitarle importancia.

—Oh, ni siquiera las he encontrado. Me he sentido como una tonta caminando por los bosques todo ese tiempo. Creo que tengo que investigar un poco más.

—La próxima vez te acompaño, si quieres.

Miaka me tocó el brazo con una mano.

—Qué bien. Muchas gracias. Me alegro de ver que un pedacito de Kahlen está regresando.

Me encogí de hombros.

—No os rindáis. Lo estoy intentando.

—Nunca —dijo ella guiñándome un ojo mientras yo me dirigía a la cocina.

Quizás un poco de comida nos levantaría el ánimo a todas. Tal vez llenaría aquel agujero que sentía en el estómago, como un hambre fantasmagórica. Al girarme para abrir la nevera, observé que Miaka le hacía un minúsculo gesto de complicidad a Elizabeth. Ella inspiró con fuerza, intentando ocultar una sonrisa. Y luego salió a lavar sus escobas con la manguera. Miaka se fue a buscar ropa seca. Y el intercambio acabó allí.

Unas semanas más tarde, Elizabeth hizo un viaje de compras de cinco días. Padma le suplicó que no se fuera, pero no sirvió de nada. Insistió en que era necesario. Ya lo había hecho unas cuantas veces antes: compraba muchísima ropa y luego hacía que se la enviaran a casa en lugar de traérsela ella. Esta vez volvió con dos bolsas. ¡Dos!

—No sé qué decir. Esta temporada todo es horrendo —dijo tirando sus hallazgos en un rincón, como si no tuvieran ninguna importancia.

Después de aquello, Miaka pasó una semana en Japón reconectando con sus raíces para dar un nuevo impulso a sus obras. Durante todo el tiempo que estuvo fuera, Elizabeth no hizo otra cosa que ir de habitación en habitación, sin parar, como si no pudiera soportar su ausencia. Personalmente, yo no entendía aquel viaje. Miaka nunca había mostrado ningún interés por volver a su tierra, por ningún motivo. Y cuando volvió, a mí me pareció que sus obras no habían variado tanto.

Ni siquiera intenté recordar la siguiente excusa que se buscó Elizabeth para desaparecer, aunque tampoco entendí sus motivos. Si tan nerviosa había estado esperando el regreso de Miaka y sabía lo triste que se quedaba Padma cada vez que se marchaba, ¿por qué lo hacía?

Cuando volvió, me encaré con ellas, decidida a poner fin a aquello.

—¿Por qué os escapáis constantemente? —les pregunté con las manos apoyadas en las caderas.

—No sé qué quieres decir —respondió Miaka, que se cruzó de brazos y se puso a la defensiva.

—Tengo la sensación de que estoy portándome mucho mejor, que ahora es mucho más fácil convivir conmigo. ¿Por qué vais desapareciendo por turnos, dejando a Padma para que me haga de canguro?

—Nadie te hace de canguro —protestó Elizabeth, que se dejó caer en el sofá—. Simplemente pensamos que de vez en cuando estaría bien pasar algo de tiempo solas. Como hacía Aisling.

—Ya —intervino Padma.

Las miré, primero a una y luego a la otra, pero me costaba

creer que aquello fuera cierto. Elizabeth y Miaka habían sido inseparables durante décadas. Y daba la impresión de que Padma encajaba muy bien. ¿Por qué se comportaban de ese modo? ¿Qué había pasado?

—¿Os habéis peleado? —pregunté, escéptica.

—No —dijo Elizabeth, tirada en el sofá.

—¿Estáis enfadadas conmigo?

Miaka se acercó, con un gesto tierno en la mirada.

—No, en absoluto. Teníamos curiosidad por el método de Aisling. Eso es todo. Pero estar lejos mucho tiempo se nos hace raro —confesó girándose hacia Elizabeth—. No sé cómo conseguía estar aislada durante meses.

—Yo tampoco. Sin vosotras me sentiría fatal —dijo Padma asintiendo.

No quise aclararles que tampoco parecía que Aisling fuera feliz así. Pero ahora no hablábamos de eso.

—Así pues..., ¿todo va bien? —pregunté llevándome una mano a la frente, algo mareada.

Era la misma sensación que había sentido tres veces durante la última semana, la que me había obligado a tumbarme en la cama hasta que se me aclaraba la mente.

—Sí.

—Ah... —Di un paso atrás, con la cabeza abotargada y aún confusa por aquellas ausencias—. Bueno, pues lo siento. Últimamente no sé dónde tengo la cabeza.

Miaka sonrió.

—Ya lo sabemos. Y estamos aquí, para lo que necesites.

—O allí, donde sea preciso —añadió Elizabeth, que señaló con un gesto elegante hacia el océano.

Un escalofrío me recorrió la espalda. Me envolví en las mantas y me retiré a mi habitación, decepcionada conmigo misma. ¿Me estaría volviendo paranoica? Respiré, recordándome a mí misma la promesa que había hecho. Iba a ser una hermana ejemplar. No podía ir acusándolas de cualquier cosa. Necesitaba dedicarme a una afición..., algo así. Tenía demasiado tiempo libre, demasiado espacio para dejar vagar la mente.

Si iba a mantener mi promesa, si iba a intentar vivir sin Akinli, tenía que encontrar otra cosa en la que pensar.

Unos días más tarde, tuve que dejar de pensar en Akinli, porque Padma reclamaba toda nuestra atención.

—Sigue sin poder olvidar. Quiere que su padre sufra como sufrió ella.

Miaka hablaba con expresión de solemnidad, mirándome desde el otro lado de la mesa. Padma, a su lado, tenía el rostro surcado de lágrimas. Elizabeth estaba sentada al otro lado, con la mano apoyada en el hombro de su hermana pequeña.

Me sentí fatal. Sabía que estaba triste, pero no pensaba que fuera tan grave. Había pasado más de un año. Ya habíamos vivido otras Navidades juntas (más tristes que las anteriores) y habíamos visto caer la bola en Times Square la noche de Año Nuevo. A Padma le habría gustado haber estado allí, en Nueva York, para verlo en directo. Ahora estábamos viendo anuncios de San Valentín en la tele. Y Padma ya no era una sirena novata. Todo aquello no tenía sentido.

—¿Por qué? —pregunté—. Todas olvidamos nuestras vidas pasadas. ¿Cómo puede ser que recuerdes tanto?

—Es porque aún está furiosa —supuso Elizabeth.

La cabeza se me fue a nuestra casa de Nueva York, donde había pensado algo muy parecido:

—Miaka ha perdonado a su familia, por eso no recuerda los detalles, y sé que tú lo has olvidado casi todo. Pero yo recuerdo más que vosotras dos. Y Padma ha sufrido mucho más que cualquiera de nosotras…

—Recuerdo lo suficiente. Mis padres también se mostraban indiferentes conmigo —dijo Miaka mirando a Padma—. No era una situación tan difícil como la tuya, pero casi.

Padma asintió.

—Seguramente no se alegrarían de mi muerte, pero dudo de que lloraran mi pérdida —prosiguió Miaka—. Si tú crees que esa idea no me ha perseguido durante tiempo, te equivocas. Todas tenemos cosas que lamentar —añadió señalándonos.

Asentí. Sentía una culpa inconmensurable por la pérdida de mi familia, como si hubiera podido evitarlo de algún modo. Y luego estaban las decenas de miles de vidas que me había llevado con mi canto. Me pesaban como un lastre colgado del cuello.

Y, por supuesto, quizá para siempre, Akinli.

—Pero no puedes buscar venganza —dijo Miaka con firmeza.

Padma suspiró, enjugándose las lágrimas.

—Es una injusticia. Me mató. Mi madre se lo permitió. No vino nadie a buscarme. La policía no irá a por ellos. ¡No es justo!

Elizabeth meneó la cabeza.

—¿Qué? —le espeté—. Crees que debería ir, ¿no?

—Si no nos lo hubiera contado, si hubiera ido por su cuenta, ahora estaría hecho y no tendríamos nada que decir —dijo ella encogiéndose de hombros.

—Oceania se habría enterado —respondí—. Si Padma se hubiera echado al agua y hubiera vuelto a la India, sin duda Oceania le habría leído el pensamiento. Podría haberla matado por intentar vengarse —añadí apoyando la mano en el brazo de Padma—. ¿Te imaginas morir ahora, después de lo que has pasado? Sería la peor pérdida de todas.

—Podría haberlo hecho —murmuró Elizabeth.

Cerré los ojos, intentando controlar mi genio.

—Lamento que sufras tanto, Padma —le dije—. No tienes ni idea de lo mucho que me duele verte así. Quizá sea egoísta, pero no quiero tener otro motivo para odiar esta vida. Si te perdiéramos…

No quería ni pensar en ello.

—¿Qué quieres decir con eso de «otro motivo»? ¿Qué más ha pasado? —respondió.

Miaka me lanzó una mirada fugaz. Había mantenido el secreto sobre lo que me había ocurrido: mi amor y el trato que había hecho con Oceania, a la espera de que estuviera lista para contárselo a las otras yo misma. Tragué saliva.

—La vida es difícil —dije intentando desviar la atención—. Hacemos daño a la gente. Perdemos a seres queridos…

—¿A quién has querido tú? —me interrumpió Elizabeth.

—A A…

Estuve a punto de ceder. Le echaba tanto de menos… Cada día me preguntaba qué estaría haciendo. ¿Pensaría en mí? ¿Estaría con alguna otra? ¿Habría vuelto a la universidad? ¿Sería feliz?

—A Aisling. Y a Marilyn. Al final, todas nos separamos. Y también quería a mi familia —dije sonriendo—. Yo tuve suerte. Mi familia me quería mucho.

Elizabeth parecía decepcionada. Quizás esperaba que tuviera algo jugoso que comentar, pero Miaka tomó la palabra:

—Nunca nos has hablado mucho de ellos. Sé que tenías hermanos, pero nada más.

Recopilé los recuerdos fragmentados que aún conservaba de mi familia.

—Yo me parecía a mi madre. Aún recuerdo un poco su rostro porque lo veo en el mío. Y mi padre estaba orgulloso de mí, sobre todo porque era guapa, supongo. Pero muchas veces me decía lo lista que era y lo fácil que era conversar conmigo. Y también era obediente. —Asentí—. Eso les gustaba.

—Un rasgo que no has perdido —comentó Elizabeth.

—Bueno —dije fingiendo petulancia—, pues no, casi nunca. He cometido muchos errores, como bien has señalado.

—¿Y por qué no ibas a hacerlo? —dijo ella, que apoyó la mejilla en la mano y me miró fijamente—. ¿De qué te ha servido ser tan obediente?

—Me ha permitido tener una segunda oportunidad, Elizabeth.

Ella meneó la cabeza.

—Yo diría que más bien te ha costado tu única posibilidad —dijo.

Sus palabras trajeron consigo una sensación vagamente familiar... La que había sentido en mi cuerpo al caer al mar, durante el naufragio de mi barco. Dura, intensa, de lo más real. Miaka le dio un codazo.

—Ya vale. Por si lo has olvidado, ahora tiene que cumplir cincuenta años más. Ya sabes por lo que está pasando.

Elizabeth puso los ojos en blanco, como si todo aquello no fueran más que tonterías.

—Lo siento.

—¿Y si se lo pidiera a Oceania? —propuso Padma—. ¿Y si me dejara ir?

—¡Esa sí que es una buena idea! —exclamó Elizabeth,

dando una palmada y señalando hacia el mar—. Pregúntale a Oceania. Apuesto a que, si le entregáramos sus cuerpos, nos lo agradecería.

Miaka se lo pensaba en silencio.

—Es posible.

—¿Kahlen? —preguntó Padma—. ¿Podemos ir?

¿Quién era yo para decir que no?

—Puedes preguntárselo, pero tenemos que estar todas de acuerdo en acatar lo que diga Oceania. Sea lo que sea, lo aceptaremos. Y ahí acaba la cosa.

—Estás suponiendo que dirá que no —replicó Elizabeth.

—Sí, eso es. No sé por qué iba a decir que sí.

—Entonces debes conceder que, si dice que sí, vendrás con nosotras. No vamos a dejar a Padma sola en esto.

Aquello me pilló por sorpresa.

—Eso es una locura. Me niego a arrebatar ninguna vida si no es absolutamente imprescindible.

—Siempre pensé que todas íbamos a una —dijo Elizabeth mirándome fijamente—. Tú eras la que predicabas la solidaridad y el apoyo. ¿Y ahora vas a dejar que la más desfavorecida de nosotras se las arregle por su cuenta?

—No voy a dejarla que se las arregle por su cuenta. Oceania no lo aceptará nunca.

Elizabeth echó la silla atrás y se levantó.

—Eso vamos a verlo —dijo.

Y se puso a la cabeza del grupo, caminando sobre la nieve hasta el agua, muy segura de sí misma. Había apoyado a nuestra hermana más reciente mientras exponía el caso, se había comprometido a cuidar de ella y prometía llevar los cuerpos de sus padres a Oceania si se le permitía vengar su muerte.

No.

Pero..., ¡por favor! —suplicó Padma—. *¿No ves lo injusto que es esto?*

Lo veo. Pero mantener nuestro mundo en secreto es mucho más importante que tu venganza. Un solo error podría estropearlo todo. No puedes ir.

Padma se echó a llorar y salió corriendo del agua. Elizabeth la siguió, negando con la cabeza.

No dejes que haga ninguna tontería.

De acuerdo, le prometí, segura de que aquella orden era para mí.

Miaka me cogió de la mano mientras volvíamos a casa. Afortunadamente, nuestra casa estaba lejos de todo, porque los aullidos de dolor de Padma eran desgarradores.

—Estoy desolada —dijo Miaka con los ojos llenos de lágrimas—. He deseado tantas veces demostrarles a mis padres que no era inútil, que era lista y creativa… Quería que supieran de qué era capaz. Me duele muchísimo verla sufrir así.

—Oceania ha dicho que Padma era buena de espíritu y que ya había liberado una gran parte de ese dolor. Con el tiempo desaparecerá por completo.

—Eso lo hace mil veces peor —dijo Miaka negando con la cabeza—. Si ya se ha librado de tantos recuerdos, ¿cuántos más debe de tener para que se sienta tan mal?

Pasaron los días…, pero las lágrimas de Padma no desaparecieron. Yo intenté pensar en otras cosas, pero no lo conseguía. El pincel de Miaka estaba colgado sobre el lienzo, sin crear nada. Elizabeth parecía ensimismada.

No fueron los llantos de Padma ni la rabia de Elizabeth lo que hizo que me viniera abajo. Fue Miaka, que, como siempre, había dado en el clavo. Tenía razón: el pasado de Padma debía de haber sido terrible para que siguiera así tanto tiempo. Se merecía aquella venganza.

Así que fui yo la que investigó sobre cómo viajar a la India: elegí un vuelo directo desde Miami. Podríamos haber volado desde el aeropuerto más próximo a nuestra casa, en el estado de Washington, sin necesidad de atravesar el país en coche, pero tenía la sensación de que cuanto más nos alejáramos por tierra del lugar donde pensaba Oceania que nos encontrábamos, más fácil sería escapar de su control. Fui yo la que alquiló el coche. Y también quien le rogó a Padma que se calmara para que pudiéramos llegar a Florida sin que Oceania se enterara.

24

Hacía un año y medio que no pisábamos Florida. Y, la verdad, en el momento de cruzar la frontera del estado me sentí feliz. No por lo que se nos venía encima (eso era algo que me daba escalofríos), sino porque allí era donde había conocido a Akinli. Era como si estuviera cerrando un círculo, volviendo al inicio. Quizá solo el hecho de estar allí me ayudaría a arreglar algo muy arraigado en mi interior, algo que me temía que sería irreparable.

—Es aquí —dije, parando junto a la casa que habíamos alquilado—. No es nada del otro mundo, pero no estaremos mucho tiempo.

—No, es genial —dijo Elizabeth, observando la casita y respirando el aire húmedo, que suponía un cambio muy bienvenido después del frío y la escarcha.

Estábamos algo separadas de la costa; no queríamos estar demasiado cerca de la playa. Para que nuestro plan funcionara, teníamos que estar seguras de que ninguna de las dos metía ni un dedo del pie en el mar. No pasaría más de un mes antes de que Oceania necesitara que la alimentáramos de nuevo. Aquel año se habían hundido pocos barcos. Y a menos que hubiera un gran naufragio pronto, tendríamos que ir a cantar antes de lo habitual. Cada vez estaba más hambrienta y no quería malhumorarla más de lo necesario.

Solo teníamos unas horas. El vuelo salía por la mañana. Metimos el equipaje y nos reunimos en el salón, donde les di las instrucciones finales.

—Estos son vuestros billetes —dije dándoles la documentación, con un nombre y una identidad falsos para cada una—. Padma, esto es lo mejor que he podido conseguir.

Ella se quedó mirando la foto del pasaporte.

—¡Pero esta chica tiene una nariz horrible!

—Por eso puedes escribir que te has hecho una cirugía plástica de la nariz, si alguien te pregunta. —Me pasé los dedos por el cabello, agitada, sin saber muy bien si odiarme o no por lo que estaba haciendo—. Vale, lo que tenéis que hacer es no llamar la atención. Padma, recuerda que es de vital importancia que no hables con nadie en ningún momento —insistí, mirándola fijamente a los ojos—. Eres muy nueva en esto. Al principio cuesta mantener silencio, pero, si de verdad deseas esto, tienes que hacerlo.

—Lo entiendo —dijo, y metió el pasaporte en la carterita con sus billetes.

—He contratado el transporte para tu llegada. Padma, cuento con que seas su guía. He señalado hoteles en los que podéis alojaros si lo necesitáis. —Le entregué a Miaka el mapa impreso—. Quizá sea mejor viajar de noche, pero eso depende de vosotras

—Un momento, ¿tú no vienes?

—No puedo —dije, mordiéndome el labio y frotándome las manos, nerviosa—. Pero voy a encargarme de que vosotras podáis ir. ¿No os basta?

Elizabeth me apoyó una mano en la rodilla.

—Es más que suficiente.

Suspiré.

—Oíd, esto es importantísimo. Hagáis lo que hagáis, usad siempre agua de un pozo o de una bomba. No puede estar conectada a ella… o estamos acabadas. Y enterrad los cuerpos. Mantenedlos lejos del agua. Si nos pilla…

Miaka me cogió la mano.

—Somos listas. Cuidaremos a Padma y nos mantendremos a salvo.

Tragué saliva. Tenía la garganta seca, era una sensación extraña.

—Yo os esperaré aquí. Por favor, tened cuidado.

Las chicas arreglaron su equipaje para el viaje y yo deshice el mío. Hice lo que pude por ponerme cómoda en mi purgatorio.

El instinto me decía que fuera a la biblioteca. Akinli no había dicho nada de volver a la universidad, pero, con todo el tiempo que había pasado, me lo imaginaba perfectamente, de nuevo con sus pantalones chinos, empujando sus carros de libros por el pasillo, quizá con el cabello corto otra vez… o aún con la melena recogida. Me había hecho sentir tan bien durante tanto tiempo que, si había una posibilidad de verle, aunque solo fuera una vez más, aunque tuviera que ocultarme en las sombras, tendría que aprovecharla.

Pero solo tuve que atravesar la puerta de entrada para saberlo: Akinli no estaba allí. No estaba segura de por qué lo sabía, pero estaba convencida de que seguía en Maine. Era una sensación extraña, como si estuviéramos unidos por las muñecas con un cable. Si me sumergía en aquella sensación con la suficiente fuerza, de algún modo podía sentir su presencia. O más bien su ausencia.

Sola en la casa, sin nada que me distrajera, pensé en Aisling. Me pregunté si mi hermana mayor seguiría haciendo gala de su sabiduría en su nuevo colegio. Ella era el único motivo que me había convencido de que podía enviar a las chicas al otro lado del mundo sin que Oceania las detectara. Me había demostrado que Oceania no lo sabía todo…

Empaqueté mis pocas pertenencias, llené el coche de alquiler y fui hasta la costa.

Si hubiera tenido a alguien a quien explicarle todo aquello, habría jurado que ese no era el motivo por el que había vuelto a la Costa Este con las chicas... o por el que las había enviado a otro país. No lo era, de veras. No tenía ningún interés en jugar con la vida de Akinli. Pero necesitaba ver su rostro, afeitado o con barba, cuidado o desaliñado. Albergaba la esperanza de ver en él una sonrisa. Ese era mi único objetivo.

Conduje sin parar, incluso cuando el tiempo se volvió gélido. Recorrí la distancia en poco más de veinticinco horas. Al salir del coche, en lo alto del camino solitario que llevaba a Port Clyde para cubrir los últimos metros a pie, me di cuenta de que mi plan tenía un gran defecto.

Mis vaqueros finos y mi top no me iban a proteger de los elementos, especialmente del que más temía. No obstante, había llegado hasta allí, así que recurrí a las malas artes. Robé un par de botas que alguien había puesto a secar en el porche y usé la lona de un toldo para improvisar un abrigo. Aquello me bastaba para abrirme paso por la nieve. Levanté la vista y miré las nubes hinchadas: solo necesitaba que aguantaran un poquito más.

Recorrí los bosques nevados dirigiéndome directamente a la casa de Ben y Julie. El corazón se me aceleró cuando vi los postigos negros a través de las ramas heladas. La camioneta estaba en la entrada, junto a la pequeña moto, pero no vi a nadie entrando o saliendo. Y tampoco se veía ningún indicio de vida a través de las ventanas. Me quedé observando la casa casi una hora hasta que una ráfaga de viento agitó un papel pegado a la puerta. Quise leerlo inmediatamente. Aquella nota podía ser todo lo que me quedaba de él.

Al ver que caía la noche y no volvía nadie, pensé que la oscuridad me bastaría para ocultarme y crucé el camino a la carrera.

Tommy:

Te he dejado un mensaje en el teléfono, pero, por si no lo has oído, hemos tenido que ir al hospital. Una emergencia. Déjame la caja en el maletero de la camioneta, y yo me ocuparé de todo cuando volvamos. No sé cuánto tiempo estaremos fuera, pero llamaré esta noche, cuando nos digan algo (si es que esta vez tenemos suerte). Gracias otra vez. Hablamos pronto,

BEN

Sentí una punzada de miedo por Julie. Recordé cómo se había apresurado a atenderme al verme llegar a su puerta. ¿Sería ella la que estuviera enferma ahora? Ojalá hubiera podido quedarme. Ahora estaría cogiéndole la mano.

Me alejé de la puerta sintiéndome idiota. No debía estar allí. Estaba arriesgándome demasiado. Aunque quería que Akinli fuera feliz, desde luego habría perdido la poca cordura que me quedaba si veía que seguía adelante sin mí. Y si me veía allí o si cometía algún error, pondría en riesgo su vida. Después de todo lo que había pasado, ¿cómo se quedarían Ben y Julie si lo perdieran también a él? Había sido estúpida, impulsiva.

Pasé junto a la camioneta, comprobando que la caja de Ben estuviera en el maletero. Y seguí hacia mi coche atravesando el bosque.

Sacudí la cabeza, dando gracias de que Akinli no estuviera allí. Durante el viaje hasta Maine me había dicho a mí misma que aquel sería el punto final, la forma de finiquitar mis sentimientos por Akinli y cualquier esperanza de que pudiera haber una relación entre nosotros.

Pero ahora sabía que no solo le echaba de menos a él. En solo unas horas, Ben y Julie me habían dado la sensación de pertenecer a un hogar como no había tenido en mucho tiempo. Y mientras viviera aquella vida, el concepto de hogar quedaría asociado en mí al olor del detergente en la ropa de Julie y al murmullo de la calefacción, aún encendida a finales de primavera. No les quería como amaba a Akinli, pero eran especiales para mí. Me acordaba de ellos cuando pensaba en él. Y, ya que había venido, me habría gustado verle la cara al menos a uno de ellos.

Había vivido décadas, había estado en más países de los que puede visitar la mayoría de la gente. Y el lugar más feliz y más acogedor en el que había estado era aquel sofá viejo, con el brazo de Akinli sobre los hombros.

Aquello no habría servido para poner fin a un capítulo. Solo me obligaba a pasar página.

Volví a conducir hasta Florida preguntándome si, de todos modos, no habría sido un error. Me sentía decepcionada y me dolía hasta respirar, un dolor extraño, como si hubiera estado demasiado tiempo aguantando el frío. No, Oceania no lo sabría nunca, ni tampoco las chicas. Pero sentía una tensión innegable en el pecho, ese cable invisible que me unía a él y que hacía que cada kilómetro recorrido me costara más y más.

25

Me froté el pecho, que aún me dolía, mientras esperaba dentro del coche. El avión de las chicas había aterrizado hacía casi una hora. Y yo había pensado que lo mejor sería que fuéramos a nuestra casa alquilada cerca de Seattle en cuanto pasaran la aduana y recogieran su equipaje. Mejor volver antes de que Oceania se diera cuenta de nuestro viaje.

No estaba segura de querer saber si su misión había sido un éxito. En cualquier caso, aquello era como un pequeño triunfo. Había hecho algo, sola, y no lo sabía nadie. Aquella sensación de privacidad me hizo sentir como una persona independiente, una chica, no una sierva.

Aun así, cuando vi salir del aeropuerto a Padma, Elizabeth y Miaka me dieron ganas de chillar de alegría. Estaba contentísima de volver a verlas.

Cuando Padma me vio, dejó caer la bolsa y atravesó el aparcamiento corriendo a toda velocidad, con su melena negra con brillos púrpura al viento. Nos abrazamos con fuerza, haciendo esfuerzos para no reír.

—Gracias —me susurró al oído—. Gracias por todo.

—Entremos en el coche, venga.

Tiré de ella y miré hacia atrás, donde estaban Miaka y Elizabeth, con cara de satisfacción. Le tiré las llaves a Elizabeth;

estaba cansada de conducir. En realidad, estaba un poco cansada en general. Habían sido unos días muy largos. Ya en privado, les pregunté lo único que importaba realmente:

—¿Oceania no sospecha nada?

—No —me aseguró Miaka—. La he estado escuchando. Parece que no se ha enterado de nada. Pero yo no veía la hora de llegar a casa. ¿La has oído esta mañana?

—Sí. Tiene hambre.

—¿Hemos de volver a cantar? —preguntó Padma, mordiéndose el labio. Sabía que recordaba el desastre de la última vez.

—No te preocupes —le prometí, girándome para demostrarle mi determinación—. No será como la última vez. Eso no volverá a pasar.

Elizabeth asintió, satisfecha. Miaka alargó la mano para agarrar la de Padma.

—Ahora las cosas son diferentes —dijo—. Haremos lo que tengamos que hacer.

Me recosté en el asiento y cerré los ojos, impaciente por volver a casa. Había estado peligrosamente cerca de ver a Akinli, y la compañía de mis hermanas me ayudaría a ratificarme en mi determinación de mantenerme lejos de él.

El claro recuerdo de su mejilla con aquella barba de tres días fue lo último en lo que pensé antes de dormirme.

—¡Despierta, bella durmiente!

La voz de Miaka me sacó de la inconsciencia. Parpadeé, cegada por la luz.

—¿Qué?

—¡Estamos en casa!

Miré hacia nuestra bonita casa junto a la orilla. En aquel momento, Elizabeth cerró la puerta del coche de un portazo.

—¿He dormido durante todo el viaje?

—Impresionante para alguien que ni siquiera lo necesita —apuntó Miaka con una gran sonrisa.

—¿Qué ha sido, dos días?

Asintió.

—Lo dicho, impresionante —repitió, con el ceño ligeramente fruncido en un gesto de preocupación, a pesar de su sonrisa.

Incluso para mí, dormir tanto tiempo era raro. Miaka bajó, rodeada de la bruma gris de la mañana. El sol era como una gran masa nacarada oculta tras las nubes, pero, aun así, brillaba lo suficiente como para resultar molesto. Saqué mi maleta del maletero y la metí en casa. Las chicas volvieron a su rutina al instante, como si no hubiéramos hecho más que una pausa para charlar. Miaka volvió a sus pinturas, lanzada en una búsqueda de amarillos y naranjas. No podía evitar preguntarme qué había visto durante su viaje y cómo la inspiraría.

—Vale —dijo Elizabeth, llevándose a Padma al sofá—. Vamos a ver si encontramos alguna de esas películas de Bollywood de las que hablabas.

Apuntó el mando hacia la tele e introdujo un texto para la búsqueda.

Supuse que el viaje habría tenido éxito. Padma ya no lloraba y las otras chicas parecían tranquilas. Miré a Padma y le sonreí. Como solía suceder con la mayoría de nosotras, daba la impresión de que hubiera sido sirena toda la vida. Me froté los ojos e intenté quitarme aquel sopor que aún arrastraba.

Había soñado con Akinli, por lo que me sentía contenta. Así era como lo conservaría, así podría revivir todo lo que tenía que ver con él, tanto lo real como lo imaginado, mientras fuera capaz.

—¿Será otro crucero? —preguntó Padma, frotándose las manos de los nervios.

—No lo sabemos —le dije—. Lo único que te puedo aconsejar es que evites mirar a la gente a la cara. Oirás cosas quieras o no, pero mira hacia otro lado. La luna, el agua, tu vestido. Eso ayuda.

—Y cuando acabe, volveremos a casa y haremos lo que tú quieras —la reconfortó Elizabeth, acariciándole la mano.

—Esta vez no nos iremos a otro sitio, ¿verdad? —preguntó Miaka.

—Yo diría que no —respondí meneando la cabeza—. Este lugar está muy aislado. Nadie nos molesta. Probablemente sea el lugar donde más fácil nos ha resultado la vida.

Yo no sabía qué había pasado en la India, pero era evidente que Padma parecía más tranquila y que se adaptaba mejor a nuestra casa de la costa. Quizás al final había llegado a entender su fuerza, su inmortalidad. Le quedaba mucho tiempo por delante.

—Estoy de acuerdo.

—Pues está decidido. Haremos el trabajo y volveremos aquí. Quizá podamos cele… Bueno, no celebrarlo, pero ya sabéis, hacer algo especial.

—Tenemos algo de vino —nos recordó Elizabeth.

—Y más películas —añadió Padma.

—Muy bien —dije cogiéndole la mano—. Pues será una noche de cine.

Venid. Se acerca.

Padma miró hacia el agua, por encima de mi hombro, y tragó saliva.

—Vamos.

Estaba orgullosa de su valor y esperaba que aguantara así toda la noche. Padma no soltó la mano de Elizabeth hasta que llegaron al mar.

—Me temo que te han robado a tu mejor amiga —le dije a Miaka.

—No, qué va. Aún me quiere. Como sé que tú me quieres, aun cuando tengas la cabeza en otra parte.

—¿Tengo la cabeza en otra parte?

Ella frunció los labios, segura de lo que decía.

—Casi todos los días. Pero no te culpo. Y no culpo a Elizabeth por acoger a Padma bajo su ala. Son las que más tiempo pasarán juntas.

—Bueno… —suspiré—. Por poco.

Miaka me tiró del brazo.

—Venga, es la hora.

Nos sumergimos, integrándonos en la corriente que nos llevaría a toda velocidad hacia el barco. La sal me hacía cosquillas al pegárseme al cuerpo, componiendo mi vestido. Era ya una rutina que casi podía ejecutar sin pensar. Hasta llegar a algún punto frente a la costa de Sudamérica, cuando sentí que me ahogaba.

¡Socorro!, grité, aún impulsada por la corriente.

¿Qué?

Agité los brazos, intentando impulsarme hacia la superficie.

¡No puedo respirar! ¡Socorro!

Supongo que Oceania no se lo tomó muy en serio. Al fin y al cabo, eso era imposible. Todo se oscureció y sentí que perdía la conciencia, con los pulmones aplastados como puños rabiosos. Luego, con un brusco viraje, me lanzó hacia arriba. Emergí jadeando, apoyada en ella, escupiendo entre arcadas y respirando afanosamente.

¿Por qué has hecho eso?

—¿Cómo? No lo sé. No sé qué ha pasado.

¿Qué te pasa?

—Necesitaba oxígeno.

Me puse en pie, apoyando los pies en el agua, con la cabeza gacha, agotada.

—Era como si mis pulmones no dieran más de sí.

Eso no es posible.

—¡Pero es lo que ha pasado! Nunca había sentido nada así.

¿Quieres que llame a las otras para que vuelvan?

—No —dije—. Déjame recuperar el aliento y ya las atraparé.

Sentía que Oceania iba perdiendo la paciencia mientras yo recuperaba el aliento, pero tenía que hacerlo. Incluso cuando empecé a recuperar la normalidad, el corazón se me encogió ante la idea de volver a sumergirme. Pero sabía cuál era mi trabajo (y todo lo que dependía de él), así que me sumergí, esperando llegar junto a las chicas lo suficientemente rápido como para no preocuparlas.

¿Dónde has estado?, me increpó Elizabeth.

Era difícil de explicar. Me sentía mareada. No quería que supieran qué había ocurrido.

Tenía miedo de que hubieras desobedecido, dijo Miaka, que me abrazó.

No. Ya ha quedado claro que desobedecer no es lo mío.

¿Pues qué ha pasado?

¿Cómo podía explicarles, a todas, que había dejado de ser capaz de hacer algo que se suponía que todas podíamos hacer?

Más tarde os lo cuento. Ahora hay que prepararse.

Había esquivado unas rocas puntiagudas al nadar hasta allí, así que sabía qué teníamos justo debajo. Pero dudaba de que en el barco que se acercaba lo supieran.

Me tendí sobre el agua, agotada por la falta de oxígeno de antes.

Miaka se arrodilló detrás de mí. Elizabeth agarró a Padma, que murmuraba para sí misma: *Las caras no, las caras no, las caras no.*

Nuestras voces se unieron en la noche y la canción lo llenó todo. Fijé la vista en las bonitas luces de las estrellas mientras el barco chocaba con las rocas por el lado de babor y volcaba con la inercia.

—Qué bella joven —dijo un hombre, nadando hacia nosotros, embelesado. Yo no miré, pero su voz se hizo cada vez más gruesa con el agua que iba tragando—. ¡Preciosa! —repitió una y otra vez, hasta que desapareció.

Esperé a que se hiciera el silencio, consciente de que nos habíamos llevado todas las vidas del barco. Sin embargo, antes de que las voces de mis amigas desaparecieran, yo me quedé sin voz.

Tosí unas cuantas veces, intentando aclararme la garganta, pero no sirvió de nada. Movía la boca siguiendo una canción que conocía tan bien como el latido de mi corazón, pero no hubo más que silencio. Miaka me agarró del brazo con fuerza. Elizabeth y Padma me lanzaron sendas miradas de preocupación, pero siguieron cantando.

Cuando todo acabó, me avergonzó reconocer lo fácil que me había resultado no pensar en la gente que iba ahogándose a mi alrededor. Estaba demasiado preocupada por mí misma como para pensar en nadie más. Volví a mirar a Padma, que lloraba apoyada en el hombro de Elizabeth.

—Ya ha acabado. Cada vez resultará más fácil.

—Los gritos son terribles —sollozaba Padma.

Elizabeth me miró antes de inclinarse para hablarle al oído:

—No has hecho nada peor de lo que le hiciste a tu padre.

—¡Pero él se lo merecía! —gritó desconsolada.

Oceania rugió a nuestras espaldas, tirando de nosotras hacia el fondo.

¡¡¿Qué?!! —bramó.

Padma se agarró a Elizabeth. Yo me puse a temblar. Tanto trabajo para nada.

Os dije que no. ¿Cómo podéis haber hecho algo así?, exclamó con toda su furia y su poder mortífero en la voz.

¡Porque no tenías razón! —La acusación de Elizabeth resonó en nuestras cabezas—. *Yo he estado en casa de Padma. He visto lo cruel que era su padre, pero ahora ese recuerdo ha desaparecido. Lo hemos destruido. Ninguna de nosotras podíamos permitirle vivir en el mismo mundo donde vivían los que habían abusado de ella. Ahora han de-*

saparecido, nadie tiene nada que decir, y tú sigues teniéndonos a tus órdenes.

Kahlen, ¿tú lo sabías?, dijo Oceania, herida ante la posibilidad de que la hubiera traicionado.

Miré alrededor, a cada una de mis hermanas, preguntándome qué me pasaría ahora.

Sí. Yo no fui, pero las ayudé.

¡Tenías que evitar que lo hicieran!

No podía vivir con el dolor de Padma. Desde que ha vuelto está mucho mejor. Ahora su segunda vida es de verdad. Ha vencido a sus demonios y es toda tuya.

Sentí el calor de su furia revolviéndose a nuestro alrededor. Sus olas nos golpeaban el cuerpo.

¿Qué voy a hacer ahora con vosotras?

¿Sentenciarnos a una condena más larga? —respondió Elizabeth, burlona—. *¡Eso sí que sería inteligente! Tener cuatro chicas rebeldes a tu lado. ¡O, mejor aún, matarnos a todas! Entonces, ¿a quién tendrías a tu servicio?*

No, no puedo eliminaros a todas, confirmó Oceania, con un tono frío y mortífero.

Arrancó a Padma de los brazos de Elizabeth, aferrándola con una tenaza hecha solo de agua. Padma gritó, intentando agitar los brazos, pero estaba completamente paralizada.

¡No!, supliqué.

¡Para!, le rogó Elizabeth.

Miaka estaba estupefacta. No era capaz más que de soltar sonidos confusos.

Estáis advertidas. No os puedo eliminar a todas a la vez, pero sé la devoción que sentís por ella. Romped mis normas una vez más, y ella pagará el precio.

El rostro de Elizabeth se retorció de rabia, esperando que nos devolviera a Padma.

¿Alguien más tiene que confesarme algo?

Yo quería camuflar mis pensamientos sobre Akinli con

otros, preocupada ante la posibilidad de ponerme en evidencia. Enterré el recuerdo de mi último viaje a Port Clyde bien profundo, bajo otros recuerdos suyos.

Le echo de menos, pensé, esperando que aquello enmascarara mis otros pecados.

Lo sé.

Oceania seguía enfurecida, pero se estaba calmando. Agaché la cabeza, esperando que la cosa mejorara. Se suponía que yo era la buena, así pues ¿por qué no iba a hacerlo?

Muy bien, pues —decidió, lanzando a Padma a los brazos de Elizabeth, que la recogió. Miaka corrió a su lado—. *Ahora volved a casa. Sin dar rodeos.*

Las otras se movieron, pero yo me quedé inmóvil.

¿Cómo has podido? Me has vuelto a desobedecer.

Sentía su decepción. Su dolor.

Así no podía vivir. Tú siempre decías que nos estabas devolviendo la vida. Ella no podía vivir su vida mientras supiera que sus padres estaban ahí, viviendo tranquilamente, sin pagar por lo que habían hecho.

Hay gente cruel por todas partes. No todo el mundo recibe lo que se merece.

Sin embargo, nosotras teníamos la ocasión de darle su merecido a alguien que de otro modo no lo recibiría nunca. Por favor, no te enfades. Padma ya ha tenido un padre rabioso. No necesita una madre enfadada.

Sentí que Oceania suspiraba, exasperada.

¿Por qué no has cantado esta noche?

¡Lo he hecho! Hasta que no pude más. No tengo ni idea de qué paso.

Esto no es normal —dijo, más irritada que preocupada—. *Deberías poder cantar y nadar. Es para lo que estás hecha.*

¿Soy demasiado mayor? Sé que aún no he cumplido el siglo, pero ¿es posible que haya algo en mí que se esté perdiendo?

No —negó endureciendo la voz—. *Es mucho más probable que estés desobedeciendo.*

¿Por qué iba a hacer eso?

Por el mismo motivo por el que llevaste a Padma junto a sus padres. Estás enfadada conmigo.

Puse los ojos en blanco, exasperada.

Echo de menos a Akinli. Es cierto. Todos los días, aunque intente no hacerlo. Pero me has dado tu palabra de que lo protegerás. Y yo he aceptado mi destino. Tal como están las cosas, deberías saber que no voy a ser desconsiderada contigo, en parte por mi propio interés.

Se quedó pensando. La vez que me negué a cantar, cuando saqué a Akinli del agua, lo que hice para que Padma pudiera llegar hasta sus padres. Nada de todo aquello había sido exclusivamente por mí.

Es cierto.

¿Puedo volver con mis hermanas? Estoy segura de que ahora mismo Padma se siente como un peón en un juego de mesa. Y quiero que sepa que cuenta con nuestro cariño.

Sí —dijo, ya más calmada—. *Recuérdale que no cuenta solo con el vuestro, sino también con el mío.*

Negué con la cabeza, no muy convencida.

Puedo decirle todo lo que quiera, pero eso tendrás que demostrárselo tú misma. Lo antes posible.

Seguí a mis hermanas, agotada tras aquella noche tan larga, y agradecida de que Oceania me empujara durante gran parte del trecho. Al llegar a casa me las encontré en el sofá. Elizabeth y Miaka rodeaban a Padma, acariciándole el pelo y consolándola.

—No te matará —le aseguró Elizabeth.

—Entonces, ¿por qué ha dicho eso? Algo de cierto tiene que haber en ello —respondió, estremeciéndose del miedo.

—Me ha dicho que te diga que te quiere —dije en voz baja, sintiéndome más como una observadora que como una participante en la escena.

Padma sacudió la cabeza, con un gesto de dolor en el rostro.

—Sé que no lo parece. A veces es como si su amor fuera una tortura. Pero yo sé que es real. A veces se pasa de recelosa, pero es que no tiene ni idea de cómo expresar su amor.

Me froté la sien, aún confusa tras todo lo sucedido.

—Kahlen tiene razón —confirmó Miaka meneando la cabeza—. Su amor es inexorable. Pero lo transmite tan mal que casi parece odio.

—¿Estás excusando lo que ha hecho hoy? —cuestionó Elizabeth.

—No —respondió Miaka, que se puso en pie—. Simplemente intento entenderlo. Que pueda arrebatarnos cosas constantemente y que esté convencida de que eso pueda parecer amor.

—No es que haya tenido ocasión de practicar con un igual —dije, quitándome los restos de sal del vestido, casi apenada por ella.

—Yo no quiero volver al agua —señaló Padma—. No quiero que me haga daño.

—No lo hará —dijo Elizabeth sin soltarla—. Porque a partir de ahora tendremos una conducta tan impecable que no tendrá motivo para ello. Te lo prometo.

26

Cuando me desperté, el sol estaba bajo. Había dormido todo un día, pero aún me sentía descolocada, como si necesitara descansar más. Me dolían la garganta y el pecho. Me sentía mareada y como si tuviera fiebre.

—Miaka —dije, con voz débil—. Miaka…

Unos segundos más tarde entró en mi habitación corriendo, alarmada por el tono de mi voz.

—¿Qué te pasa? ¿Te encuentras mal?

—Me siento débil. Apenas puedo tenerme en pie.

Ella corrió al lado de mi cama, entre preocupada y confundida. Me apoyó una mano en la frente.

—Kahlen, estás ardiendo. ¿Cómo es posible? Se supone que no puedes enfermar.

—Ya, pero no es la primera vez que me pasa algo raro. ¿Recuerdas el viaje de vuelta desde Florida? Y ayer… —Hice una pausa, casi avergonzada—. Cuando íbamos hacia el barco, llegué tarde porque no podía respirar. Oceania tuvo que sacarme a la superficie.

—Y no pudiste acabar la canción. Me di cuenta de que dejabas de cantar.

Asentí.

—¿Puedes llevarme con Oceania?

A pesar de nuestros desacuerdos, no veía el momento de que me rodeara con sus aguas. Ella podría ayudarme, estaba segura.

—Espera. ¡Elizabeth!

Miaka salió a buscarla a toda prisa. Mis tres hermanas entraron en la habitación susurrando. Cuando Elizabeth me vio, puso una expresión de auténtico asombro.

—Tienes un aspecto terrible.

—Ayudadme. Por favor —dije con la voz rasposa.

Ellas me sujetaron por debajo de los hombros y me levantaron. Padma iba delante de mí, extendiendo los brazos por si tenía que sostenerme. Yo caminaba sola, pero sabía que, si ellas no hubieran estado allí, me habría caído más de una vez. Una al lado de la otra, caminamos hasta Oceania, pidiéndole ayuda a gritos.

¿Qué ha pasado?, dijo agitando las aguas, preocupada, mientras nosotras flotábamos justo por debajo de la superficie.

A Kahlen le pasa algo, dijo Miaka.

En el agua podían soltarme. Me quedé allí, flotando. Oceania me sostenía como a una niña.

Estoy cansadísima.

Mírale la piel —dijo Elizabeth—. *Está más que pálida. Y no hace otra cosa que dormir. Como si lo necesitara.*

También tiene fiebre, añadió Miaka.

Notaba perfectamente que tenía alta la temperatura, que, a mi alrededor, el agua se calentaba al contacto con mi piel. Padma se había metido en el agua con nosotras, pero se quedó detrás de Elizabeth, como si pudiera esconderse. Miaka me miraba con atención, inquieta, pero las otras no podían esconder su preocupación. Oceania me examinó, levantándome los brazos y pidiéndome que parpadeara.

Así pues, ¿no es simple desobediencia?

No —pensé—. *No puedo controlarlo.*

Esto no ha pasado nunca —respondió, preocupada—. *No sé qué hacer.*

Quizá mejore si se queda contigo un tiempo, sugirió Elizabeth.

¿Qué pasa, Miaka?, preguntó Oceania de pronto.

Nada, dijo.

Pero sí que parecía que ocultaba algo.

¿Qué estabas pensando?

Nada —insistió Miaka—. *Ideas inconexas, no es nada. Creo que Elizabeth tiene razón* —dijo nadando a mi lado—. *Vendremos a ver cómo estás cada hora, hasta que te sientas con fuerzas para volver a la cama.*

No quise decir nada de lo preocupante que era que dijera «volver a la cama» en lugar de «volver a casa». Era como si supiera que no iba a volver a ponerme en pie.

De acuerdo.

Se fueron pensando en los preparativos que tendrían que hacer para su hermana enferma.

Lo siento. No sé qué me está pasando.

¿Cuánto tiempo hace que te sientes así?

Parecía intranquila, como si sospechara algo que no quería decir. Arrugué la nariz, intentando recordar.

Ha sido una cosa muy progresiva, no sabría decir.

Oceania me abrazó, envolviéndome.

Tú descansa. Yo estoy aquí.

Y estaba tan cansada que eso fue exactamente lo que hice. Sentirme así de querida me pareció de lo más irreal. Allí mismo, equilibrada con su rigidez, su necesidad absoluta de mantener el orden, la oí pensando en todo lo que podría sacrificar con tal de no perderme. Aquello me apaciguó e hizo que volviera a dormirme.

Miaka me despertó. Me estaba acariciando el hombro.

Eh. Hemos pensado que quizá deberías comer algo. Si estás perdiendo energías, quizás eso te ayude. Los humanos lo necesitan.

Pero yo no soy humana.

Miaka sonrió.

Claro que lo eres. Por debajo de todo lo demás, lo eres.

Quizá también le vaya bien el calor —sugirió Oceania—. *Tenedme al corriente.*

Por supuesto. Padma está demasiado asustada como para venir sola, así que Elizabeth probablemente venga.

Muy bien. Pero no tardéis demasiado.

No lo haremos.

—¿Te sientes mejor? —me preguntó Miaka mientras subíamos lentamente la cuesta hasta la casa.

—No me siento peor. Pero está claro que ahora mismo no soy indestructible.

—No morirás. Es imposible.

—Como tantas otras cosas en mi vida últimamente. Y, aun así…

Miaka no dijo nada más y entramos en casa. Elizabeth estaba en la cocina, con el delantal atado a la cintura, vertiendo un caldo en un cuenco.

—¡Hola! —me saludó, con más euforia de la habitual—. He hecho sopa de pollo con fideos. Se supone que esto lo cura todo.

Me pusieron unos *leggings* suaves y un suéter enorme que aún tenía la etiqueta colgando. Hicieron que me acostara en el sofá. Me colocaron una bandejita delante. Aunque no tenía ningunas ganas de comer, el miedo en sus voces hizo que me llevara la cuchara a la boca y comiera los fideos, las zanahorias y las especias. No pude comer mucho, pero, por otra parte, yo no estaba hecha para comer…

Cuando dije que no podía más, se miraron unas a otras.

—Creo que es hora de contárselo —dijo Miaka—. Tiene que saber la historia completa.

—¿Qué historia? —respondí, preguntándome qué me habrían ocultado.

—No se lo he contado —me aseguró ella, que se sentó frente a mí en un puf—. Lo han descubierto solas.

—¿Qué han descubierto? —dije frunciendo el ceño.

Elizabeth se llevó la mano al bolsillo de atrás y sacó una hoja de papel.

—Lo de él.

Ver los ojos de Akinli hizo que me sintiera aún más débil.

—¿De dónde has sacado eso?

—De ti. Lo dibujaste y lo tiraste, ¿recuerdas?

Cerré los ojos. Lo recordaba.

—No es más que un dibujo. Y muy malo. Nada parecido a los que hace Miaka.

Elizabeth movió la cabeza.

—Es mucho más que un dibujo. Le he visto.

No podía creérmelo.

—¿Qué quieres decir?

—Tú hiciste este dibujo. Dijiste que habías estado en un pueblecito, Port Clyde. Lo único que has querido siempre era enamorarte. Y estabas tan deprimida al regresar que lo tuve claro. Miaka no hizo más que confirmármelo.

—¿Cómo...? Hice todo lo que pude...

Me costaba pensar, de lo atónita que estaba.

—Cuando estábamos en Nueva York, te pasaste dos días llorando y luego perdiste la conciencia. Mientras dormías dijiste una palabra una y otra vez: Akinli. —Elizabeth se quedó mirando el dibujo—. Al principio pensé que farfullabas algo sin sentido. Y luego pensé que sería el nombre de un lugar o de un edificio... No se me ocurrió que podía ser el de una persona hasta que hiciste esto. —Señaló el papel, gastado de haberlo doblado y desdoblado tantas veces.

—Cuando Elizabeth vino a decírmelo, tuve que contarle la verdad. Entonces decidimos encontrarlo. Tú nos habías dado el nombre del pueblo. Fuimos allí en busca de alguien que se llamara así, que encajara con la imagen. —Miaka sonrió, algo avergonzada—. Es un pueblo pequeño. No costó mucho.

—¿De verdad lo habéis visto? —dije con los ojos cubiertos de lágrimas.

Ambas asintieron. Pensé en todos aquellos viajes que habían hecho, inventándose historias ridículas para poder ir a verle sin que yo me enterara.

—¿Cómo está? —pregunté, incapaz de contener mi curiosidad—. ¿Se encuentra bien? ¿Ha vuelto a la universidad? ¿Sigue con Ben y Julie? ¿Es feliz? ¿Habéis visto si es feliz?

Las preguntas me salían a borbotones, sin que pudiera hacer nada por controlarlas. Estaba desesperada por saber más de él, y tenía la sensación de que una sola palabra me apaciguaría el alma.

Elizabeth tragó saliva, consternada.

—Eso es precisamente, Kahlen. Tememos que se esté muriendo.

Le dijeron a Oceania que había comido, omitiendo el hecho de que lo había devuelto todo. Le dijeron que aún estaba despierta, ocultándole que era porque no podía dejar de llorar. Aquellas medias verdades la tendrían tranquila de momento, aunque yo sabía que muy pronto se daría cuenta de que me sentía peor de lo que podía imaginarse.

—¿Cómo podéis saber que se está muriendo? —pregunté—. No tiene sentido. Estaba muy sano. ¿Es cáncer?

Me parecía la única opción, un mal letal y silencioso que podía abatir hasta al más fuerte de los humanos sin que se enterara siquiera de lo que se le venía encima.

Miaka sacudió la cabeza.

—Le han hecho pruebas de muchas cosas.

—¿Cómo demonios sabéis todo eso?

—Le hemos seguido hasta el médico y nos hemos sentado en la sala de espera. Hemos oído a su primo contándoselo a sus amigos del muelle. Y hemos pedido cita para que nos maquillara Julie, que por cierto nos parece que te echa de menos.

—¿De verdad?

Mi dolor se amortiguó por un momento, mientras intentaba procesar toda aquella información.

—Yo tuve que fingir que era sorda, por supuesto, y no esperaba que dijera nada. Pero se puso a hablar sola de esa joven tan guapa que había conocido, la chica que no hablaba. Me dijo lo agradable que había sido tener a otra chica en casa, pero que se temía que te habías ahogado.

Suspiré.

—Así que eso es lo que creen que me pasó. Tiene sentido.

—Pero lo curioso es esto, Kahlen: los síntomas de Akinli son similares a los tuyos. Está débil y pálido. Va en silla de ruedas.

Me llevé una mano a la boca.

Está cubierto de moratones porque se hace daño con todo. Durmiendo, estando sentado, apenas se mueve. Los médicos no saben qué hacer.

—Así que… estamos enfermos.

—Sí. No sé cómo puede ser que ambos tengáis la misma enfermedad, especialmente porque tú no deberías poder enfermar de nada. Pero estoy investigando. Si encontramos el nombre de la enfermedad, quizá pudiéramos encontrar a alguien que sepa cómo tratarla.

—Miaka…, ¿se morirá?

—No lo sé —dijo ella, encogiéndose de hombros en señal de impotencia—. Yo no he estudiado Medicina. Pero parece que se está deteriorando. Tú debes de haber aguantado bastante bien hasta ahora porque eres una sirena. Por lo que he sabido, parece que él empezó a enfermar unos tres meses después de tu partida.

Asentí, intentando imaginarme a Akinli en una silla de ruedas, inexplicablemente enfermo durante casi un año.

—Entonces, ¿es contagioso? ¿Me lo pasó él?

Miaka se encogió de hombros.

—Suponemos, pero no se sabe. Por eso estoy investigando.

—¿Y qué puedo hacer yo?

—Necesitamos que descanses —dijo ladeando la cabeza con ternura—. Te necesitamos todo lo fuerte que puedas, para que, cuando encontremos una cura, estés lista.

—¿Cómo puedes saber que vais a encontrar una cura?

Miaka se me quedó mirando fijamente.

—Kahlen, pobre del que se interponga entre mí y el antídoto. Porque soy letal. Y, por primera vez, creo que Oceania me daría su aprobación si tengo que eliminar a quien se interponga en nuestro camino.

Tragué saliva. Probablemente tuviera razón.

—Llevadme con ella. Dejadme que descanse en el mar. Será mejor para todas vosotras que me quite de en medio.

Fue Elizabeth la que me acompañó, pues Miaka era la que estaba haciendo más progresos con la investigación.

—Escúchame bien, Kahlen: esto lo vamos a arreglar.

—Lo sé. Confío en vosotras.

—Sentimos no haberte dicho adónde íbamos cuando desaparecíamos —dijo Elizabeth, con una sonrisa triste—. Al principio esperábamos poder encontrarle para decirte cómo estaba, para que te sintieras mejor. Luego vimos lo mal que estaba y quisimos esperar hasta que mejorara. Y después…

—Después visteis que no mejoraba.

Asintió.

—Lo siento.

Nos paramos justo antes de llegar al agua. Elizabeth me sostuvo un momento. Yo estaba demasiado cansada como para llorar.

—Sé que no debería dolerme —dije—. Porque, de todos modos, él tampoco podía ser mío, y sé que todas las vidas acaban y que no es la cantidad de tiempo de que disponemos lo que da valor a una vida. Pero, aun así, me rompe el corazón. Lo único que yo quería era que fuera feliz.

—Eso nos lo pone aún más difícil. Porque lo que nosotras queremos es que seas feliz tú. Y todo depende de la felicidad de él.

Respiré hondo, conteniendo el llanto.

—La vida no tiene sentido. El amor no tiene sentido. Y, aun así, ¿crees que no volvería a repetirlo todo, cada segundo de nuestra historia?

—Supongo que sí.

—Sin duda. Sí. Una y mil veces.

Me sonrió, considerando lo inútil de nuestras vidas, y me ayudó a llegar al agua.

¡Esperaba noticias! ¿Es una enfermedad?, preguntó Oceania, en el momento en que los pies de Elizabeth tocaron las olas.

Miaka está investigando. Aún no sabemos gran cosa.

Eso no es cierto.

Me giré hacia mi hermana.

Déjanos solas. Déjame que le cuente lo que sabemos. Todo.

Elizabeth soltó un resoplido.

Como tú quieras, dijo, y me dejó en el agua con la máxima suavidad posible, pero a toda prisa.

Sabía que estaba preocupada por sí misma, por Padma, pero no era el momento de seguir guardando secretos.

Leo fragmentos de tus pensamientos, pero son muy dispersos.

Lo siento —dije yo, estremeciéndome sin querer—. *Aún estoy intentando ordenarlos.*

Empieza por Nueva York. Eso es lo que veo.

Saqué fuerzas de flaqueza y empecé:

Le conté a Miaka lo de Akinli y lo que había ocurrido en Port Clyde. Pensé que las otras no se enterarían, pero según parece dije su nombre en sueños, dibujé su rostro sin darme cuenta y pronuncié el nombre del pueblo. Sabían que él era la causa de mi tristeza y quisieron saber más de él.

Ah. Así que he estado viviendo con más mentiras de las que pensaba, dijo con un tono grave de desaprobación.

Sí. Pero quizá te alegre saber de esas mentiras.

¿Y eso?

Porque sea lo que sea lo que me pasa a mí, también le sucede a Akinli. Así que al menos hay un caso más.

Se hizo un silencio largo y pesado.

Eso es imposible.

Tiene los mismos síntomas que yo. Lo que significa que tenemos algo por lo que empezar. Si me lo ha pasado él, sabemos que se contagia y que es fuerte. También sabemos que los médicos están buscando respuestas. Miaka está investigando si hay otros casos, para ver si encontramos el origen. Sus mentiras podrían ser lo que me mantenga con vida.

Suspiró, aliviada.

Tus hermanas se preocupan por ti, aunque yo creo que se equivocan. Olvidaré su desobediencia.

Gracias.

Sentía el cuerpo pesado, como si pudiera hundirse en la arena en cualquier momento.

¿Necesitas algo?

Dormir.

Por supuesto.

Oceania formó una cama con el agua del mar, creando una tensión bajo mi cuerpo para que pudiera estar cómoda. Intenté descansar, pero, pese a lo cansada que me sentía, no conseguía conciliar el sueño. Durante mucho tiempo había sentido que mi vida escapaba a mi control. Ahora aquello era más cierto que nunca. Ya no se trataba de la libertad, de tomar decisiones. Era cuestión de supervivencia. Y no podía hacer nada.

Odiaba estar desconectada de la búsqueda, más por el dolor de Akinli que por el mío. Casi un año así. ¿Cuánto tiempo más podría aguantar? Si mi cuerpo empezaba a fallar, ¿cómo…?

Me atraganté con el agua. Luego, al intentar coger aire,

volví a ahogarme. Con la poca energía que tenía, intenté nadar hasta la superficie. Oceania no dijo nada, pero se dio cuenta de lo que pasaba y me empujó hacia arriba.

¡Miaka! ¡Elizabeth! ¡Padma!

Me quedé tendida sobre la superficie, escupiendo agua y los pequeños bocados de comida que me habían hecho comer. Eso no volvería a hacerlo.

Estaba tan cerca de la casa que las vi acercándose a la carrera. Cuando llegaron al mar, Oceania se solidificó para que pudieran correr hasta donde estaba.

—¡Kahlen! —gritó Padma.

—¡Está respirando!

Las palabras de Elizabeth resonaban, imprecisas, en mi oído.

Lleváosla. No puede estar entre mis aguas. No puede respirar.

—Oh, no —exclamó Padma.

—Es peor de lo que me pensaba —susurró Miaka.

Les habría dicho que aún las oía, pero me costaba demasiado hablar. Me levantaron sin esfuerzo y me llevaron hasta la orilla del Pacífico, para meterme luego en casa. Reconocí el calor de la ducha, la sensación agradable de la ropa limpia y la ternura con que me metía Padma en la cama. Sin embargo, estaba tan exhausta, tan asustada, que ni siquiera pude darles las gracias.

27

Al día siguiente pude erguir la espalda y sentarme en la cama. Notaba que podría caminar si era necesario, pero no me apetecía moverme de donde estaba. Allí me sentía segura y calentita, aunque aquello no me consolaba mucho. Percibía claramente el hilo que me unía a Akinli. Y ahora, más que nunca, notaba la tensión entre nuestros cuerpos, uno a cada lado del país, compartiendo un dolor similar.

Quizá fuera algo que había estado allí todo el tiempo, o quizá no se había hecho patente hasta que decidí volver a hurtadillas a Port Clyde, pero había momentos en que sentía algo parecido a un contacto sobre un cardenal. Y estaba segura de que era la debilidad de Akinli, que se reflejaba en la mía.

Pasaron semanas y el mundo seguía girando a mi alrededor. Mientras yacía en la cama, procurando no perder la energía que me quedaba, Oceania intentaba informarse. Escuchaba los pensamientos de todo el que nadaba en un lago o remojaba los pies en la playa. Cuando los pescadores metían las manos en el agua o los amantes flirteaban con los pies colgando de un embarcadero, ella estaba allí. Nadie hablaba de una misteriosa epidemia nueva que dejara a la gente sin fuerzas, paralizada.

Estoy buscando —decía, y su voz me llegaba a través de las paredes—. *Estoy intentando encontrar respuestas.*

Lamentaba no poder responderle. Percibía la inmensa preocupación de Oceania, triste al ver que yo, su hija mayor, iba debilitándome cada vez más.

Aun así, estaba convencida de que me escondía algo. Había una gravedad en su tono, como si sospechara algo que no quería creer. Me daba miedo preguntárselo. ¿Y si ella sabía que no había cura?

Miaka me obligó a subirme a una báscula por tercera vez aquella semana.

—Otro kilo más. ¿Cómo es que pierdes peso?

—Por favor, no me hagáis comer otra vez.

Me cogió entre sus brazos y pensé en lo esquelética que tenía que estar para que Miaka pudiera sostenerme casi sin esfuerzo.

—¿Y si solo tuvieras que beber? Muchos pacientes siguen una dieta líquida.

—¿Pacientes?

Había muchas palabras que no me gustaba usar para definirme: asesina, falsa, insensible. Paciente acababa de sumarse a la lista.

—¿Cómo lo sabes? —pregunté, apoyando la cabeza en su cuello mientras volvíamos atrás por el pasillo.

—Porque llevo un mes plantada frente a un ordenador intentando descubrir qué es lo que te pasa.

Volvió a meterme en la cama. La casa estaba extrañamente silenciosa. Había acabado por acostumbrarme a los resoplidos exasperados de Elizabeth y a los suspiros disimulados de Padma. Ellas también investigaban, pero no se les daba tan bien como a Miaka.

—¿Dónde están las chicas?

—Han ido a ver cómo se encuentra Akinli.

Les había dicho que le contaran a Padma mi secreto, así que ahora ella también participaba en el seguimiento. Sentí que el pulso se me aceleraba un poco.

—¿De verdad?

—Sí. Y con el consentimiento de Oceania. He estado buscando por todas partes. He buscado indicios en el Centro de Control de Enfermedades, me he metido en chats e incluso he buscado en países del tercer mundo cualquier cosa que pueda parecerse a lo que os ocurre. Hasta ahora, nada. Las chicas van a intentar enterarse de cómo le va. Si pueden, se harán con su historial médico.

—Podrían meterlas en la cárcel.

Miaka se encogió de hombros.

—También podrían salir de la cárcel.

Solté una risita, sintiendo los labios rígidos.

—Probablemente.

—Tenemos que saber qué le han diagnosticado. Es solo una posibilidad, pero quizá nos ayude a saber cómo tratar tu caso.

—¿Aunque lo que le estén administrando no le sea de ayuda?

Suspiró.

—Vamos a sacaros de esto a los dos —dijo, y me retiró el cabello del rostro, en un gesto cariñoso que me enterneció.

Sabía que Oceania no seguía un método para escoger a sus sirenas, pero, cuando Miaka se había unido al grupo, había tenido la impresión de que era un regalo para mí. Me ayudó mucho a superar la pérdida de Marilyn. Y su carácter tranquilo se compenetraba perfectamente con el mío. Durante mucho tiempo había sido la que me había ayudado a seguir adelante.

—Kahlen, ¿te plantearás lo de la dieta líquida, por favor? Creo que hacerte ingerir unas cuantas calorías te haría mucho bien.

Lamentaba no dejarle probar lo que quería, porque solo pretendía ayudarme, pero sabía que mi rostro reflejaba mi escepticismo.

—Soy una sirena. No soy humana, no soy una chica. Sea lo que sea lo que nos pase a Akinli o a mí, una necesidad humana como la comida no será la cura.

Miaka respiró hondo para mostrar su desaprobación. En su rostro se leía la preocupación, pero de pronto se quedó inmóvil.

—Oh... ¿Por qué no he pensado en eso?

—¿En qué?

Los ojos se le iluminaron de emoción. Se tapó la boca, mientras los engranajes de su cerebro se ponían a dar vueltas.

—Hemos estado haciendo esto al revés. Tienes razón. Eres una sirena. Hemos supuesto que era Akinli quien te había hecho enfermar. Y por eso buscábamos una enfermedad. ¡Pero a lo mejor esto ha empezado contigo!

—¿Conmigo?

—¡Sí! ¿Y si tenemos que tratarle a él de algo que pudiera ser nocivo para las sirenas? ¿Y si curando eso te curamos a ti?

Me quedé con la mirada perdida, primero intentando superar el sentido de culpabilidad ante la posibilidad de ser yo quien hubiera provocado la enfermedad de Akinli. Luego intentando entender qué podría significar eso.

—Miaka..., eso es brillante. Pero solo hay un problema.

—¿Cuál?

—¿Qué puede hacer daño a las sirenas?

De pronto, dejó caer los hombros.

—Bien dicho —dijo, dándose toquecitos con los dedos en la barbilla—. Tengo que hablar con Oceania. Ella debe de saberlo. Ha tenido muchas sirenas. Si hay una enfermedad que afecte a las sirenas... ¿Estarás bien si te dejo un rato sola?

—Claro.

Salió a toda prisa, impaciente por conseguir respuestas. Solté un gran suspiro, maldiciéndome por la posibilidad de que la enfermedad de Akinli fuera culpa mía. Por supuesto me importaba mi vida; tenía la esperanza de hacer muchas cosas con ella. Pero cuando pensaba en la vida de él, en todo el daño que yo había provocado a tanta gente (no solo poniendo fin a la vida de muchos, sino también obligando a otros a seguir viviendo sin ellos), no podía evitar pensar que, si solo uno tenía que salvarse, prefería que fuera él.

Hasta aquel momento, mi existencia solo había traído dolor consigo. La suya podía proporcionar mucha felicidad.

Cerré los ojos y pensé en Akinli. «Lo siento», le dije a la última imagen que tenía de él, a la del chico sano y feliz que me besaba en la playa.

Y casi al momento sentí un impulso afectivo que me atravesaba. Era como si Akinli estuviera a mi lado, como si pudiéramos abrazarnos. Confortada por aquella imagen, me sumí de nuevo en el sueño.

—Sin diagnóstico. —Elizabeth dejó las copias empapadas del historial médico de Akinli sobre la mesa—. Le han hecho pruebas de cáncer, fallo hepático, trastornos tiroideos, de todo. Incluso se han planteado la depresión y el duelo, que cabía considerar, ya que sus padres han muerto hace poco… Y más aún si te echa de menos como tú le echas de menos a él.

Me senté junto a la mesa, cubierta con las mantas, mirando el montón de papeles.

—¿Y cómo están pagando todo esto? —me pregunté en voz alta.

Elizabeth puso los ojos en blanco.

—Claro. Y tú pensando en eso. No te preocupes. Haremos una donación anónima.

Asentí. Al menos eso podíamos hacerlo.

—¿Le habéis visto? —pregunté intentando controlar mis nervios. En secreto, esperaba que le hubieran oído hablar de mí o algo así, aunque sabía que era improbable—. ¿Tiene mejor aspecto?

Padma bajó la vista al suelo, como si se avergonzara. Metió la mano en el bolsillo y sacó un puñado de fotografías. Se las cogí, entre ilusionada y preocupada.

Reconocí los ojos azules, el cabello rubio enmarañado que asomaba bajo la manta, que indicaba claramente que ahora necesitaba que le dieran calor. Pero las curvas de sus pómulos se habían convertido en ángulos y la luz de su rostro se había convertido en un brillo tenue, aún presente pero casi sin fuerza.

—Oh, no —exclamé, cubriéndome la boca y sintiendo el calor de las lágrimas asomándome en los ojos—. Akinli, no...

Las fotografías, evidentemente tomadas desde el bosque de delante de su casa, mostraban que Ben y Julie habían instalado una rampa para sillas de ruedas, nueva y brillante. No encajaba para nada con el resto de su preciosa casa, tan deteriorada por el tiempo.

—Estaban llevándoselo a dar un paseo. Es increíble, Kahlen.

Miré a Elizabeth arrugando la nariz, confundida. ¿Qué podría tener de increíble que el chico que amaba ya no pudiera caminar?

—Aun estando así, todo el que se encontraba con él estaba encantado de verle. Una viejecita con un patio lleno de trastos...

—La señora Jenkens —dije sonriendo.

—Sí —respondió, sin extrañarse de que la conociera—. Le puso una bandeja de galletitas en el regazo. Él se comió una o dos, pero les dio el resto a los niños que había cerca del muelle. Nos acercamos bastante. —Señaló de nuevo las fotos. Las fui pasando—. Les dijo a los chicos que no le dijeran a la señora que se las había dado. No quería herir sus sentimientos.

—Muy propio de él —dije sonriendo.

—Puede que hayamos hecho algún avance mientras estabais fuera —soltó Miaka—. No me sorprende que su historial no diga nada, porque estamos empezando a pensar que no se trata de nada médico, sino mítico.

Padma y Elizabeth se miraron, extrañadas.

—Hemos tratado a Kahlen para una enfermedad humana, cuando ella no es humana. Eso no nos lleva a ninguna parte.

Hemos pensado que tal vez no fuera él quien la contagiara; seguramente ella le contagiaría a él.

—¡Oh! —exclamó Elizabeth, intrigada y confundida a partes iguales—. Pero ¿el qué? ¿Cómo?

—Esa es la cuestión. Le he preguntado a Oceania, pero no sabe darme una respuesta. Dice que esto no había ocurrido nunca. Así que estamos cambiando de enfoque. No buscamos un diagnóstico humano; buscamos un historial de sirena. En algún lugar debe de haber alguna pista de algo que pueda matar a la vez a un humano y a una sirena, sin que provoque nada a los que los rodean o a la propia Oceania.

Padma asentía.

—Yo os ayudaré en lo que sea, pero en comparación con vosotras no sé casi nada.

—No te preocupes —respondió Miaka—. De momento, ninguna de nosotras sabe nada.

Me llevaron de nuevo a la cama. Elizabeth cogió el coche y se fue a la ciudad, para buscar libros en la biblioteca. Miaka empezó a rastrear por Internet. Nadie se dio cuenta de que me quedaba las fotos. Puse la que mostraba un plano más próximo del rostro de Akinli junto a mi lámpara. «Lo arreglaremos. No dejaré que te hundas», le prometí. Me quedé mirando fijamente sus ojos cansados, donde aún veía la belleza que había en su interior. Pasara lo que pasara, encontraría a mi amor, el alma a la que estaba conectada, a pesar de la edad, de la distancia y de lo imposible que resultaba. Me quedé mirando la foto como si ambos nos hubiéramos echado a dormir una siesta, uno al lado del otro.

Habría jurado que oía la voz de Akinli, que decía «Date prisa».

28

Miaka recorrió toda la historia humana y estudió a fondo todas las pinturas de sirenas que encontró. Imprimió varias de ellas y las pegó a la pared. En un cuaderno analizó el uso del color, el simbolismo, el contexto histórico. Buscó patrones, si alguien había encargado la pieza o si era solo producto de la inspiración del artista.

No entendía por qué hacía todo aquello, cómo iba a ayudarnos en esto el arte.

—Quizás hubiera alguien que realmente nos viera a una de nosotras —intentó explicar—. Quizá fuera un accidente o un superviviente que se le hubiera escapado. Quizás haya algún rastro… No sé. Hay que probarlo todo.

Elizabeth encontró referencias a nosotras en algunas películas y las vio una y otra vez, intentando encontrar coincidencias entre ellas. A mí todo aquello me parecía tan inútil como cuando yo estudiaba un tema sobre sirenas. Pero Elizabeth no era una intelectual. Era una luchadora. En ausencia de alguien con quien luchar, era lo mejor que podía hacer.

Y Padma. La dulce Padma se puso a leer todo lo que encontró sobre mitos, cada fábula, cada cuento de hadas. Era algo que demasiada gente pasaba por alto: los libros infantiles ocultaban verdades.

Durante mis anteriores investigaciones sobre sirenas, había mantenido mis estudios en secreto. Era reacia a mostrar a mis hermanas mi válvula de escape. Pero quizá debí haberles dicho algo. Viéndonos ahora a todas unidas, aprendiendo cosas de nosotras mismas que Oceania nunca podría enseñarnos... Me sentí más cerca de ellas de lo que me había sentido desde hacía mucho tiempo. Y me entraban ganas de llorar, pensando que solo había llegado a querer profundamente a mis hermanas al borde de mi muerte.

Y con ellas descubrí mucho más de lo que había descubierto sola. Leímos sobre las rusalkis eslavas, que eran las almas de las mujeres ahogadas, que permanecían en los ríos y canales. Las ondinas latinas, que carecían de alma, pero que podían conseguirla casándose con un mortal. Las sirenas, con su cabello largo y sus bellas colas... Las náyades, que solo vivían en agua dulce. Y los griegos tenían unos cuantos dioses dedicados únicamente al agua. Aun así, por mucho que siguiéramos aquellas pistas, preguntándonos si quizás alguno de aquellos mitos lo habrían creado al confundirlo con alguna de nosotras, no encontramos nada que pudiera explicar mi enfermedad.

Entre accesos de sueño a los que no me podía resistir, leía. Al principio todo aquello me resultaba tan frustrante como antes. Había cosas que sabíamos que eran ciertas. Los números, la canción, la muerte inevitable. Pero todo el resto parecía ser ficción, ideas fabuladas por hombres para poder pintarnos como mujeres sin corazón que vivían para seducirlos, incluso en los mitos sobre otras criaturas del agua. Siempre mujeres, siempre con voluntad de destrucción.

Pero yo tenía corazón..., aunque se me estaba rompiendo en pedazos.

Fue entonces cuando di con una colección de relatos cortos. El título me sonaba, aunque no los había leído nunca. Aquel libro se había publicado más o menos en la época de mi cambio. Me fui directamente a *El silencio de las sirenas*, de Franz

Kafka. Apenas eran dos páginas..., pero no podía dejar de pensar en sus palabras, en la idea de que el silencio de la sirena es más mortal que su canción.

Al principio no hice caso, pero no podía quitármelo de la cabeza. ¿Cómo iba a ser mortal mi silencio? Mi silencio era lo único que mantenía viva a la gente. Acabé el relato y pasé a otras cosas, pero la idea me volvía a la mente una y otra vez, aunque no estaba muy segura de por qué.

Mi silencio no había matado a nadie. Si nuestro silencio fuera tan mortal, cualquiera con quien hubiéramos entrado en contacto debería experimentar lo mismo que le estaba pasando a Akinli.

Pensé en cualquier otro vínculo que nos uniera, preocupada porque el tiempo pasaba y no podía ayudarle. No era que nos hubiéramos besado, eso lo sabía. Elizabeth había besado a muchísimos hombres sin provocar el mínimo efecto dañino. No era que le quisiera, porque, si el amor pudiera matar, Aisling nunca habría podido volver con Tova, su bisnieta. ¿Qué era entonces? ¿Qué es lo que diferenciaba a Akinli de todos los demás?

—Miaka —la llamé, con la voz tan ronca que dudaba de que, llegado el caso, pudiera cantar.

—¿Qué? ¿Tienes hambre? ¿Te encuentras mal? —dijo ella, dejándolo todo para venir a mi lado.

—¿Puedes leerme esto? Es corto, pero hay algo...

Le pasé el librito y se lo quedó mirando un momento.

—¿Hay algo que te haya llamado la atención? —Me lo cogió de mis débiles manos y leyó el pasaje en un instante—. ¿Cómo iba a ser más mortífero nuestro silencio que nuestra canción? —concluyó, burlona.

—Exactamente.

Me devolvió el libro.

—Pensaré en ello.

—¿Ha habido suerte con las pinturas?

Resopló.

—No. En la mayoría de los casos parecemos objetos demonizados o sexuales.

—Ya lo he visto.

—Y, por lo que parece, nadie ha visto una sirena y ha vivido para contarlo.

—Alguien tiene que haber visto alguna —dije envolviéndome en las mantas—. Si no, ¿cómo habría nacido el mito?

—Bueno, pues quienquiera que sea lleva muerto miles de años y no ha dejado dicho nada que no sepamos ya.

Suspiré. Sentía la cabeza pesada y que el corazón se debilitaba. Miaka me apoyó las manos en los hombros y agradecí su calor. Y su tacto hizo que me diera cuenta de lo fría que estaba yo.

—Lo encontraremos, Kahlen. Tengo la sensación de que estamos muy cerca.

Asentí, aunque no estaba muy convencida de ello. Me preocupaba que a Akinli le quedara poco tiempo; su frágil cuerpo era mucho más vulnerable que el mío. Y no podía evitar preguntarme, ya que nuestra enfermedad estaba relacionada, qué le pasaría a mi corazón si el suyo dejaba de latir.

En ese momento, llegó Elizabeth, procedente del salón.

—Nada. No soy una devoradora de hombres —dijo, haciendo un gesto con la cabeza en dirección al televisor.

—Bueno, si alguna de nosotras lo es… —bromeó Miaka.

Elizabeth forzó una sonrisa sarcástica. Me sentí aliviada al ver que aún podíamos tomarnos el pelo entre nosotras. Sonreí todo lo que pude, lo cual no era mucho. Noté un minúsculo pinchacito en la comisura de la boca. Me toqué el punto con la mano, esperando aliviar así el dolor. Cuando la retiré, tenía las puntas de los dedos manchadas de un rojo intenso.

Me quedé mirando la sangre, horrorizada. Las náuseas y la fiebre me habían pillado por sorpresa, así como el agotamiento y los dolores. Pero aquello hizo que pensara en mi mortalidad. Aún creía que no podía sangrar.

Las chicas intercambiaron unas miradas nerviosas, sin saber qué hacer o qué decir. Padma fue a buscar un trapo a la cocina y me limpió la mano y el labio mientras todas asimilábamos en silencio aquel nuevo golpe.

—¿Qué se nos escapa? —preguntó Elizabeth, desesperada—. ¿Qué es lo que no sabemos? Hemos visto cada película, hemos observado cada cuadro, hemos leído cada libro… ¿No sabemos ya todas las historias posibles?

—Bueno, no —dijo Padma, como si lo que nos hubiéramos saltado fuera lo más obvio—. Yo no sé la suya. —Me señaló.

—A mí el cambio me llegó igual que a ti —dije encogiéndome de hombros—. Era 1933 y…

—No, no. —Padma se rio—. Quiero decir con este chico. ¿Qué es lo que pasó exactamente entre vosotros? ¿Cómo os conocisteis?

—En Florida. Él trabajaba en la biblioteca. Nos vimos un par de veces. La última quedamos para hacer un pastel.

—¿Y luego perdisteis el contacto?

Bajé la vista.

—Me gustaba demasiado. Cuando me di cuenta de que me estaba enamorando, supe que tenía que alejarme por el bien de los dos.

—¿Y?

—Obligué a las chicas a mudarnos, de Miami a Pawleys Island. No llevábamos mucho tiempo allí cuando apareciste. —Cogí un poco de aire. Cada vez me costaba más—. Pensé que lo llevaba bien, pero ya viste lo que ocurrió cuando nos tocó cantar y Oceania hizo naufragar un crucero con una boda a bordo. No pude soportarlo. Lo único que quería era ser aquella novia y arrebatarle la vida el mismo día en que había conseguido lo que yo tanto anhelaba… Fue demasiado. Así que me escapé y acabé en Port Clyde, donde vivía Akinli. Fue como si me impulsara hasta allí algo que llevaba muy dentro de mí. No esperaba que estuviera allí o que me encontrara nada más salir del agua.

—No estuviste mucho tiempo allí… con él —recordó

Padma, apoyando la cabeza en la mano, atenta a cada una de mis palabras.

Observé que Miaka había sacado su cuaderno y estaba escribiéndolo todo.

—Un día. Poco más de veinticuatro horas.

—Muy bien —dijo Miaka—. Repásalo todo. ¿Te llevó a su casa?

Les hablé de nuevo de Ben y de Julie, de cómo me habían abierto las puertas de su casa. Les hablé del desayuno que Akinli me había preparado y de cuando habíamos descubierto que ambos habíamos estado a punto de morir con nuestros padres.

—¿Puede ser? —preguntó Elizabeth—. Eso es una cosa que no se suele tener en común.

—No lo creo, pero pondré una nota —dijo Miaka—. ¿Y luego qué?

Les hablé de la librería, del cuento en lenguaje de signos y del helado.

—¿Compartisteis cuchara o algo? —preguntó Padma—. ¿Con eso podría haberle pasado parte del líquido que Oceania nos pone dentro?

Miaka sacudió la cabeza.

—Tomaré nota, pero es poco probable. Si fuera tan sencillo, Elizabeth habría matado a decenas de hombres.

—¡A decenas no! —protestó—. Pero…, bueno, sí, yo he compartido muchos… fluidos con hombres. Y otras lo han hecho antes de nosotras. Nunca ha pasado nada.

—¿Cómo puedes estar segura? —le pregunté—. Ninguna de nosotras ha tenido una relación lo suficientemente larga como para comprobarlo.

—Yo… Bueno, había uno que me gustaba especialmente. Una vez repetimos. Habían pasado varios meses después de la primera vez. Gozaba de una salud perfecta.

—Muy bien. Documentado. Ya sabes… —dijo Miaka, vacilante—, Oceania querrá saber todo esto.

Elizabeth soltó un gruñido al pensar en ello.

—Bueno, de acuerdo. ¿Qué más?

Les hablé de la tarde que pasamos en su casa, de que Julie estaba contenta de que estuviera allí. Y luego les conté nuestra cita.

—¿Y esta vez cómo te fuiste?

Tuve que hacer una pausa. Pensar en ello resultaba casi tan doloroso como aquella enfermedad que me consumía por dentro.

—Me llevó a su casa. No a la de Ben, sino a la de sus padres. Sabía... No sé cómo había atado cabos, pero sabía que había algo raro. En lugar de asustarse, se ofreció a protegerme. Me pidió que me quedara... Y, de repente, pensé que quizá podría hacerlo. Vivimos entre humanos todo el tiempo. ¿Por qué iba a ser diferente? —Parpadeé y las lágrimas me surcaron las mejillas—. Y entonces me besó. Eso es todo. Simplemente un beso, perfecto y eterno. Y en un momento de estupidez suprema dije: «¡Guau!».

Sacudí la cabeza.

—Puso unos ojos raros y se dirigió hacia el mar. Intenté detenerle, pero él se sumergía cada vez más. Le rogué a Oceania que lo detuviera, pero él se sumergía cada vez más. Le supliqué, le prometí que le traería a otros en su lugar. Es algo horrible, pero creo que lo habría hecho si me lo hubiera pedido. Lo que fuera para que él no muriera.

Me sequé las lágrimas, avergonzada de lo rápido que había accedido a entregarle a otras personas si eso significaba salvar a Akinli.

—Le dejó vivir... No debía contároslo, pero le dejó vivir. Lo llevé a la orilla, lo besé y me volví al mar. Desde entonces no lo he visto.

—Vaya... —dijo Padma—. Así que... ninguna locura; un simple error.

Asentí.

—Un momento… ¿Qué es eso que decías sobre el silencio? —preguntó Elizabeth—. ¿No hablabais de alguna cita justo antes de que yo llegara?

—Este libro dice que el silencio de una sirena es más mortífero que su canto, lo cual parece una locura si lo…

Ella levantó una mano y me hizo callar.

—¿Y si se trata de eso?

—¿De qué?

—Tu silencio.

Parecía increíblemente excitada, pero yo arrugué la nariz; no la seguía.

—Puede que sea la única persona en el planeta que ha oído la voz de una sirena y que sigue vivo. ¿Y si es eso lo que le está matando, tu silencio?

—¡Pero no podía seguir hablándole! —protesté—. Eso seguro que también le mataba.

—Aunque eso fuera así —objetó Miaka, con su cuaderno en la mano—, no explicaría por qué Kahlen está enfermando.

—Puede que no signifique nada —confesó Elizabeth, que se encogió de hombros—. Pero es nuestra primera pista de verdad.

29

Una sensación de frío y terror me decía que Akinli estaba muriéndose, que se acercaba su fin. Me lo dejaba claro la misma conexión extraña que me había dicho que estaba en Port Clyde y no en Miami, la que a veces me daba una extraña sensación de paz.

Apreté los ojos, pero no me quedaban lágrimas que llorar. Me retorcía con un llanto seco. Si quería salvar a Akinli, tenía que darme prisa. El hilo que mantenía nuestras vidas a flote, uniendo nuestras almas, estaba a punto de quebrarse. No sabía si el final de su vida significaría también el de la mía, pero estaba segura de que, si mi impenetrable cuerpo podía fallar como estaba fallando, al final también moriría.

—Sigo sin entenderlo —dije casi sin voz—. Si nuestras voces hacen que la gente se ahogue, ¿por qué iba a ser mi silencio lo que está matando a Akinli?

Miaka se frotó los ojos pensando, pensando, pensando.

—No lo sé. No entiendo nada.

—Quizá sea un punto de partida. Preguntémosle a Oceania por nuestra voz, por la canción —propuso Elizabeth, encogiéndose de hombros, tan frustrada como Miaka.

—¿Vienes conmigo? —le propuso Miaka—. Es a ti a quien se te ha ocurrido que esta pista puede llevar a alguna parte. Quizá le puedas hacer alguna pregunta que a mí nunca se me ocurriría.

Elizabeth asintió.

—Por supuesto. ¿Te hace falta algo? —dijo volviéndose hacia mí.

—No. Si necesito algo, tengo a Padma.

—Claro. Lo que quieras —dijo esta, que se acercó—. Id tranquilas.

Observé a Elizabeth y a Miaka alejándose cogidas de la mano. Todo aquello era culpa mía. Lo único que había querido hacer siempre era seguir las reglas. Y esto es lo que estaba ocurriendo por romperlas. Mis hermanas estaban preocupadísimas, yo ya no podría volver junto a Oceania y Akinli se estaba muriendo. Todo por culpa mía.

—Siento haberte metido en esto, Padma. Te lo prometo…, nuestra vida no suele ser tan accidentada —dije, chasqueando

débilmente la lengua y pasándome la mano por donde deberían estar mis lágrimas.

—No me importa. Es bonito sentir que lo que hago vale para algo. Ahora sé que le soy útil a Oceania y también a mis hermanas. Es una satisfacción. La pregunta es más bien qué haré todo el día cuando te vuelvas a poner bien.

—Agradezco tu optimismo.

Padma frunció los labios.

—Lo intento. Cuando me encontrasteis, pasé un tiempo difícil. Aún tengo que liberarme de muchas cosas. Algunas ya han desaparecido y me habéis ayudado a recuperar la paz en parte, pero hay otras cosas de mí misma que tengo que aprender de nuevo.

—¿Como qué?

Estiré la manta y ella se acurrucó debajo conmigo.

—Que soy capaz de hacer un trabajo de verdad. Que no soy una carga, que me merezco una oportunidad en la vida, igual que cualquier otra persona. Que es posible quererme.

Le cogí la mano.

—Oh, Padma. No solo es posible, es inevitable. Para nosotras eres un tesoro, y también para Oceania.

—Lo sé. Por mucho que me asuste, por debajo de su agresividad siento su amor.

A pesar de la rabia que me daba que Oceania me hiciera interpretar aquel papel, sabía que acabaría queriendo a Padma tanto como a todas nosotras.

—Dale tiempo y será como la madre que deberías haber tenido.

—Nuestras voces son un veneno —dijo Miaka.

—¿Un veneno?

—Sí. Tenemos un doble efecto sobre los humanos. Por una parte, la canción los hipnotiza y les hace buscar la muerte. Y, por otra parte, nuestras voces son tóxicas. Creo que eso es lo que ha pasado en este caso. El rastro que ha dejado tu voz está deteriorando el cuerpo de Akinli. Y como el sonido no es como una pastilla o un líquido, no creo que los médicos sepan qué buscar.

Asentí.

—Vale. Veneno. ¿Y la canción?

Elizabeth se rodeó el cuerpo con los brazos.

—Tiene sentido, ahora que sabemos que, solo en parte, la clave está en los sonidos que reconocemos, pero que no comprendemos del todo. La canción contiene un poco de cada idioma. Oceania me ha dicho lo que significa el texto. En realidad, es conmovedor.

Miaka lo enunció imitando en parte la melodía que tan familiar nos era, aunque las sílabas no encajaban del todo.

Lánzate a las olas, entrega tu corazón.
Un alma perdida supondrá la salvación.

Bebe de mí y déjate llevar.
Ven con nosotras, sumérgete en el mar.
Entrega una vida, para salvar mil.
Bebe, húndete y líbrate a tu fin.
A todos nos espera el descanso eterno.
Ni cielo para unos, ni para otros averno.
Dame tu cuerpo, tu tumba será el mar.
Ven con nosotras, déjate llevar.
Bebe, húndete y líbrate a tu fin.
Bebe, húndete y líbrate a tu fin.

Cuando acabó nos quedamos en silencio, asimilando el significado de aquellos sonidos que tantas veces habíamos emitido. Ya antes había pensado que era una mezcla de idiomas preciosa. Y ahora estaba segura de que eso era para que todo el mundo, independientemente de su origen, entendiera la llamada de la muerte.

Me estremecí.

—Es una nana para lanzarse a la muerte.

—Pero hay en ella una promesa. Y es muy seductora: «Entrega una vida para salvar mil». Lo que significa que tu muerte salva al resto del mundo. Es de una lírica fantasmagórica.

Notaba que Miaka se estaba debatiendo por dentro, entre la repulsión y la admiración que le producía la canción.

—¿Y qué significa eso? ¿Nos da alguna esperanza de poder salvar a Akinli?

Miaka se mordió el labio.

—No lo sé. Parece que estamos pasando algo por alto. Nuestras voces son tóxicas… y la canción que cantamos lleva a la gente a la muerte. Tú no le cantaste la canción a Akinli (quizá sea por eso por lo que sigue vivo), pero nada de lo que hemos descubierto explica por qué estás enferma tú también.

Padma frunció el ceño.

—¿Qué más ha dicho Oceania?

—Cuando nos ha explicado cómo funcionan nuestras voces, parecía que aceptaba el motivo de la enfermedad de Akinli —respondió Elizabeth—. Sin embargo, cuando le hemos preguntado por Kahlen, se ha limitado a decir que es imposible.

Parpadeé.

—A mí me dijo lo mismo —dije.

Pero en aquella ocasión había algo raro en su voz, ¿no? Un tono pesado y vacilante, que no decía que aquello fuera realmente imposible, sino que era algo que se negaba a creer.

Me dolía todo el cuerpo. Cuando intenté ponerme en pie, la habitación me dio vueltas y tuve que dejarme caer de nuevo sobre las almohadas, jadeando.

—¡Estate quieta! —exclamó Elizabeth—. ¿Qué intentas hacer?

Extendí los brazos hacia mis hermanas.

—Llevadme con Oceania —les rogué—. Por favor.

30

Mis hermanas me levantaron de la cama con el máximo cuidado y me cargaron en una manta para llevarme al mar. Me estremecí al contacto del aire glacial, pensando que si no se hubieran complicado tanto las cosas últimamente les habría sugerido que nos trasladáramos a algún lugar más cálido, un sitio que le sentara mejor a mi débil cuerpo.

Se nos acababa el tiempo. Mis hermanas me habían dicho que Akinli ya no podía salir de la habitación. Y no parecía que a mí me faltara mucho para estar en la misma situación. Mi única esperanza era que Oceania se diera cuenta de lo cerca que estaba de la muerte y nos revelara el secreto que ocultaba. Si es que de verdad sabía algo que no nos estaba contando.

Era consciente de que yo era lo único que le preocupaba en aquel momento. Akinli no era más que un daño colateral de mi error. Mientras yo me recuperara, a Oceania no le importaría lo más mínimo lo que le pasara a él. Y muy pronto sabría, si es que no lo había adivinado ya, que, si me salvaba, compartiría el secreto de mi remedio con Akinli. Estaba demasiado cansada como para quedarme nada dentro.

—¡Ah! —exclamé al sumergir las piernas en el agua—. ¡Es como si me clavaran cuchillos en la piel!

Espera.

Nos quedamos junto a la orilla, inmóviles y confusas. ¿Cómo íbamos a arreglar aquello?

Ahora. Prueba otra vez.

Introduje los pies y me sorprendí al ver que el agua ahora estaba templada.

Ahora estarás más cómoda.

—¿Entramos todas? —preguntó Padma.

—¿Por qué no os vais vosotras dos? —sugirió Miaka—. Yo me ocuparé de Kahlen.

Al principio no hubo palabras. Solo una sensación de preocupación, mientras Oceania canalizaba los pensamientos de Padma y Elizabeth a través de los suyos.

No me había dado cuenta de que hubieras empeorado tanto. Hace tiempo que no vienes a verme.

Oceania parecía... ¿asustada?

Me apoyé en Miaka, con el corazón agitado como el de un pajarillo.

—Voy a morir —le dije—. Estoy mucho peor.

—No vas a morir —prometió Miaka—. Tiene que haber algo que se nos pasa por alto.

Ah.

Sentía que estaba escrutando mis pensamientos, todos los recuerdos de Akinli que afloraban a mi mente. La mayoría de los anteriores a mi época como sirena habían quedado relegados a un rincón oscuro, y aquella vida era tan larga que no parecía que hubiera muchas épocas que valiera la pena recordar. Pero Akinli..., todo lo que tenía que ver con él lo recordaba perfectamente.

Oceania percibió la ternura que me habían producido sus intentos de charlar conmigo en la biblioteca, lo feliz que me había sentido al bailar con él junto al árbol. Vio sus mensajes en aquel teléfono que había perdido tanto tiempo atrás, cómo volvía a pensar una y otra vez en nuestra primera separación. Sintió la cálida bienvenida que me habían brindado en su casa, lo bien que me había sentido acurrucada junto a él en la librería. Sintió la magia de nuestro primer beso. Incluso después de tanto tiempo, aquel beso resultaba bellísimo, una maravilla que habría que colocar en una urna de cristal para admiración de las gentes.

Y, como de verdad no podía ocultar nada, vio lo mucho que le echaba de menos. La conmovió la tristeza que había estado ocultando por no hacer más daño a mis hermanas, a ella misma.

Hasta que no la oí respirando entrecortadamente, no me di cuenta de que Miaka estaba llorando. Sacudía la cabeza, cubriéndose la boca. Sentí que, con los dedos con que me sujetaba de la espalda para que no me cayera, me apretaba.

—¿Miaka?

—Lo siento. Todo este tiempo te he culpado por no contarnos lo que te estaba pasando. Y ahora que lo veo… Kahlen, lo has llevado mejor de lo que lo habría llevado yo. Es una gran carga.

Padma trepó a las rocas, saliendo del agua como si huyera de un monstruo. Cayó de rodillas a unos tres metros de nosotras, llorando desconsoladamente. Elizabeth también salió del agua, aunque más despacio, recorriendo poco a poco los últimos metros hasta la arena.

—Nos volvemos —dijo—. Ninguna de las dos podía soportarlo. Necesitamos un respiro hasta que penséis en otra cosa. No sé si de verdad lo que sientes por Akinli es tan profundo o si Oceania lo amplifica, pero… en fin.

No. Esos son sus sentimientos.

Elizabeth asintió, demasiado abatida como para hacer nada más. Se situó con los pies en el agua y habló en voz alta para que todas la oyéramos.

—¿No puede volver con él? —propuso—. Él se está muriendo. Ella también. No pueden vivir una vida juntos, pero al menos podrían tener esto.

No, Kahlen es mía. La curaremos.

—¿Con qué? —le espetó Elizabeth con los ojos llenos de lágrimas—. ¡No nos queda nada!

—Por favor —supliqué, jugándome la última carta, poniendo al descubierto hasta la última gota del amor que sentía por Akinli—. Ya has visto lo que siento. Lo he compartido todo contigo…, pero tengo la sensación de que tú no.

Mientras ella procesaba sus pensamientos, percibí varias cosas: culpa, incredulidad, preocupación, vergüenza. Y, con ello, que se había estado guardando algún secreto.

—Por favor. ¿Por qué no me lo cuentas?

Es imposible —insistió. Una vez más, su voz me sonó extraña—. *Nunca dudé de tu capacidad de amar, pero ¿qué mortal podría amar realmente a una chica que ha conocido tan poco tiempo? ¿Cómo podría ver más allá de la belleza que yo te he dado y llegar a tu interior, especialmente cuando no podías hablar con él?*

—¿Qué quieres decir? —dijo Miaka, tensando la voz—. ¿Sabías lo que le pasaba a Kahlen desde el principio?

—Por favor —insistí—. Yo te quiero. Tú también. Por favor, dime qué es lo que pasa.

Por fin salió a flote la verdad.

Es cierto. Tu voz lo ha envenenado. Eso ya no puedo negarlo. Y lo único que le curará es tu voz. Tu voz humana. Para poder salvarle…

—Tengo que transformarme.

Sí. Pero lo más grave es que, en el fondo, has encontrado en él a un igual, a un sireno. No oír su voz también te está matando a ti.

Sacudí la cabeza.

—¿Cómo puede ser?

No sé explicarte cómo se unen dos almas. Ningún hombre, elemento o dios podría hacerlo. Pero estáis unidos el uno al otro. Por eso, por vuestro amor, verdadero, apasionado y puro, viviréis en plenitud juntos… o pereceréis juntos.

—No lo entiendo —dije intentando asimilar todo aquello.

Si él no hubiera oído tu voz, estaría bien. Pero entonces, al ir envejeciendo él, por mucho tiempo que llevara, tú te irías deteriorando. Y si me hubieras desobedecido tanto que hubiera tenido que matarte, él habría muerto en el mismo instante. Estáis unidos por vuestras almas. Ahora lo que le sucede a un cuerpo le sucede al otro. Y, como tu voz se ha apoderado de él, matándolo lentamente, tú también caes. Más despacio, por supuesto, porque aún eres mía. Pero esto acabará consumiéndote igualmente.

Al momento la mente se me fue a Aisling. Noté una inmensa sensación de culpa por traicionar su secreto ahora, pero no podía ocultarlo más. Porque, si aquello me estaba sucediendo a mí, ¿no debería haberle pasado también a ella? ¿No tendría que haberse debilitado con la muerte de Tova?

Y no se trataba solo de Tova, ¿no? Había seguido a su nieto y luego a su bisnieta. Sonreí levemente, considerando este fallo técnico en el misterioso vínculo entre las sirenas y sus seres queridos. Su amor no estaba centrado en una persona. Y con el nacimiento de una nueva generación de la familia que había creado, ella adquiría aún más vida.

—¡Nos mentiste! —gritó Elizabeth, hecha una furia—. ¡Lo sabías!

Yo no creía que algo así pudiera ocurrir. ¿Cómo iba a querer alguien como os habéis querido vosotros? ¿Más que yo? ¿Cómo iban a conectar dos personas de mundos tan diferentes sin mediar palabra? Sabía que tendríais historias pasajeras y que conoceríais gente. Pensé que os daba tanto que no quedaría espacio para ningún otro amor.

—Siempre hay espacio para el amor —murmuró Padma—. Aunque sea tan pequeño como una grieta en una puerta.

Cruzamos una mirada y recordé cuando yo le dije aquellas mismas palabras, en Nueva York. No podía imaginarme lo que acabarían significando para mí.

—Es cierto —le respondí con una sonrisa triste—. He encontrado el modo. Le quiero… Y eso nos está matando a los dos.

Me llevé la mano a la boca, pero no me quedaban lágrimas que llorar.

—No es culpa tuya, Kahlen —insistió Miaka.

Asentí.

—Sí que lo es. Una cosa habría sido enamorarse. Quizás habríamos sentido la tristeza o la felicidad del otro de vez en cuando, quizá mi cuerpo habría envejecido cincuenta años más tarde que el suyo. Todo eso habría podido soportarlo. —Hice una pausa; necesitaba recuperar el aliento—. Pero dejé que oyera mi voz. Le he envenenado… y eso nos está matando.

Lo siento. Si no te hubiera dejado alejarte de mí, quizá no lo habrías encontrado de nuevo.

—Iba a ocurrir igualmente. —Mis pulmones trabajaban desesperadamente, incapaces de soportar la tensión—. Piensa en todo lo que hemos hecho. En todos los sitios en los que hemos estado, en las épocas que hemos vivido. ¿Alguna vez os habéis encontrado con alguien más de una vez? —les pregunté a mis hermanas.

Ellas guardaron silencio. La respiración se me volvió más lenta, dejándome una sensación de vacío.

—Estoy cada vez más convencida de que Akinli y yo estábamos destinados a estar juntos. Y si lo único que hemos podido vivir ha sido un día, aquel día perfecto, me alegro de morir con eso en el corazón. —Tuve que hacer una pausa—. Lo que no soporto es sacrificar su vida. He causado tantas muertes que es justo que me llegue a mí. Pero a él…, él es tan…, tan…

No había una palabra lo suficientemente buena para él. «Decente» implicaría que solo llegaba al mínimo de educación en la vida. «Amable» no cubriría el afecto profundo que dispensaba al resto de la gente, incluso cuando estaba triste. Ni siquiera «perfecto» le hacía justicia, porque desde luego tenía defectos. Y aquellas pequeñas carencias, aquella humanidad, hacían que lo amara aún más.

—Lo sabemos. —Miaka apoyó la cabeza contra la mía sin dejar caer el peso.

Tragué saliva.

—No creo que pueda hablar más. Siento el cansancio en la voz.

—Por supuesto —dijo Miaka con cariño—. Has dado todo lo que tenías. Quiero decir, que el único modo…

No.

—Pero tú acabas de decir…

Sé lo que acabo de decir. Pero aún disponemos de tiempo. El cuerpo de Kahlen es más fuerte que el de él.

De pronto, Elizabeth entendió de qué hablaban.

—¿Por qué estamos discutiendo siquiera? Él la puede salvar a ella y ella puede salvarle a él. Tienes que dejarla marchar.

Podría equivocarme. ¿Y si la transformo de nuevo y su voz no hace nada? ¿Qué pasaría?

—Entonces al menos podría disfrutar de los últimos días o de las últimas horas de su vida con la persona a la que ama.

No lo recordará. Por lo que sabemos, eso podría empeorar aún más las cosas.

Elizabeth, descompuesta y hecha una furia, gritó hacia al agua con rabia.

—¿Cómo podían empeorar aún más las cosas?

¡Empeorarían para mí!

Aunque ningún humano habría podido oír aquello, para nosotras su voz resonó en el cielo como en una gruta, agitando los árboles y haciendo que se desmoronaran las rocas.

Oceania no tenía ojos, no podía producir más agua de la que ya tenía, pero, aun así, sentimos cómo lloraba.

Yo estoy aislada. No tengo iguales. Vosotras sois todo lo que tengo y me evitáis todo lo que podéis. Entiendo el motivo. Sé que aborrecéis lo que os veis obligadas a hacer. ¿Alguna vez habéis intentado imaginar cómo me siento yo?

—¡Nosotras entendemos la carga que soportas! ¡Claro

que sí! —le aseguró Miaka—. Porque nosotras también la soportamos.

No, vosotras solo me alimentáis. Yo trabajo como una esclava y nadie me da las gracias. No es frecuente que alguna de las chicas que me sirven piense en mí si no es cuando os llamo. ¿Es demasiado pedir querer quedarme todo el tiempo que pueda a una que sí lo hace? Cuando os vais, no soy ni siquiera un recuerdo para vosotras. Y no estoy dispuesta a que se me olvide así como así.

Tragué saliva, sintiendo el amor y el conflicto de sentimientos. Mi alma gemela y yo estábamos a punto de morir por culpa de nuestras respectivas ausencias. Al mismo tiempo, la idea de dejar a Oceania sin mi compañía era cruel.

La reflexión afectuosa de Miaka hizo mella en ella. Todas pudimos sentir aquella ternura.

—Piensa en el dolor que acabas de notar en ella al recordar a su único amor. ¿Sería tu dolor mayor que eso? Quizá. Pero piensa que Kahlen fue capaz de renunciar. Ella lo dejó. Hizo lo que ahora te pedimos que hagas tú. Y lo hizo por ti.

Las aguas de Oceania se quedaron quietas, inmóviles. Me negué a albergar esperanzas por la sugerencia de Miaka. Aunque fuera cierto, no había modo de llevarme de vuelta al lado de Akinli.

Padma, que se había mantenido fuera de la conversación, se limpió los ojos y se acercó en silencio. Acarició las minúsculas olas que rompían unas con otras, con expresión vacilante.

—Kahlen me dijo que tú podrías ser la madre que me merecía tener.

¡Claro que podría!

—Pero has amenazado con matarme. Eso es más incluso de lo que hizo mi madre de verdad. Y no me anima mucho a quererte.

¡Pero yo os quiero! Todas sois un tesoro para mí.

—Entonces, por favor… —le rogó Elizabeth—. Deja de presionarnos con tu rabia.

¿Cómo si no voy a conseguir que me obedezcáis? ¡Ya lo hacéis poco!

Elizabeth bajó la cabeza.

—Yo siempre he sido un poco rebelde. No puedo ser esa persona que quieres que sea. Pero no todas somos como Ifama o las otras que has tenido que eliminar. Decidimos quedarnos. Seguimos aquí.

—Y si hubieras hablado con nosotras así hace años, habrías tenido un puñado de hijas encantadas de estar contigo —dijo Miaka, que me agarró fuerte mientras hablaba, transmitiendo una esperanza creciente.

Aun así, yo apenas podía concentrarme en aquello, porque Oceania lloraba sin parar, hundida por su propia incapacidad para comprendernos a nosotras, los propios objetos de su creación. Aún tenía los pies en el agua, pero también bajé la mano.

—No pienses que, de algún modo, no te echaré de menos

—le prometí—. Tanto si vivo lo suficiente como cambiar de nuevo en setenta años como si me muero mañana mismo, no creas que no seguiré queriéndote.

Yo sufriré por ti. Cada día.

—Lo sé. Pero, cuando haya muerto, tendrás a las demás. Ellas ahora lo entienden.

Y muy pronto ellas también se irán.

—Pero antes habrán enseñado a las nuevas a quererte como te queremos nosotras.

—Yo puedo quedarme más tiempo —se ofreció Miaka.

Me giré a mirarla y le sonreí. Ella se encogió de hombros levemente, como avergonzada por reconocerlo.

—Lo haría. Yo soy feliz así. Estoy contenta a tu lado.

—Yo también puedo quedarme —dijo Elizabeth—. Toda familia necesita una rebelde. No nos engañemos: si no estuviera yo, te aburrirías.

En medio de la tristeza de Oceania surgió un minúsculo brillo de felicidad. Padma se apuntó:

—Tú sabes cómo era mi vida antes de conocerte. No tengo ninguna prisa por abandonarte.

—Podíamos repartirnos el tiempo de Kahlen, si quieres —propuso Miaka, mirando a Elizabeth y Padma para que dieran su aprobación.

Ambas asintieron.

—Nosotras nos haremos cargo de lo que te debe —dijo Elizabeth—. Lo haremos con gusto.

Clavé los dedos en la grava de la playa, sintiendo que era el único modo de agarrarle la mano, intentando convencerla de que, realmente, nunca había estado sola. Oceania estaba como inmóvil, asimilando lo que le decíamos, reconstruyéndose a sí misma en torno a una nueva verdad.

Te prometí que tu voz nunca sería su muerte, que su muerte nunca sería cosa mía. No pensaba que las cosas irían así, pero el único modo que tengo de enseñarte lo mucho que te quiero sería mantener mi promesa. Es todo lo que me queda.

Sus pensamientos se agitaron como en un remolino, pasando a la acción.

Deberéis encargaros vosotras de prepararlo todo. Supongo que tendremos que hacer la transformación cerca de Maine. Os llevaré allí cuando estéis listas.

—Yo me ocuparé de todo —prometió Miaka—. Dejaré lo mínimo posible al azar.

Ahora marchaos. Tengo que prepararme.

—¿Estás bien? —le pregunté.

Tengo que estarlo. Vete, querida. Esto es todo lo que puedo darte. Ahora por fin sabes cuánto te quiero.

31

Lo primero que noté fue el hambre. Sentía como si el estómago se me hubiera hundido en el vientre, hasta el punto de que me dolía. Y al mismo tiempo me resultaba extraño, como si el dolor fuera algo destinado a otras personas, no a mí.

Entonces sentí que me balanceaba. Me movía, pero estaba oscuro y no sabía dónde me encontraba o qué era lo que me transportaba. No estaba usando las piernas. Mis piernas, en realidad todo mi cuerpo, estaban agotadas. No parecía que pudiera llegar a usarlas ni aunque las necesitara.

—Eh… —conseguí decir.

Me ardía la garganta, aquel dolor rasposo de cuando tragas agua salada. Tuve que hacer acopio de fuerzas para levantar la cabeza.

Ahora veía que me estaba moviendo. Las chicas me llevaban, dos agarrándome el cuerpo y una sosteniéndome las piernas.

—¿Adónde me lleváis? —dije con voz débil y temblorosa.

En el momento en que pronunciaba la pregunta me di cuenta de que tenía dudas más importantes. No conseguía recordar mi nombre. ¿Ellen? ¿Katlyn? Ninguno de esos me sonaba bien. No sabía dónde estaba mi familia; no sabía dónde deberían estar. Ni siquiera recordaba nombres ni rostros, pero tenía la sensación de haber perdido algo o a alguien.

Estaba recuperando la respiración rápidamente. Mi instinto me decía que corriera, pero apenas podía levantar la cabeza.

—Por favor, no me hagáis daño.

No hubo respuesta. Nos acercábamos a una casa y empecé a preguntarme si aquel sería mi destino. Por las ventanas se veía luz. Aunque me llenaba de una sensación de calidez, no me fiaba. Emití un gruñido cuando me subieron al porche, aunque se movían lentamente y con suavidad, haciendo lo posible para que no me golpeara con los escalones. La chica que tenía a la derecha, una belleza asiática con el cabello tan negro como la ropa que llevaba, asintió tres veces. Me bajaron al mismo tiempo.

Intentaba levantar la cabeza, apoyándome en los codos, casi sin aliento.

—¿Dónde estamos? ¿Qué es lo que queréis? —murmuré con voz ronca.

La chica que me agarraba los pies, otra diosa de rostro exótico, miró a las otras con gesto triste, y luego a mí, como si estuviera suspendiendo un examen.

—Estoy muy confundida —dije lloriqueando—. Por favor, ¿qué está pasando?

La otra chica, con una melena salvaje y espléndida, señaló la casa.

—¿Esta es mi casa?

Ella esbozó una mueca, sin saber muy bien qué decir. La chica asiática me tocó el brazo para llamar mi atención. Asintió. Me acarició la mejilla como si estuviera perdiendo algo. Tenía la mano húmeda. La chica a mis pies juntó las palmas de las manos como en un gesto de oración y agachó la cabeza. La otra me enmarañó el cabello con una mano y me sonrió. Sin decir una palabra, se pusieron en pie y salieron corriendo hasta girar la esquina de la casa.

—¡Esperad! —grité lo más fuerte que pude—. ¿Quiénes sois? ¿Quién soy yo? —dije, y me eché a llorar, aterrada.

¿Qué se suponía que debía hacer ahora?

El ruido debió de alertar a alguien, porque la puerta se abrió y la luz me cegó.

—¿Kahlen? —dijo un hombre—. ¡Julie! ¡Julie, ven aquí, es Kahlen!

—Ayuda... —supliqué—. Por favor...

—¡Oh, gracias a Dios! —exclamó una mujer acercándose a la puerta—. Pensábamos que estabas muerta.

—Casi lo parece —murmuró el hombre entre dientes.

—¡Cállate, por Dios, Ben! Ayúdame a meterla dentro.

El hombre me levantó del suelo y me metieron en casa. Me colocó suavemente sobre un sillón mullido.

—Cariño, ¿dónde te habías metido? Akinli estaba preocupadísimo. Todos lo estábamos.

La mujer, Julie, cogió una colcha que había sobre el sofá y me cubrió con ella al tiempo que me ponía los dedos en la muñeca y miraba el reloj.

—¿Quién? —pregunté con un susurro ronco, aferrándome a la manta. Se hizo una pausa. Una mezcla de sorpresa y tristeza les cubrió el rostro—. Lo siento. ¿Me dais un poco de agua?

Ben fue corriendo a la cocina. Julie se agachó a mi lado, tapándome mejor.

—Kahlen, ¿te acuerdas de mí?

Negué con la cabeza.

—Las chicas me dijeron que esta era mi casa, pero yo no os conozco.

—¿Qué chicas?

—No me lo dijeron. Se fueron corriendo.

—Aquí tienes —dijo Ben, que apareció de pronto con un vaso.

Levanté la cabeza y me lo bebí entero, desesperada por beber agua.

—Me hacía falta —dije tocándome la cabeza e intentando ordenar mis pensamientos.

—No recuerda nada —observó Ben, que resopló—. Bueno, al menos ahora hablas —añadió con tono alegre.

Fruncí el ceño.

—¿Qué?

Julie se llevó los dedos a los labios.

—No sé cómo explicarte todo esto.

—Quizá debería hacerlo Akinli —propuso Ben.

—Dudo que tuviera fuerzas suficientes.

—Calla —dijo él—. Por ella, seguro que las encontraría.

Julie hizo una mueca y asintió.

—¿Puedes caminar?

—No creo.

—No pasa nada. —Ben se acercó y me cogió suavemente—. Tengo bastante práctica en esto.

Julie subió las escaleras y nosotros fuimos detrás, pero el tramo era tan estrecho que tuve que apoyar la cabeza en el hombro de Ben. Llegamos al final del pasillo. Julie llamó a la puerta con suavidad.

La luz era tenue. Oí un murmullo de fondo.

—Eh. ¿Cómo te encuentras?

—¿Estás de broma? —respondió una voz cariñosa pero tan cansada como la mía—. Podría correr una maratón.

Algo se agitó en mi pecho. Era como si hubiera estado aguantando la respiración bajo el agua y de pronto mis pulmones se hubieran dado cuenta de que ya había salido a la superficie.

Julie se rio.

—Tienes compañía. ¿Te apetece?

La otra persona cogió aire, jadeando un poco.

—Claro.

Julie le hizo un gesto a Ben con la cabeza. Él me metió en la habitación mientras ella acercaba una silla.

—Gracias —dije, intentando no gemir al dar contra el asiento.

Ben perdió el equilibrio y el contacto no fue tan suave como pretendía.

Por fin establecí contacto visual con el chico que estaba en la cama. Lo vi tendido de lado, con un tubo en la nariz y otro en la vena. Tenía las mejillas hundidas y la piel de una palidez fantasmagórica. Debía de ser rubio, pero no estaba muy claro, porque el cabello se le estaba volviendo gris. La única parte de aquel chico que conservaba cierta vida eran sus ojos, que se llenaron de lágrimas al verme.

—¿Kahlen?

Me quedé de piedra. Aquellas tres personas me habían llamado por el mismo nombre, que sonaba parecido a Katlyn o Ellen, así que quizá me conocieran de verdad.

—¿Adónde te fuiste? ¿Dónde has estado? Pensaba que habías muerto. —Su pecho trabajaba a toda marcha, intentando seguir el ritmo de su boca, que se llenaba de palabras—. ¿Podéis darle un bolígrafo? ¿Por favor? —añadió, levantando un brazo con dificultad. Era todo hueso—. Necesito saberlo.

—¿Un bolígrafo?

Sus ojos volvieron a iluminarse.

—¿Puedes hablar?

Me quedé mirando a aquel chico, que de pronto se sentía eufórico por verme hacer una de las cosas más básicas que puede hacer cualquier persona.

—Eso parece. —Sonreí.

Se dejó caer de espaldas, riendo con ganas. A juzgar por las lágrimas de Julie, parecía ser que llevaban mucho tiempo esperando que volviera a hacerlo.

—He estado soñando con ese sonido. —Se me quedó mirando, feliz, simplemente, porque estuviéramos juntos en la misma habitación—. Estoy muy contento de que estés bien.

Me lo quedé mirando, a él y a las otras dos personas cuyos nombres acababa de conocer.

—Así que… ¿Esta es mi casa?

Akinli me miró, perplejo. Luego se giró hacia Ben y Julie.

—Ha dicho que unas chicas la han dejado aquí diciéndole que era su casa. Es todo lo que sabe. Ni siquiera te conoce —dijo Julie, limpiándose las lágrimas e intentando calmarse.

Akinli volvió a mirarme todo lo rápido que pudo.

—¿Kahlen? Tú me recuerdas, ¿no?

Me lo quedé mirando, buscando en él algo familiar. No reconocía el ángulo de su barbilla o la longitud de sus dedos. Tampoco la caída de sus hombros ni la forma de sus labios.

—Akinli, ¿verdad?

Pobrecillo. Me daba muchísima pena. Estaba claro que había pasado por algo muy grave. Y no quedaba duda de que la última esperanza de vencer su batalla moría con mis palabras.

—Sí.

—No recuerdo haberte visto en mi vida. Lo siento.

Él apretó los labios, como reprimiendo las ganas de gritar.

—Pero..., pero conozco tu voz —añadí.

Akinli, aquel chico extraño cuya vida en esos momentos parecía depender de aquello, hizo un esfuerzo para erguir la espalda. Julie contuvo una exclamación, observando sus brazos temblando bajo su peso, pese a lo delgado que estaba. Frunció los ojos, concentrándose, esforzándose por conseguirlo. Oí que Ben murmuraba entre dientes:

—Venga, venga, venga.

Cuando Akinli, resoplando como si acabara de correr una maratón, consiguió poner la espalda casi recta, me tendió un brazo. Yo me lancé hacia él sin miedo. Nos apoyamos el uno en el otro, sin fuerzas ninguno de los dos para mantenernos erguidos por nuestra cuenta.

—Pensaba que no volvería a verte sentado —dijo Julie, entre sollozos.

Ambos nos giramos hacia ella, sonriendo al ver sus lágrimas de felicidad.

—No me siento tan mal, a fin de cuentas —dijo Akinli.

—Vale, tampoco hagas excesos —respondió Ben, que se acercó y le ayudó a tumbarse de nuevo.

Yo me sentía un poco mejor. Aún notaba una especie de zumbido de confusión en la cabeza, pero era bienvenida en aquel lugar. Y la voz de Akinli me alimentaba más que cualquier alimento. Me sorbí la nariz, llena de lágrimas. Y levanté las manos para secarme. Fue entonces cuando vi las únicas pistas que me había dejado quienquiera que me hubiera llevado hasta allí.

En una muñeca alguien me había escrito: «Tú eres Kahlen». La otra decía: «Él es Akinli».

Giré las manos una y otra vez. Y busqué más arriba, en los brazos, esperando que hubiera algo más.

—Mirad —dije, extendiendo los brazos.

—Bonita caligrafía —apuntó Ben.

Julie le dio un codazo, pero parecía contenta.

—¿En serio? ¿Eso es todo lo que tienes? —preguntó Akinli.

—Parece que sí. Solo sé dos cosas: quién soy yo y quién eres tú.

Le miré a los ojos, de un azul radiante.

Me pareció que aquello era lo único que importaba.

Epílogo

Los médicos dijeron que era un milagro. Día a día, la enfermedad que había mermado a Akinli estaba abandonando su cuerpo. En su lugar había aparecido un entusiasmo por la vida y el deseo de recuperar el tiempo perdido.

Aunque nadie me había examinado, yo también sabía que estaba recuperándome de algo. En mi caso, el camino fue más corto, pero no menos asombroso.

Akinli se convirtió en la única historia que tenía. Me contó cómo habíamos bailado junto a un árbol mientras los demás nos miraban con envidia. Me aseguró que me había visto con un bonito vestido que yo había convertido en polvo en la habitación de invitados, dejando una mancha blanca en el suelo de madera. Y me habló de nuestro primer beso, de lo bonito y desastroso a la vez que había sido, así como de todos los besos que vinieron después, que conservaban la misma magia.

Escuché todo aquello, grabando las palabras en mi corazón. Porque por mucho que estudiara aquellas historias, no entendía cómo se habían cruzado nuestros caminos. Solo podía deducir que era cosa del destino.

Aquella primera noche, cuando ya nos habíamos tranquilizado, Julie encontró una bolsa en el porche, que pensamos que habrían dejado las mismas tres chicas que me habían traído. Igual que las pistas escritas sobre mi piel eran dos, solo tenía dos posesiones terrenales. La primera era un fajo de dinero en efectivo que inmediatamente les di a Ben y a Julie como compensación por darme un hogar. La mayor parte sirvió para pagar las facturas médicas de Akinli, lo cual me pareció bien. Yo no sabía si había una expresión más grande que almas gemelas, algo que transmitiera aquella sensación de estar tan conectados que resultaba difícil decir dónde acababa una persona y dónde empezaba la otra. Si la había, esa palabra era la que nos definía a Akinli y a mí.

La segunda cosa era una botella de agua. Era un agua muy peculiar, de un azul que era a la vez oscuro y brillante, demasiado espesa como para ver a través, pero aun así luminosa. Estaba fría en cualquier época del año y contenía unas conchitas minúsculas que nunca se posaban en el fondo.

A veces dormía con ella, aunque estaba tan fría que me despertaba si me daba la vuelta y la tocaba. Era la única pista que tenía para saber quién había sido antes de aquella noche en que me habían dejado en el porche. Y era lo que más quería en el mundo, después de a Akinli.

De algún modo, sabía que aquel amor era importante, como si tener cariño a aquella agua significara quererme a mí misma. Y lo hice. Sentía amor por mi cuerpo (que se estaba recuperando), por mi alma gemela de ojos azules y por mi familia de adopción.

Me llevé el agua al pecho y sentí amor.

Agradecimientos

En todas mis páginas de agradecimientos encuentro tiempo para dar gracias a Dios, a mi familia y a los diversos equipos de personas que hacen posibles mis libros. Aunque mi amor por Cristo no ha variado y sigo eternamente agradecida a la gente que me rodea y que hace que estas historias lleguen a publicarse, permitidme que esta vez siga otro camino.

Ahora mismo quiero dar las gracias en particular a mis lectores. A vosotros.

Este es el primer libro que escribí. Y es el libro que me convenció de que quería pasarme la vida escribiendo. Y es el libro que no llegó a abrirse paso por el circuito editorial tradicional. El único motivo de que ahora esté en vuestras manos es que os ha gustado tanto lo que he creado que le han dado una segunda oportunidad. Eso es gracias a vosotros.

Un noventa por ciento de mis lectoras son chicas adolescentes. Sois toda una fuerza. Influís en el arte, la moda y la cultura. Sois geniales en muchos sentidos. Con demasiada frecuencia se os pasa por alto, pero la jovencita de diecisiete años que llevo dentro os adora.

Y al puñado de chicos o adultos, o lo que sea, enhorabuena por elegir lo que os gusta sin avergonzaros. A veces los libros escritos específicamente para jóvenes o para chicas son poco valorados. Gracias por hacer que no os importe y haberlo leído igualmente. Eso es importante para mí. Mucho.

Escribiría aunque no pudiera compartir lo que hago. Soy una narradora y espero poder hacerlo siempre. Pero el único motivo de que estos libros lleguen a las estanterías es que vosotros queréis que así sea. Eso es fantástico. Y aunque no puedo incluir aquí todos vuestros nombres, eso no hace que sean menos importantes que los que sí he nombrado anteriormente.

Seguid haciéndolo posible. Gracias infinitas.

K

Este libro utiliza el tipo Aldus, que toma su nombre
del vanguardista impresor del Renacimiento
italiano Aldus Manutius. Hermann Zapf
diseñó el tipo Aldus para la imprenta
Stempel en 1954, como una réplica
más ligera y elegante del
popular tipo
Palatino

***

**

*

La sirena
se acabó de imprimir
un día de primavera de 2017,
en los talleres de Liberdúplex, s.l.u.
Crta. BV-2249, km 7,4, Pol. Ind. Torrentfondo
Sant Llorenç d'Hortons (Barcelona)

***

**

*